MATTHIAS P. GIBERT

Tödliche Enttäuschung

Pia Ritter und Thilo Hains fünfter Fall

Personen und Handlung sind frei erfunden. Ähnlichkeiten mit lebenden oder toten Personen sind rein zufällig und nur bedingt beabsichtigt.

Trennung lässt matte Leidenschaften
verkümmern und starke wachsen …
(François de la Rochefoucauld)

Vorspiel

Dr. Franco Bellini ließ die Tür seines Wagens ins Schloss fallen, drückte im Gehen auf die Fernbedienung in seiner Hand und schob anschließend den Schlüsselbund in die Sakkotasche. Der 35-jährige Mediziner betrat breit grinsend das Restaurant der gehobenen Klasse in der Kasseler Innenstadt und wurde vom Inhaber sowie dessen Sohn geradezu überschwänglich auf Italienisch begrüßt.

»Hört auf damit, ihr Cretini«, blaffte Bellini seine Freunde mit gespielter Empörung an und setzte sich auf einen der vor der kurzen Theke stehenden Barhocker. »Und wenn ich gleich mit meiner Verabredung am Tisch sitze, will ich kein einziges Wort in Italienisch von euch hören, ist das klar?«

»Certamente, Signore«, antwortete der Junior und konnte sich das Lachen dabei nur schwer verkneifen.

Die mangelhaften Italienischkenntnisse des Arztes waren seit vielen Jahren ein Running-Gag zwischen den dreien. Er konnte noch so oft darauf hinweisen, dass er sich nach dem plötzlichen und sehr frühen Tod seines italienischen Vaters mit seiner deutschen Mutter ausschließlich auf Deutsch verständigt hatte, es half nichts. Die sich daraus immer wieder entwickelnde Gaudi war

für die beiden waschechten Kalabrier einfach zu verlockend.
»Und, heute wieder ein paar Boobs aufgehübscht?«, wollte Salvatore, sein ehemaliger Klassenkamerad und ältester Freund, wissen, während er einen Tisch eindeckte. So offen konnten die beiden nur miteinander sprechen, weil noch keine anderen Gäste im Lokal saßen.
»Ja, aber nur ein Paar. Die hatten es zwar nicht nötig, aber du weißt ja, wie die manchmal wirklich blöden Kerle der armen Frauen dazu stehen.«
»Also hättest du es ihr bequem ausreden können?«
»Nein, leider nicht. Sie war fest davon überzeugt, dass sie das brauchte. Und natürlich wollte sie ihren Mann, der ihr am liebsten das Kaliber von Wassermelonen spendiert hätte, auf keinen Fall enttäuschen.«
»Die Welt ist komplett verrückt«, konstatierte der Italiener und machte sich auf den Weg in den Keller, um Wein zum Auffüllen der Vorräte zu holen.
»Wem sagst du das?«, murmelte der Arzt mehr zu sich selbst.
»Willst du erst mal einen Kaffee trinken?«, fragte Lino, Salvatores Vater, ihn kurz darauf.
»Auf jeden Fall. Und einen Crodino.«
»Wann kommt deine *Bella*?«, wollte der Restaurantbesitzer, der auch nach mehr als dreißig Jahren in Deutschland noch immer mit deutlichem Akzent sprach, wissen. Währenddessen stellte er den Espresso und den alkoholfreien Aperitif vor dem Besucher ab, den er jedoch mehr als Familienmitglied ansah.
Bellini sah auf die Uhr an seinem Arm.

»In ungefähr zehn Minuten.«
»Meinst du, dass es diesmal die Richtige ist?«
»Ich glaube schon«, erwiderte der Mann vor der Theke. Es hatte den Anschein, dass er dabei ein wenig errötete.
»Wie lange kennst du sie?«
»Seit zwei Monaten.«
»Und zeigst sie heute zum ersten Mal hier bei uns vor?«
»Salvatore hat sie schon kennengelernt.«
Der braun gebrannte Italiener hob den Kopf und warf der Kellertür, durch die sein Sohn verschwunden war, einen missbilligenden Blick zu.
»Und dieser *Deficiente* erwähnt das mir gegenüber natürlich mit keinem Wort.«
»Nimm ihm das nicht übel. Vermutlich war er einfach total geblendet von ihrer Erscheinung und konnte deshalb nicht mit dir darüber reden.«
»Ja, haltet nur zusammen, ihr zwei«, murrte Lino Basile, »das war ohnehin noch nie anders.«
»Machen wir. Aber in den zwei Monaten, seit wir uns kennen, haben wir uns auch erst ein paar Mal gesehen. Und das Essen heute Abend hier bei euch ist das erste echte Date. Ich schwöre.«
»Und? Bist du aufgeregt?«
»Wie irre. Ich bin sogar so aufgeregt, dass ich in der Praxis alle Termine für morgen abgesagt und mir freigenommen habe.«
»Wirklich?«
»Ich schwöre.«
»Gut so.«

Der Gastwirt zwinkerte Franco zu, der sich augenscheinlich darüber freute und an seinem Crodino nippte.
Zwei Stunden später hatte sich das Restaurant gut mit Gästen gefüllt. Bellini und seine Begleiterin hatten sich für einen Tisch im Biergarten entschieden und waren ins Gespräch vertieft.
»Sie wirkt nett auf mich«, fasste Lino Basile seine Eindrücke von ihr seinem Sohn gegenüber zusammen. »Und richtig klug obendrein.«
»Wenn sie klug wäre, würde sie sich von Franco fernhalten«, grinste Salvatore und spielte damit auf die vielen kurzlebigen Beziehungen seines Freundes an. »Aber er wirkt schon sehr verliebt auf mich, oder?«
»Auf jeden Fall«, bestätigte der Senior. »Und vorhin ist er einmal sogar richtig rot geworden, als sie wohl etwas von ihm wissen wollte, das ihn ein bisschen in die Bredouille gebracht hat.«
»Vielleicht hat sie ihn ja gefragt, wie viele Freundinnen er schon gehabt hat.«
»Oh Madonna. Dann kann ich nur hoffen, dass er gelogen hat.«

Dr. Franco Bellini wurde derweil, während sie auf die Nachspeise warteten, weiterhin von Lisa Werner einer umfangreichen Befragung unterzogen.
»Du kannst darüber denken, wie du willst, Franco«, ließ die mittelblonde, schlanke Frau ihn unmissverständlich wissen, »und du könntest mir auch hier eine Lüge nach der anderen auftischen, das würde sich jedoch irgendwann rächen, glaub mir. Aber ich bin diese

oberflächliche Scheiße einfach nur noch leid. Ich hatte mit meinen sechsundzwanzig Jahren genug Sex, Drugs und Rock 'n' Roll für mehrere Leben zusammen und will das jetzt einfach nicht mehr. Ich stehe jetzt wohl mehr auf ein deutlich ruhigeres Leben, wie es aussieht.«

Der Mediziner sah die Frau auf der anderen Seite des Tisches ein wenig unsicher an.

»Aha. Und was genau verbindest du mit *deutlich ruhiger*?«

»Was ich mit deutlich ruhiger verbinde?«, wiederholte sie seine Worte maximal akzentuiert. »Damit verbinde ich mindestens drei Kinder, einen schönen, großen Hund und ein Einfamilienhaus mit einem weißen, möglichst selbst angestrichenen Gartenzaun vor der ausufernden Grünfläche.«

»Das ist immerhin mal ein Plan«, schmunzelte er.

»Ja. Aber es ist *mein* Plan, Franco. Und wenn es dein Plan sein sollte, hier etwas für die Nacht oder die Woche aufzureißen, dann wird das leider nichts mit uns.«

»Leider?«

Lisa stockte und sah ihrem Gegenüber direkt in die Augen.

»Ja, leider, weil du echt ein netter Kerl bist, mit dem ich mir viel, sogar sehr viel, vorstellen kann.«

Wieder wartete sie einen Moment, bevor sie weitersprach.

»Es fühlt sich gut an, dass du nicht gedrängelt und dich auf mein Tempo eingelassen hast. Und es fühlt sich noch besser an, dass ich dich nicht auf Tinder gefunden habe.«

»Du hast auf Tinder nach mir gesucht?«
»Klar. Wenn du wüsstest, was ich in den letzten Jahren alles mit Kerlen erlebt habe, würdest du sicher nicht so überrascht fragen.«
»Wow.«
»Ja, *wow.*«
»Aber das heißt dann ja«, nahm Bellini nach ein paar Sekunden des beiderseitigen Schweigens den Faden wieder auf, »dass du auch nicht gerade wie eine Nonne gelebt hast, oder?«
»Das würde ich auch nie behaupten. Aber ich habe mich definitiv nicht unter Wert verkauft.«
»Schön«, erwiderte er lächelnd, schob seine linke Hand nach vorn und legte sie auf ihre rechte. Sie zuckte zunächst leicht zurück, ließ es dann jedoch geschehen.
»Drei Kinder also«, murmelte Franco.
»Ja. Mindestens.«
»Was allerdings Gift ist für den weiblichen Körper«, gab er zu bedenken. »Und erst recht, wenn er so quasi makellos geformt ist wie deiner.«
»*Quasi* makellos?«, funkelte sie ihn mit einem Lächeln auf den Lippen an.
»Na ja …«, wollte er zu einer Erklärung ansetzen, doch sie kam ihm zuvor.
»Ich finde mich schon ziemlich klasse«, erklärte sie ihm selbstbewusst, »was aber nicht heißt, dass ich mit allem an mir bedingungslos einverstanden bin. Was ich aber niemals, und ich betone es ausdrücklich, *niemals* machen würde, ist einen Kollegen von dir aufzusuchen. Das käme für mich definitiv nicht infrage.«

»Womit wir bei meinem Job wären«, nahm er ihren Gedanken auf.
»Womit wir bei deinem Job wären.«
»Den ich für nichts auf der Welt aufgeben würde«, konstatierte er ebenso selbstbewusst wie sie zuvor, »weil ich das, was ich mache, überaus gern mache.«
»Ja, das habe ich mir gedacht«, stellte Lisa mit ernstem Gesicht fest. »Und ich habe natürlich auch schon darüber nachgedacht, wie es für mich wäre, einen Mann zu haben, der sich Tag für Tag mit den Körpern anderer Frauen beschäftigt. Und ganz speziell mit deren Brüsten.«
»Ich mache nicht jeden Tag Brüste, Lisa. Manchmal bekomme ich die ganze Woche über keinen einzigen weiblichen Busen zu sehen.«
»Das kann ich glauben, muss es aber nicht«, stellte sie schmunzelnd fest. »Was ich allerdings sehr viel bemerkenswerter finde, ist die Tatsache, dass wir gerade über unsere gemeinsame Zukunft philosophieren. Und das, obwohl wir uns noch nicht ein einziges Mal im Arm gehalten oder geprüft haben, ob wir kusskompatibel sind.«
»*Kusskompatibel* … schönes Wort, dass ich allerdings nie zuvor gehört habe.«
»Ist eine spontane Eigenkreation von mir.«
»Gab es denn in deinem Leben Menschen, mit denen du *nicht kusskompatibel* warst?«
Lisa lachte schallend los.
»Und ob, mein lieber Franco. Und ob. Es gibt nicht viel, das schlimmer ist als die Enttäuschung, wenn dei-

ne aktuelle Flamme kusstechnisch ein Totalversager ist.«
»Das hast du wirklich häufiger erlebt?«
»Leider, ja.«
Franco ließ ihre Hand los und lehnte sich zurück.
»Und woher soll ich wissen, dass *du* für *mich* kusskompatibel bist? Vielleicht …?«
Er brach ab, weil sie sich mit einer eleganten Bewegung nach vorn gebeugt hatte, die im Weg stehenden Gläser an den Rand des Tisches schob, ihm mit lang ausgestreckten Arm ins Genick griff und zu sich heranzog. In dem Moment, in dem sich ihre Zungen berührten, wurde sein gesamter Körper wie von einem elektrischen Schlag durchzuckt.
»Wow«, murmelte er, nachdem sie sich von ihm freigemacht und ihn schelmisch angegrinst hatte.
»Das klingt für mich wie *schon-ziemlich-kusskompatibel*, wenn du mich fragst.«
»Ohne Frage, ja.«
»Und jetzt«, beugte sie sich wieder nach vorn, »würde ich gern auf den Nachtisch verzichten und stattdessen wilden und hemmungslosen Sex mit dir haben. Wäre das eine Planänderung, mit der du leben kannst?«
Franco Bellini schluckte trocken.
»Und ob ich mit dieser Planänderung leben kann, Lisa. Damit kann ich sogar hervorragend leben.«
»Dann lass uns bezahlen und …«
»Das mit dem Bezahlen hat Zeit, wir laufen denen hier nicht weg.«
»Irgendwie sind wir jetzt aber schon weggelaufen, wenn du mich fragst«, flüsterte sie ihm ein paar Minu-

ten später während einer Kusspause vom Beifahrersitz aus ins Ohr. »Und jetzt lass endlich den verdammten Motor an und fahr los, sonst falle ich gleich hier auf dem Parkplatz über dich her.«

1

Kassel, am nächsten Tag.

Pia Ritter griff nach den Papierhandtüchern neben der Liege und wischte sich das Gel vom Bauch, das ihre Frauenärztin für die Ultraschalluntersuchung aufgetragen hatte. Dann stand die Hauptkommissarin auf und sah die Medizinerin erwartungsvoll an.
»Wie schon gesagt«, begann die Frau im weißen Kittel mit Blick auf ein paar Röntgenbilder an der Wand, »nach meiner Meinung gibt es keinen Grund, warum Sie nicht wieder schwanger werden können. Alles, was ich sehe und beurteilen kann, ist in bester Verfassung.«
»Aber Ihre Kollegen haben mir schon während meines Krankenhausaufenthalts nach dem Überfall auf mich gesagt, dass ich besser nie wieder schwanger werden sollte, weil das viel zu gefährlich wäre. Da war sogar die Rede von Sterilisation, ehrlich.«
Die Polizistin sprach von dem brutalen Angriff eines Neonazis auf sie vor etwa zwei Jahren, bei dem sie einen Fötus verloren hatte.
»Das mag damals so gewesen sein, Frau Ritter, aber nach heutigem Stand sieht es tatsächlich komplett anders aus. Sie können, aus medizinischer Betrachtungs-

weise zumindest, jederzeit Mutter werden, das versichere ich Ihnen.«
Pia Ritters ganzes Gesicht wurde schlagartig ein einziges Grinsen.
»Na, das ist ja mal eine wirklich schöne Aussage«, strahlte sie.
»Ja, das finde ich auch. Und erst recht, wenn man bedenkt, was Sie in den letzten beiden Jahren alles durchmachen mussten.«
Obwohl Pia kurz schlucken musste, veränderte sich ihr Gesichtsausdruck nur marginal.
»Ja«, erwiderte sie, »die letzten beiden Jahre waren alles andere als schön. Aber das ist Schnee von gestern und ich will jetzt einfach nur noch nach vorn denken.«
»Schön, dass Sie nach allem, was Sie erlebt haben, so positiv denken.«
»Und es gibt absolut nichts, über das ich mir Gedanken machen müsste?«
»Hm«, machte die Medizinerin. »Zehnte Woche ungefähr, vielleicht auch erst die achte, das ist bei Ihrer unregelmäßigen Menstruation schwer zu sagen. Aber stellen Sie sich schon mal auf alles ein, was zu einer Schwangerschaft gehören kann. Schwitzen, Übelkeit, manchmal auch Übellaunigkeit, und möglicherweise auch die eine oder andere Krampfader. Ach ja, und ernähren Sie sich während der Schwangerschaft bitte möglichst ballaststoffreich, Ihr Darm wird es Ihnen danken.«
»Das mache ich ohnehin.«
»Na ja, manche Frauen haben auch Kreislaufprobleme, aber beileibe nicht alle. Und es ist auch gar nicht ge-

sagt, dass Ihnen irgendetwas von dem, was ich gerade aufgezählt habe, widerfährt. Vielleicht kommen Sie ja mit ein bisschen Übelkeit und erhöhtem Harndrang durch, ich würde es Ihnen auf jeden Fall wünschen. Und wenn nicht, dann überleben Sie es, wie alle Frauen vor Ihnen auch.«

Die beiden reichten sich die Hände.

»Danke noch mal für alles, Frau Doktor«, sagte die an der Tür angekommene Pia Ritter und verschwand aus dem Behandlungszimmer.

Draußen freute sie sich über die noch immer beachtliche Wärme des makellosen Spätsommertages, betrachtete die bereits recht tief stehende Septembersonne und stieg in das kleine Cabriolet ihres Kollegen Thilo Hain. Mit einem tonlosen Lied auf den Lippen startete sie den Motor und reihte sich in den einsetzenden Feierabendverkehr ein.

Innerlich immer noch grinsend dachte sie kurz darüber nach, ihrem Freund Dominik eine Nachricht zu schreiben, verwarf die Idee allerdings. *Außerdem*, dachte sie, *muss ich endlich damit aufhören, ihn in Gedanken noch immer als ›meinen Freund‹ zu bezeichnen, denn immerhin sind wir seit mehr als einem Jahr verheiratet.*

Die Polizistin hatte zwar ihren Namen behalten, war aber tatsächlich seit dem vergangenen Sommer die Ehefrau von Dominik Prenzel.

Das Autoradio vermeldete den Eingang eines Anrufs.

»Ja, Ritter.«

»Das klingt, als wärst du mit meinem Auto unterwegs«, kam es etwas krächzend aus den Lautsprechern.

»Hoffentlich ist das gute Stück in der gleichen Verfassung wie an dem Tag, an dem ich in Urlaub gefahren bin.«
»Ja, ist es. Und danke der Nachfrage, Thilo, mir geht es so weit auch ganz gut.«
»Davon bin ich ausgegangen. Wie war die Zeit ohne mich?«
»Großartig. Bezaubernd. Konfliktfrei. Einfach nur ebenso entspannt wie entspannend.«
Ihr Kollege Thilo Hain lachte laut auf.
»Schön. Dann dürfte deine Freude, mich wiederzusehen, ja geradezu unermesslich sein.«
»Träum weiter, Kollege. Mich nervt allerdings, dass die schöne Zeit mit und in deiner Karre ab morgen vorbei sein wird. Ich bin nicht ein einziges Mal mit geschlossenem Dach gefahren in den drei Wochen, in denen du auf der faulen Haut gelegen hast.«
»Das macht das Leben der Cabriofahrerin doch aus, oder?«
»Definitiv. Ich spiele sogar ernsthaft mit dem Gedanken, mir selbst so ein Ding zu kaufen.«
»Ein Cabrio? Ehrlich?«
Pia dachte an ihr kurz zuvor geführtes Gespräch mit der Gynäkologin.
»Ach, wahrscheinlich wird ohnehin nichts draus«, gab sie ihrem Kollegen mit ein bisschen Wehmut in der Stimme zu verstehen. »Aber immerhin hatte ich ja die drei Wochen …«
Sie brach ab, weil ein weiteres Gespräch anklopfte.
»Es ruft jemand an, Thilo. Ich geh da mal dran und melde mich dann gleich wieder bei dir.«

Noch bevor ihr Kollege auch nur ausatmen konnte, hatte die junge Kommissarin das Telefonat mit ihm beendet und den wartenden Anruf angenommen.
»Ja, Pia Ritter.«
»Hallo Pia, hier ist Lemmi.«
»Hallo Lemmi. Ich dachte, du wärst längst im Feierabend. Du wolltest doch heute Nachmittag ein paar Überstunden abbauen und mit deinem Enkelkind in die Kletterhalle.«
Jürgen ‚Lemmi' Lehmann war nach seinem Abschied vom Kriminaldauerdienst vor gut einem Jahr ins Team von K11(Gewalt-, Brand- und Waffendelikte) gewechselt.
»Ja, da wollte ich eigentlich auch sein, aber wie es halt immer so ist. Ich war gerade am Gehen, als die Kollegen vom Revier Vellmar sich gemeldet und dringend nach unserer Unterstützung gerufen haben.«
»Das hört sich ja richtig bedrohlich an, Lemmi.«
»Was es definitiv auch ist, Pia. Hier geht es nämlich um eine Sauerei, wie ich sie in meinen knapp 35 Jahren bei unserem Haufen noch nicht erlebt habe.«
»Was ja nun wirklich etwas heißen sollte«, sinnierte die Oberkommissarin leise.
»Willst du es dir antun?«, fragte ihr Kollege ebenso gedämpft.
»Hilft ja nichts«, erwiderte sie.
Er nannte ihr die Adresse, die sie direkt ins Navi eingab.
»Soll ich unseren Boss dazu bitten? Er ist zurück aus dem Urlaub, ich hatte gerade ein kurzes Telefonat mit ihm.«

»Aber offiziell im Dienst ist er doch erst ab morgen wieder, oder?«
»Ja, klar, aber das soll bei Thilo ja nichts heißen. Ich rufe noch mal bei ihm an und frage ihn, ob er mitkommen will. In Ordnung?«
»Ja, von mir aus. Aber sag ihm, dass hier was absolut Widerliches passiert ist, das man sich vor dem eigentlichen Ferienende ganz sicher nicht antun muss.«
»Das mache ich«, erwiderte Pia. »Bis gleich dann.«
»Ja, bis gleich.«
Thilo Hain wollte *natürlich* seine Kollegen unterstützen und ließ sich deshalb keine 15 Minuten nach Pias Rückruf auf den Beifahrersitz seines kleinen Cabrios fallen.
»Wow, schön braun bist du immerhin geworden«, wurde er von ihr begrüßt.
»Du aber auch. Aber wie sollte es auch anders sein, wenn man drei Wochen mit geöffnetem Dach durch die Gegend gondelt.«
Sie nutzten die knapp 20 Minuten dauernde Fahrt für einen ersten Austausch über seinen Urlaub, die allfälligen Neuigkeiten aus dem Präsidium und die Ereignisse der letzten drei Wochen insgesamt. Dann hatten sie die ruhige Sackgasse im sogenannten Flüsseviertel der Stadt Vellmar vor den Toren Kassels erreicht. Die Zufahrt wurde von einem Uniformierten reguliert, der sie offenbar kannte und einen Schritt zur Seite trat.
»Und Lemmi hat nur gesagt, dass es eine Mordssauerei ist, die sich hier abgespielt hat?«, wollte Hain wissen, während Pia den Mazda hinter mehreren Polizeiwagen zum Stehen brachte. »Sonst nichts?«

»Du wirst es wohl noch erwarten können zu erfahren, was genau sich hinter *eine Sauerei, wie ich sie in 35 Jahren noch nicht erlebt habe,* verbirgt. So nämlich hat Lemmi sich ausgedrückt.«
»Shit«, murmelte der Hauptkommissar und stieg aus.
Pia folgte ihm und gemeinsam gingen sie auf das moderne, luftig wirkende Haus zu. Links und rechts wurde ihr Weg von Passanten gesäumt, die, meist mit vor der Brust verschränkten Armen, alles, was eine Uniform trug und sich bewegte, angafften. Direkt vor dem Eingang saß Jürgen Lehmann mit einer Zigarette in der rechten Hand auf einem Mäuerchen.
»Ich war mir sicher, dass du diesmal durchhalten würdest«, bemerkte Pia trocken, als sie bei ihm angekommen waren. »Ich auch, Pia. Ich auch. Aber vorhin, als ich da drinnen stand, konnte ich nichts gegen diesen brutalen Drang nach einer Kippe machen. Immerhin habe ich mir keine gekauft, sondern nur diese eine von einem Kollegen geschnorrt.«
»Was ja wenigstens Raum für Hoffnung lässt«, gab die Hauptkommissarin aufmunternd zurück.
Lehmann drückte die halb gerauchte Zigarette neben sich aus, stand auf und begrüßte Thilo mit seiner vorgestreckten rechten Faust.
»Hallo, Urlauber. Wie war die Zeit ohne uns?«
»Perfekt. Wäre am liebsten dort geblieben.«
»Auf Kuba? Du spinnst doch!«
»Ja, stimmt. Für Meer, Sonne, Strand und Erholung ist es genau das Richtige, aber dauerhaft leben sollte man dort wohl besser nicht.«

»Wir würden definitiv auch nur höchst ungern auf dich verzichten.«
»Schön, das zu hören«, erwiderte der Hauptkommissar erfreut.
»Womit hoffentlich alle Schleimereien abgehandelt wären«, mischte Pia sich mit hochgezogenen Augenbrauen und einem wenig gütigen Blick in Richtung Lehmann ein. »Lass uns lieber wissen, Lemmi, warum es nach deiner Meinung solch eine Sauerei ist.«
»Weil da einer auf dem Bett liegt, dem jemand sein …, sein … Ding abgebissen hat.«
Die Kommissarin riss erschrocken die Augen auf.
»Meinst du mit *sein Ding* das, was auch ich in der Regel damit verbinde?«
»Na, allzu viele verschiedene Deutungen dürfte es in diesem Zusammenhang ja wohl nicht geben, oder?«, meinte Hain mit verkniffenem Gesicht.
»Nein«, bestätigte Lehmann. »Wir reden hier alle vom gleichen *Ding*. Und es läuft verdammt viel Blut aus dem Körper eines Mannes, wenn er an seinem *abgebissenen Ding* stirbt.«
»Was macht dich so sicher, dass es ihm … abgebissen wurde?«, wollte Pia wissen.
»Die Aussage vom Doc«, erwiderte Lehmann bestimmt. »Der hat sich den Stumpf schon genau angesehen und ist sich vollkommen sicher.«
»Wissen wir auch schon, zu wem der Stumpf gehört?«
»Ja. Es ist der Hausherr, ein Dr. Franco Bellini.«
»Mediziner?«

»Ja, er hat eine Praxis in Kassel. Nach Aussage von unserem Doc macht er Schönheits-OPs. Sehr viele und sehr teure Schönheits-OPs.«
»Na, hoffentlich war da nicht eine Kundin unzufrieden mit dem Ergebnis seiner Bemühungen und hat deshalb bei ihm so etwas wie eine Schönheitsoperation vorgenommen.«
»Als wie auch immer geartet schön«, sinnierte Lehmann, »kann ich den Anblick da drin wirklich nicht bezeichnen.«
»Scheiße«, murmelte die Oberkommissarin. »So was hat mir zum Feierabend gerade noch gefehlt.«
»Ja, hilft aber nichts«, brummte Hain, streifte sich Einmalhandschuhe und Füßlinge über und nahm Kurs auf die Eingangstür des Hauses. »Also bringen wir es möglichst schnell und auch möglichst aufrecht hinter uns.«
Im Innern wurden die Polizisten von eisiger Luft empfangen. Offenbar lief die Klimaanlage auf vollen Touren. Ein Uniformierter wies den dreien den Weg zum Tatort.
»Da den Flur runter bis zum Ende und dann links«, sagte er mit belegter Stimme.
Pia nickte und bedankte sich.
Bei dem Raum, in dem der Leichnam lag, handelte es sich ohne Zweifel um das Schlafzimmer. Zu bestaunen gab es ein großes Bett, deckenhohe Schränke, eine riesige, von außen nicht einsehbare Fensterfront mit Herkulesblick und eine massiv überdimensionierte Stereoanlage. Auch hier lag die Temperatur deutlich unter Wohlfühlniveau. Die drei Männer und eine Frau der Spurensicherung waren so in ihre Arbeit vertieft, dass

sie den Kollegen nur kurz zunickten. In ihren Tyvekanzügen sahen sie ein wenig aus wie Außerirdische.
»Wir haben auch schon nach der Klimasteuerung gesucht, sie aber noch nicht gefunden«, deutete der über den Toten gebeugte Rechtsmediziner Dr. Arwed Braas den Blick des Hauptkommissars richtig. »Guten Abend übrigens.«
»Guten Abend, Doc«, erwiderten Hain und Ritter.
Der Arzt erhob sich und gab dabei den Blick auf den unbekleideten Dr. Franco Bellini frei, dessen beide Handgelenke mit Handschellen am massiven Bettrahmen fixiert waren. Mit seinen weit ausgebreiteten Armen und dem schief auf die Brust gesunkenem Kopf erinnerte der Anblick an die Darstellung einer Kreuzigung. Die Handgelenke waren auf Höhe der Handschellen bis auf die Knochen aufgescheuert, ausgetretenes Blut hatte Kissen und das obere Ende des Bettes benetzt. Die Beine des Toten waren leicht angewinkelt, die Fußzehen jedoch weit nach vorn gebogen. Der gesamte Körper des Mannes war vom Kopf bis zu den Füßen mit verkrusteten Blutspritzern überzogen. In der Mitte, rund um die Hüften, sah es aus, als hätte jemand einen Eimer mit roter Farbe ausgeleert, die ebenfalls bereits getrocknet war. Doch alle im Raum Anwesenden wussten, dass es sich dabei um das Blut des Getöteten handelte. In der Körpermitte war der kurze Stumpf seines abgetrennten Penis zu erkennen.
Pia Ritter und Thilo Hain nahmen die Szene ein paar Sekunden lang auf, wendeten sich ab und traten neben den am Fenster stehenden und Richtung Herkules blickenden Jürgen Lehmann.

»Jetzt kann ich deine Worte von vorhin verstehen, Lemmi«, murmelte Pia. »So eine Schweinerei braucht kein Mensch.«
»Ja«, meinte Dr. Braas, der zu den Polizisten getreten war und sich die Handschuhe von den Fingern streifte, »da gehe ich absolut konform mit Ihnen, Frau Kommissarin. So etwas braucht definitiv kein Mensch; aber außer der Spezies Mensch würde auch kein Lebewesen auf die Idee kommen, solch einen Horror zu veranstalten.«
»Schon irgendeine Idee zum Todeszeitpunkt, Doc?«, wollte Hain wissen.
»Hm«, machte der Rechtsmediziner. »Die Klimaanlage erschwert die Berechnung des Zeitpunktes etwas. Aber gehen Sie mal davon aus, dass wir von einer Spanne zwischen 23:00 Uhr und 03:00 Uhr in der vergangenen Nacht sprechen.«
»Haben Sie schon den fehlenden … Rest von ihm gefunden?«, fragte Pia mit belegter Stimme.
»Sie meinen den abgetrennten Teil des Penis?«
Die junge Polizistin nickte.
»Nein. Und es würde mich auch sehr wundern, wenn wir ihn noch hier finden würden.«
»Was macht Sie da so sicher?«
»Weil es eine Trophäe für den Täter oder die Täterin ist. Eine schöne, kleine Trophäe. Also jetzt vermutlich wieder kleiner, meine ich. Aber, und das ist wenigstens ein kleiner Lichtblick in diesem Irrsinn, es sollte an der Bissstelle immerhin eine genügende Menge aussagekräftiges DNA-Material des Täters oder der Täterin zu

finden sein. Denn gereinigt oder gar desinfiziert wurde die Wunde nach meiner Meinung definitiv nicht. «

»Wer hat ihn eigentlich gefunden?«, versuchte Pia das Gespräch in eine andere Richtung zu lenken.

»Die Mitarbeiterin eines Lebensmittel-Lieferdienstes. Wenn ich es richtig verstanden habe, gab es da so etwas wie eine permanente Belieferung mit Obst und Gemüse.«

»Wo ist die Frau?«, wollte die Oberkommissarin wissen.

»Im Krankenhaus. Sie hat es wohl gerade noch geschafft, den Notruf zu wählen und die Kollegen zu informieren. Als die dann hier angekommen sind, hat sie schon hysterisch weinend und schreiend draußen vor der Tür gesessen.«

Lehmann warf erneut einen schnellen Blick auf den Leichnam.

»Und verstehen kann ich sie auf alle Fälle.«

»Waren die beiden alleine hier im Raum?«, wollte Pia von den Mitarbeitern der Spurensicherung wissen, »oder gibt es irgendeinen Hinweis auf weitere Personen?«

Einer der Kollegen hob den Kopf.

»Das haben wir uns natürlich auch schon gefragt und nach Spuren gesucht, die darauf hindeuten könnten. Aber wie es ausschaut, waren das Opfer und der Täter oder die Täterin alleine hier im Raum.«

An der Schlafzimmertür machte sich in diesem Moment ein uniformierter Kollege bemerkbar.

»Es hat sich ein Nachbar gemeldet, der gestern Abend etwas gesehen haben will«, sagte er.

»Wir kommen nach draußen«, erwiderte Hain und nickte Pia zu. »Und du, Lemmi, versuchst bitte, die Klimaanlagensteuerung zu finden, damit wir uns nicht noch eine Erkältung holen.«
»Mach' ich«, erwiderte Lehmann.
»Und ich bin dann gleich mal weg«, rief Dr. Braas ihnen hinterher. »Meinen vorläufigen Obduktionsbericht sollten Sie aber spätestens morgen Nachmittag haben.«
Der vor der Tür wartende, grau melierte und überaus seriös wirkende Mann stellte sich als Dr. Wolfgang Marschall vor und sei Rechtsanwalt und Notar, wie er ein wenig übertrieben prononcierte.
»Was genau ist denn mit Herrn Dr. Bellini passiert?«, wollte er zunächst wissen.
»Wie es aussieht, wurde Dr. Bellini das Opfer eines Tötungsdeliktes«, antwortete Pia. »Wir stehen natürlich noch ganz am Anfang unserer Ermittlungen, aber so viel ist immerhin schon klar.«
»Das heißt, er wurde ermordet?«
»Von Mord können wir noch nicht sprechen, weil die genauen Tatumstände noch nicht geklärt sind.«
»Und Sie, Herr Dr. Marschall«, wollte Hain nun wissen, »können uns etwas zum gestrigen Abend erzählen?«
»Ja, das kann ich. Und zwar bin ich gegen 21:00 Uhr von einer Runde mit unserem Hund zurückgekommen.«
Der Jurist wies mit seinem rechten Arm auf das Jaguar-Cabriolet vor der Garage, an dem gerade zwei Kollegen der Spurensicherung ihre Arbeit aufgenommen hatten.

»Dr. Bellini war just in diesem Moment vorgefahren und ausgestiegen. Er öffnete seiner Begleitung die Beifahrertür und half ihr aus dem Wagen, wobei sie sich mehrmals innig küssten. Sie nahmen mich überhaupt nicht wahr und hatten praktisch nur Augen füreinander. An der Schwelle zur Tür bat Dr. Bellini die Dame, einen Moment zu warten, schloss auf, lud sie sich auf die Arme und trug sie über die Schwelle.«

»Wie Sie das beschreiben«, meinte Pia, »könnte man das Verhalten der beiden schon als eher romantisch und verliebt bezeichnen, oder?«

»Das war mein Eindruck, ja.«

»Kannten Sie die Frau?«

»Nein, ich hatte die Dame vorher nie gesehen.«

»Also handelte es sich nicht um Dr. Bellinis … feste Partnerin?«

»Ich kann Ihnen zu Dr. Bellinis *fester Partnerin* leider keine weiterführenden Auskünfte erteilen, weil ich überzeugt bin, dass es eine solche nicht gab. Dr. Bellini ist …, war nach meiner Meinung nicht an einer festen Beziehung interessiert. Dafür gab es eindeutig zu viele verschiedene Frauen, die sich hier die Klinke in die Hand gaben.«

»Demzufolge dürfte eine Szene wie die von gestern Abend eher die Ausnahme gewesen sein, oder?«

»Dieser Aussage stimme ich uneingeschränkt zu. So etwas hatten weder ich noch meine Frau jemals gesehen. Ganz im Gegenteil, ich würde Herrn Dr. Bellini als durchaus diskret beschreiben, was seine Beziehungen zum anderen Geschlecht betraf. Aber man entwickelt

mit den Jahren dann doch schon einen Blick für die Lebensweise seiner Nachbarn.«
»Natürlich«, stimmte die Kommissarin ihm zu. »Trotzdem sind Sie sich absolut sicher, dass Sie die Frau von gestern Abend noch nie bei Dr. Bellini gesehen hatten?«
»Definitiv, ja.«
Die Polizistin stockte kurz.
»Meinen Sie, Herr Dr. Marschall«, fuhr sie schließlich fort, »dass Ihre Erinnerung an das Gesicht der Frau für die Anfertigung eines Phantombildes reichen würde?«
»Natürlich. Ich konnte die Dame gut sehen und verfüge über ein erstklassiges Erinnerungsvermögen.«
»Hervorragend. Dann verständige ich gleich die Fachabteilung, damit die Kollegen hierherkommen. Passt es für Sie, wenn die Arbeit an dem Phantombild bei Ihnen im Haus stattfindet?«
»Dagegen habe ich nichts einzuwenden, nein.«
»Schön.«
»Haben Sie im weiteren Verlauf des Abends und der Nacht vielleicht noch etwas bemerkt im Zusammenhang mit Herrn Dr. Bellini oder seiner Begleitung?«, wollte Hain wissen. »Etwa, wie jemand das Haus verlassen hat?«
»Nein. Ich hatte gestern einen anstrengenden Tag bei Gericht und lag um 22:00 Uhr im Bett. Und kurz darauf war ich auch schon eingeschlafen.«
Der Hauptkommissar nickte.
»Gut. Dann machen wir es so, wie meine Kollegin es vorgeschlagen hat. Unsere Mitarbeiter melden sich innerhalb der nächsten dreißig Minuten bei Ihnen. Und

vielen Dank, dass Sie sich uns zur Verfügung gestellt haben.«
»Gern geschehen.«
Im Flur von Bellinis Haus wurden sie von einem souverän grinsenden Jürgen Lehmann empfangen, während sie sich wieder dem Schlafzimmer näherten.
»Auftrag erledigt, Klimatisierung beendet«, ließ der seine beiden Kollegen wissen, von denen Pia das Telefon am Ohr hatte und offenbar wegen des Phantombildes mit dem Präsidium im Gespräch war. »Und in der Bude hier ist vermutlich mehr Technik verbaut als in einer Serverfarm.«
»Interessant«, meinte Hain. »Gibt es auch irgendwas mit Kameras oder so?«
»Negativ. Klimatisierung, IT und speziell die Musikanlage sind zwar auf dem allerneuesten Stand, aber es gibt leider weder innen noch außen eine Überwachung.«
»Schade, aber nun mal nicht zu ändern«, erwiderte der Leitende Hauptkommissar und informierte den Kollegen in aller Kürze über das Gespräch mit Dr. Marschall.
»Schnell und Weingarten sind so gut wie unterwegs«, erklärte Pia den beiden und schob ihr Telefon zurück in die Gesäßtasche ihrer Jeans. »In spätestens einer Stunde sollten wir ein Gesicht haben, wenn das Gedächtnis dieses Anwalts so gut ist, wie er behauptet.«
»Davon gehe ich mal aus«, erwiderte Thilo Hain. »Und bis dahin werden wir uns noch mal ganz intensiv hier umsehen. Vielleicht war die Frau ja doch schon mal hier und ist dabei nur unbemerkt an Dr. Marschall und seiner Frau vorbeigekommen. Ich bin mir nämlich nicht sicher, ob jemand seine nagelneue Flamme gleich beim

ersten Date über die Schwelle tragen würde. Ich zumindest habe mir damit deutlich mehr Zeit gelassen und das war sicher keine falsche Entscheidung.«
»Damit könntest du richtig liegen, Thilo«, stimmte Pia Ritter ihrem Kollegen zu. »Andererseits könnte es aber auch sein, dass die beiden sich bis gestern Abend nur bei ihr getroffen haben. Immerhin lässt die Szene an der Tür und sein Über-die-Schwelle-tragen aber vermuten, dass es sich nicht um einen One-Night-Stand gehandelt haben dürfte.«
Hain nickte.
»Immerhin …«
Er brach ab, weil vom Flur her laute Stimmen zu vernehmen waren.
»Bleiben Sie stehen«, rief eine Männerstimme. »Sie können da nicht rein.«
Schließlich tauchten im Türrahmen drei Männer auf. Zwei trugen Polizeiuniform, der dritte Sportklamotten. Die beiden Polizisten rangen den Eindringling direkt hinter der Tür zu Boden und drückten sein Gesicht auf das Parkett. Der ältere der beiden griff nach seinen Handschellen, fixierte damit die Arme des sich heftig wehrenden, laut stöhnenden Mannes hinter dessen Rücken und kniete sich dann in die Sichtachse zwischen ihm und der Leiche auf dem Bett. Die drei mitten im Schlafzimmer stehenden Kripobeamten betrachteten die Szene mit einer Mischung aus Verblüffung und Fassungslosigkeit.
»He, was soll denn das?«, rief Hain schließlich dem weiterhin tobenden Mann auf dem Boden zu. »Wer sind Sie und was wollen sie hier?«

»Ich will zu Franco. Franco Bellini.«
»Und warum veranstalten Sie solch ein Theater, wenn man Ihnen eröffnet, dass Sie nicht ins Haus dürfen?«
»Weil ich Angst habe, dass ihm etwas zugestoßen ist; dass Franco etwas passiert ist.«
»Und wer genau sind Sie nun?«
»Basile. Mein Name ist Salvatore Basile.«
»Sind Sie ein Verwandter von Dr. Bellini?«
»Nein, ein Freund. Sein bester Freund, wenn Sie es genau wissen wollen. Und nun sagen Sie mir doch bitte, warum hier so viele Polizisten sind.«
Der neben Basile stehende Polizist sah seine drei Kollegen fragend an.
»Bringt ihn erst mal hier raus«, murmelte der Hauptkommissar. »Und wenn er sich beruhigt hat, macht ihr ihn los. Aber wirklich erst, wenn er komplett ruhig ist. Wir kommen gleich zum Ausgang.«
Die beiden Uniformierten drehten Salvatore Basile auf dem Bauchnabel um die eigene Achse, sodass sein Blick auf die Schlafzimmertür gerichtet war. Dann stellten ihn auf, wobei sie penibel darauf achteten, dass er den Kopf nicht drehte, und schoben den jetzt ruhig wirkenden Mann aus dem Raum.
»Was für ein Tag«, brummte Pia.
»Stimmt. Gestern habe ich noch in der Karibik am Strand gesessen und heute muss ich mich mit einer Leiche herumplagen, der man den Schwanz abgebissen hat. Wir leben wirklich und ganz ernsthaft in einer zutiefst kranken Welt.«
Seine beiden Kollegen nickten zustimmend.

»Wie wäre es, wenn ich mich um Herrn Basile kümmere?«, schlug Pia vor, »und ihr beiden seht euch derweil noch ein wenig hier um.«
»Ja, mach das ruhig«, erwiderte Lemmi. »Wir kommen hier ganz gut ohne dich zurecht und vielleicht braucht es da draußen ja die Ansprache und die Empathie einer Frau.«
»Schönes Kompliment, vielen Dank«, erwiderte die Oberkommissarin und verließ mit ein paar schnellen Schritten das Schlafzimmer.
Salvatore Basile stand an der Haustür und rieb sich die roten Striemen an seinen Handgelenken.
»Was ist mit Franco passiert?«, wollte er ohne jegliche Einleitung wissen.
Pia Ritter holte tief Luft.
»Es tut mir aufrichtig leid, Ihnen mitteilen zu müssen, dass Ihr Freund das Opfer eines Tötungsdeliktes geworden ist, Herr Basile.«
Der schluckte. Schluckte erneut. Und schlug die Hände vors Gesicht.
»Aber das kann doch gar nicht sein«, schluchzte er. »Wir haben uns doch gestern Abend noch gesehen.«
»Wann genau war das?«
Basile hob den Kopf, sah die Polizistin lange an und beschrieb ihr dann, immer wieder durch Schluchzen unterbrochen, den Verlauf des vergangenen Abends.
»Kannten Sie die Frau, mit der Dr. Bellini in Ihrem Restaurant gewesen ist?«
»Ich habe sie ein paarmal gesehen, ja. Sie heißt Lisa. Ihren Nachnamen kenne ich aber nicht.«

»Das macht nichts. Wir werden ihn sicher herausfinden.«
»Sie haben eben von einem Tötungsdelikt geredet. Hat sie Franco … getötet? Hat sie ihn umgebracht?«
»Das wissen wir noch nicht. Es könnte aber durchaus sein, dass sie die Letzte gewesen ist, die ihn lebend gesehen hat.«
Die Kommissarin zögerte.
»Wie gesagt können wir Ihnen im Augenblick nur mitteilen, dass Dr. Bellini leider nicht mehr am Leben ist.«
»Wie … ist er gestorben?«
Pia zögerte.
»Die genaue Todesursache steht noch nicht fest. Was das angeht, müssen wir auf die Ergebnisse der Obduktion warten.«
Wieder wurde Salvatore Basile von einem heftigen Weinkrampf geschüttelt. Es dauerte eine Weile, bis er sich wieder unter Kontrolle hatte.
»Das kann doch alles nicht wahr sein«, bemerkte er schließlich nahezu tonlos. »Gestern war er noch der glücklichste Mensch auf der Welt und heute ist er tot. Das ist doch total verrückt!«
»Er war, wenn ich Sie richtig verstanden habe, wegen der Frau, mit der er bei Ihnen im Restaurant war, so glücklich, oder?«
»Sicher, ja. Sie war, wie er mir mehr als ein Mal gesagt hat, für ihn etwas ganz Besonderes.«
»Wie lang ging das mit den beiden schon?«
»Ein paar Wochen, höchstens. Genau kann ich es Ihnen leider nicht sagen, weil ja eigentlich bis gestern Abend …«

Basile stockte
»Ja?«
»Weil bis gestern Abend praktisch noch gar nichts gelaufen war zwischen den beiden. Ich meine …, ach, Sie wissen schon, was ich meine.«
»Ja. Ich denke, ich weiß, was Sie meinen.«
»Sie war etwas Besonderes für ihn und so wie gestern Abend habe ich Franco praktisch noch nie erlebt. Er war ernsthaft verliebt in die Frau.«
»Wissen Sie vielleicht, wo diese Lisa wohnt?«
»Irgendwo hier in Kassel, aber mehr weiß ich nicht. Was ich aber genau weiß, ist, dass sie im WymGym trainiert. Dort hat Franco sie nämlich mal abgeholt.«
»Das Fitnessstudio gegenüber dem Hauptbahnhof?«, fragte die Kommissarin nach, während sie sich auf ihrem Smartphone Notizen machte.
Der Italiener nickte.
»Wie alt ist sie ungefähr?«
»Unter 30. Vielleicht 27 oder 28.«
»Haarfarbe?«
»Sie hat dunkelblonde, lange Haare, ist schlank und sehr durchtrainiert.«
»Wissen Sie, was die Frau beruflich macht?«
»Sie ist Mathematikerin. Franco hat mir erzählt, dass sie bei einer Versicherung arbeitet und sich dort um irgendwas mit Risiko kümmert. Aber mehr weiß ich auch darüber nicht.«
»Schon in Ordnung. Diese Informationen werden uns auf jeden Fall weiterhelfen. Aber ich habe noch eine Frage zu seinen Angehörigen. Es gibt doch Familienangehörige, oder?«

»Eigentlich nicht. Seit seine Mutter vor ein paar Jahren gestorben ist, gab es da eigentlich niemanden mehr. Oder nein, warten Sie, irgendwo in Süddeutschland gab es mal eine Tante, also die Schwester seiner Mutter. Aber wo die lebt und ob die noch lebt, das kann ich Ihnen nicht sagen. Franco hatte seit Jahren keinen Kontakt mehr mit ihr.«

»Wenn es sie gibt, dann finden wir es heraus. Und ich danke ich Ihnen bis hierhin schon mal für Ihre Hilfe.«

Salvatore Basile nickte. Dabei fiel eine auf seiner linken Wange laufende Träne zu Boden.

»Was für ein Irrsinn«, murmelte er. »Was für ein absoluter Irrsinn.«

Pia Ritter erwiderte nichts. Sie schwieg, weil sie wusste, dass auch die empathischste Äußerung nichts an Basiles Schmerz ändern würde. Der sah ihr noch einmal kurz in die Augen, wandte sich ab und ging davon.

2

Thilo Hain hielt seinen Dienstausweis in die Höhe und stellte sich und seine Kollegin vor.
Der picklige junge Mann am Empfang des Fitnessstudios WymGym wurde zuerst rot und schluckte dann.
»Polizei …«, murmelte er.
»Kriminalpolizei, um genau zu sein«, erwiderte der Hauptkommissar. »Wir haben ein paar Fragen zu einer Frau, die bei Ihnen trainiert.«
»Oh, ach so«, stieß der Mann hinter dem Tresen hörbar erleichtert aus. »Das ist … aber schön. Wie kann ich Ihnen helfen?«
»Wir sind auf der Suche nach einer dunkelblonden, schlanken, durchtrainierten Frau unter dreißig«, erklärte Pia Ritter ihm, »von der wir nur wissen, dass sie mit Vornamen Lisa heißt.«
»Hm«, machte der Mitarbeiter des Studios, »der erste Teil Ihrer Beschreibung dürfte so etwa auf die Hälfte der Frauen zutreffen, die hier trainieren, vielleicht mit Ausnahme der Haarfarbe. Aber der Name Lisa sollte die Sache ein wenig eingrenzen.«
Er bewegte die Computermaus und fing an, auf der vor ihm liegenden Tastatur etwas einzugeben.

»So«, meldete er kurz darauf Vollzug, »hier haben wir alle Mitglieder mit dem Vornamen Lisa. Sind glücklicherweise nur sechs.«
Wieder ein paar Klicks.
»Unter dreißig, sagen Sie?«
Pia nickte.
»Dann bleiben eigentlich nur zwei übrig, weil die anderen alle über vierzig sind. Soll ich Ihnen einen Ausdruck von den Daten machen?«
»Das wäre klasse.«
Er zögerte einen Moment.
»Und … datenschutzrechtlich ist das doch bestimmt kein Problem, oder?«
»Für uns nicht.«
Der junge Mann sah sich ein wenig unsicher um.
»Na, wird schon in Ordnung sein«, brummte er, griff nach unten und schob ein A-4-Blatt über den Tresen.
»Sonst noch was?«
Pia schüttelte den Kopf, faltete das Blatt zusammen und schob es in die Jackentasche.
»Danke«, sagte sie zum Abschied.
»Wenn der mal nicht eine fette Portion Dope in der Tasche hatte«, grinste Hain kurz darauf und ließ sich auf den Fahrersitz des Mazda fallen.
»Ja, so was Ähnliches dachte ich auch«, stimmte Pia ihrem Kollegen zu. »Und ich finde es ziemlich krass, dass Cannabis noch immer nicht legalisiert wurde. Das hätte schon längst passiert sein müssen.«
»Vielleicht passiert es ja nächstes Jahr. Für die Entlastung der Kollegen vom Rauschgiftdezernat wäre es auf jeden Fall eine gute Sache.«

»Ja, hoffen wir mal darauf«, erwiderte Pia und gab die erste der beiden Adressen ins Navi ein.
»Und ich dachte, ich würde heute mal halbwegs zeitig in den Feierabend kommen«, brummte sie, »und müsste mich nicht mit einer ganz, ganz kranken Geschlechtsgenossin abplagen.«
»Du meinst, dass diese Lisa ihn … so zugerichtet hat?«
Pia Ritter sah ihren Kollegen, der mittlerweile den Motor gestartet hatte und losgefahren war, von der Seite an.
»Auf die Anwesenheit einer oder eines Dritten weist nach meiner Einschätzung nichts hin. Und da sein Ding definitiv abgebissen wurde, würde ich deine Frage eindeutig mit Ja beantworten.«
»Vermutlich fällt dir auch was zu einem möglichen Motiv ein?«
»Irgend eine Unstimmigkeit bei den sexuellen Vorlieben vielleicht. Oder er hat sie mit irgendwas beleidigt, was weiß ich.«
»Die Handschellen?«
»Ein schönes Sexspielzeug; wird auch in besseren Kreisen immer wieder gern genommen.«
Hain hob den Kopf und sah ein wenig überrascht nach rechts.
»Du sprichst aus Erfahrung?«
»Hm. Ich zumindest habe immer ein Paar davon unterm Bett liegen.«
»Du verscheißerst mich, oder?«
»Das, lieber Thilo, wirst du vermutlich nie erfahren.«
Den Rest der Fahrt brachten die beiden schweigend hinter sich. Jeder hing seinen Gedanken nach, die sich

in der Hauptsache um den Tod wegen eines abgebissenen Geschlechtsteils drehten. Dann hatten sie ihr Ziel erreicht und Hain stoppte das Cabriolet vor einem gepflegt aussehenden Mehrfamilienhaus.
Sie suchten am Klingelbrett nach einer Lisa Bremeier, fanden allerdings nur eines mit der Aufschrift *Familie Bremeier*.
»Oha«, raunte Pia ihrem Kollegen zu. »Eine ganze Familie auch noch.«
Hain drückte auf die Klingel.
»Ja, bitte«, erklang es kurz darauf blechern aus dem Lautsprecher. Offenbar gehörte die Stimme zu einem Kind.
»Hallo, hier sind zwei Polizisten, die gern mit deiner Mutter sprechen würden.«
Die Ansage des Kommissars hatte das Mädchen offenbar verstört, denn die Anlage blieb für etwa 10 Sekunden stumm. Dann meldete sich eine Frau.
»Ja, bitte, was kann ich für Sie tun?«
»Frau Bremeier? Lisa Bremeier?«
»Ja, das bin ich. Worum geht es denn?«
»Mein Kollege und ich haben ein paar kurze Fragen an Sie. Hätten Sie einen Moment Zeit für uns?«
Wieder eine Pause, dann das Summen des Türöffners.
»Zweiter Stock bitte.«
Die Kommissare wurden von einer rothaarigen, nicht komplett durchtrainierten Frau von etwa 30 Jahren an der Tür erwartet, in deren Gesicht mehr als nur die Andeutung von Misstrauen sichtbar war. Deshalb zückten beide sofort ihre Dienstausweise und hielten sie ihr hin.

»Ich weiß ja gar nicht, wie ein echter Polizeiausweis aussieht«, sagte sie leise. »Deshalb hilft mir das nicht viel.«
»Wir sind wirklich echte Polizisten«, versuchte Pia Ritter sie zu beruhigen. »Und wie es aussieht, sind wir auch gleich wieder weg.«
»Ach so?«
»Ja. Wir sind in einem unserer Fälle auf einen Zusammenhang gestoßen, der mit einer Frau mit Namen Lisa hinweist. Allerdings ist diese Lisa eher blond und vermutlich auch etwas jünger als Sie.«
»Da habe ich aber Glück gehabt.«
»Definitiv. Und wenn Ihnen jetzt noch ein Herr namens Franco Bellini komplett unbekannt ist, dann sind wir auch schon wieder weg.«
»Franco Bellini? Den Namen habe ich noch nie gehört. Versprochen.«
»Mama?«, kam es von hinter der Tür. »Was wollen die Leute von uns?«
»Gar nichts mehr«, rief Thilo Hain laut, nickte Lisa Bremeier zu und wandte sich ab. Pia dankte der Frau, verabschiedete sich von ihr und folgte ihrem Kollegen.
Eine halbe Stunde später rollte der Mazda auf dem Parkstreifen vor einem Einfamilienhaus im Stadtteil Bettenhausen aus.
»Lisa Werner«, las Pia von dem Ausdruck ab. »Und ich bin jetzt bis zu einem gewissen Grad aufgeregt.«
»Echt? Weil wir jetzt bei einer Frau klingeln, die vermutlich einem Mann den Schwanz abgebissen und ihm beim Verbluten zugesehen hat?«
»Idiot«, murmelte die Kommissarin und schellte.

Es dauerte eine Weile, dann wurde die Haustür langsam geöffnet und eine etwa 50-jährige Frau sah sie freundlich an.
»Ja«, sagte sie. »Was kann ich für Sie tun?«
»Wir sind auf der Suche nach Lisa Werner«, antwortete Hain und hielt ihr seinen Dienstausweis unter die Nase.
»Polizei? Ist etwas passiert? Ist etwas mit Lisa passiert? Hatte sie einen Unfall?«
Hain und Ritter sahen sich irritiert an. Dann zog auch die Oberkommissarin ihren Dienstausweis aus der Tasche und hielt ihn ebenfalls in die Höhe.
»Nein …, wer …?«
»Ich bin Andrea Werner, Lisas Mutter.«
»Wenn ich Ihre Reaktion richtig deute«, fragte Hain, »ist Ihre Tochter nicht zu Hause, oder?«
»Nein, sie ist nicht hier. Aber wo sie ist, kann ich Ihnen leider nicht sagen.«
Wieder tauschten die Polizisten einen Blick aus.
»Wann haben Sie Ihre Tochter zuletzt gesehen, Frau Werner?«, wollte Pia Ritter wissen.
»Vorgestern Abend, wir waren zum Essen verabredet. Aber nun sagen Sie mir doch bitte, warum Sie so insistierend nach Lisa fragen.«
»Können wir vielleicht ins Haus gehen?«
»Aber ja, natürlich, kommen Sie bitte herein.«
Kurz darauf hatten alle drei am großen Tisch in der gemütlichen Küche Platz genommen.
»Also?«, wiederholte Andrea Werner ihre Frage, »warum suchen Sie nach Lisa? Die Art, wie Sie sich nach ihr erkundigen, weckt schreckliche Ängste in mir.«

»Das ist zunächst einmal nicht notwendig, Frau Werner. Wir möchten Ihrer Tochter nur ein paar Fragen stellen, die einen unserer Fälle betreffen. Sie ist eine wichtige Zeugin für uns, nicht mehr.«
»Das ist alles sehr verwirrend für mich«, stellte die etwa 50-jährige Frau mit zitternden Händen fest.
»Warum? Wie meinen Sie das?«, wollte Hain wissen.
»Weil ich heute Morgen eine Signal-Nachricht von Lisa bekommen habe, die mich ganz und gar ratlos gemacht hat. Und nun tauchen Sie hier auf und suchen nach ihr.«
»Was war das für eine Signal?«
»In der stand, dass sie den Traummann ihres Lebens getroffen hat und erst einmal eine Weile mit ihm unterwegs sein wird. Er hat wohl ein Segelboot, auf dem die beiden um die Welt reisen wollen. Völlig verwirrend, das Ganze.«
»Und diese Nachricht hat sie Ihnen heute Morgen geschickt?«
»Sie hat die Nachricht wohl im Verlauf der Nacht geschrieben und abgeschickt, aber ich habe mein Telefon nachts immer auf stumm stehen, weil ich ohnehin nicht sehr gut schlafe. Also habe ich sie erst heute Morgen gelesen.«
»Darf ich die Nachricht sehen, Frau Werner?«, fragte Pia vorsichtig.
»Aber natürlich.«
Die Frau bückte sich nach ihrer Handtasche, kramte ein Mobiltelefon heraus, entsperrte es, drückte ein paarmal auf dem Display herum und reichte es der Kommissarin.
»Hier, bitte«, sagte sie leise.

Hallo Mama, du findest es bestimmt völlig gaga, aber ich habe wirklich meinen TRAUMMANN getroffen! Und ich habe mich entschlossen, eine Weile mit ihm auf seinem Segelboot zu leben und um die Welt zu reisen. Sei nicht traurig oder böse mit mir, sondern denk einfach daran, dass es mir unheimlich gut geht ... Ich melde mich, sobald ich wieder einen klaren Gedanken fassen kann. Das ist im Augenblick leider nicht möglich, denn ich bin einfach zu verliebt!
Dickes Bussi
Lisa

Kümmerst du dich bitte um meine grünblättrigen Lieblinge, bis ich wieder da bin?

»Ja, diese Nachricht würde mich auch verwirrt zurücklassen«, gestand Pia Ritter freimütig ein, während sie ihrem Kollegen das Telefon reichte. »Hat sie denn Ihnen gegenüber schon einmal von diesem Mann gesprochen?«
»Ach was, nein. Sie hat zwar ganz bestimmt nicht alles aus ihrem Liebesleben mit mir geteilt, aber wir haben schon relativ offen über ihre …, nun ja, … ein wenig zu oft wechselnden Liebschaften gesprochen. Von einem Traummann mit Segelboot war da bisher nie die Rede.«
»Vielleicht von einem Arzt«, wollte Hain wissen, »mit dem sie sich seit ein paar Wochen getroffen hat?«
»Nein, auch von einem Arzt hat sie mir gegenüber nichts erwähnt.«
Die Frau hob die Augenbrauen.

»Oder nein, warten Sie, da war einmal etwas. Lisa hat mir mal von einem Mediziner erzählt, der sich sehr um sie bemühte und ihr den Hof machte. Sie mochte ihn wohl, glaube ich, aber es gab da auch etwas, das sie an ihm störte. Aber wie die Sache genau ausging, kann ich Ihnen leider nicht sagen.«

»Wann war das?«

»Es kann acht Wochen her sein, vielleicht auch etwas länger. Allerdings hat sie es nur mal ganz am Rand eines Gesprächs erwähnt, sodass es mir kaum beachtenswert erschien. Lisa ist eine kluge, hübsche junge Frau und das weiß sie auch. Ich nenne sie gern *meine Motte*, weil die Jungs oder jetzt die Männer quasi in Scharen um sie herumschwirren.«

Andrea Werner sah auf und schluckte.

»Wollen Sie mir etwas über diesen Arzt erzählen? Ihr Besuch hängt doch vermutlich mit ihm zusammen, sonst hätten Sie bestimmt nicht nach ihm gefragt.«

Hain und Ritter tauschten einen kurzen Blick aus.

»Ihre Tochter«, antwortete Pia Ritter behutsam, »ist wie zuvor erwähnt eine wichtige Zeugin für uns. Es geht um den angesprochenen Arzt, das vermuten Sie richtig, aber mehr können wir zum jetzigen Zeitpunkt leider nicht sagen.«

»Ist ihm etwas passiert?«

»Ja, aber das muss definitiv nicht in Verbindung zu Ihrer Tochter Lisa stehen. Wir ermitteln in alle möglichen Richtungen und Lisa ist nur ein Puzzleteil von vielen.«

»Was ist das für ein Arzt?«

»Es geht um einen plastischen Chirurgen.«

Lisa Werners Mutter hob den Kopf.

»Plastische Chirurgie? Sie meinen einen Schönheitschirurgen?«
»Ja, so könnte man sein Berufsfeld auch nennen.«
»Mit solch einem Menschen würde Lisa niemals etwas angefangen, das können Sie mir glauben. Sie verachtet Frauen, die *an ihrem Körper rumschnippeln lassen*, so hat sie sich mir gegenüber mal ausgedrückt. Aber na ja, das ist auch einfach gesagt, wenn man einen Körper hat, an dem alles zusammenpasst. Schönheitschirurgen waren ihr allerdings immer schon suspekt.«
»Lisa hat sich also niemals einer solchen Operation unterzogen? Da sind Sie sicher?«
»Absolut sicher, ja. Sie würde es vermutlich selbst dann nicht machen, wenn sie es nötig hätte. Und bei Lisa ist das absolut nicht notwendig.«
Sie holte tief Luft.
»Wenn ich Ihren Besuch halbwegs richtig deute, dann ist diesem Arzt etwa zugestoßen, oder?«
»Er wurde das Opfer eines Gewaltverbrechens«, antwortete Hain. »Aber mehr können wir Ihnen dazu nicht sagen.«
»Und Lisa stand in Kontakt zu diesem Mann? Wirklich?«
»Unsere bisherigen Informationen lassen den Schluss zu, ja.«
»Wenn das der Mediziner ist, von dem sie mir erzählt hat, dann ist mir schon klar, was sie an ihm gestört hat. Und ich bin mir absolut sicher, dass sich daran auch nichts geändert haben dürfte. So gut kenne ich sie schon, das können Sie mir glauben.«

Sowohl Ritter als auch Hain ließen die Aussage der Frau unkommentiert.
»Aber da passt es schon ins Bild, dass meine Lisa so Hals über Kopf verschwindet, nicht?«
»Das gibt uns natürlich zu denken, aber wir wollen es nicht überbewerten«, gab Pia Ritter zurück.
»Ein Schönheitschirurg also …«, sinnierte Andrea Werner nach einem Moment des Schweigens. »Nein, das käme für Lisa definitiv nicht infrage. Eine kleine Tätowierung, die hat sie sich schon mit 18 machen lassen, aber mehr auf gar keinen Fall. Und von dem Tattoo war ich damals natürlich auch nicht begeistert, wie Sie sich sicher vorstellen können.«
»Lisa hat ein Tattoo? Können sie es uns beschreiben?«
»Ja, natürlich. Sie hat einen kleinen, bunten Schmetterling auf der linken Schulter. Ich finde so etwas ja eher abstoßend, besonders für eine Frau, aber Lisa wollte es unbedingt. Und wenn man endlich achtzehn ist, dann muss man ja auch endlich die Mutter nicht mehr um Erlaubnis bitten.«
»Ja, das ist eben sehr modern im Moment. Aber vielleicht überlegt sie es sich ja auch irgendwann wieder anders und lässt es beseitigen.«
»Und das geht so einfach?«
»Sehr gut, ja.«
»Dann werde ich ihr das bei nächster Gelegenheit einmal vorschlagen. Vielleicht kann ich sie ja davon überzeugen, wenn ich ihr anbiete, die Kosten dafür zu übernehmen.«
»Das ist bestimmt die beste Idee von allen«, bestätigte die Kommissarin.

»Darf ich ein Foto von der Nachricht machen, die Ihre Tochter Ihnen geschickt hat?«, mischte Hain sich etwas abrupt in das Tattoo-Gefachsimpel der beiden Frauen ein.

»Natürlich. Warum sollte ich etwas dagegen haben?«

Der Kommissar bedankte sich und machte eine Reihe von Aufnahmen mit seinem Telefon.

»Was arbeitet Ihre Tochter eigentlich?«, wollte Pia währenddessen wissen.

»Sie ist Versicherungsmathematikerin und arbeitet als Risikomanagerin für die Alto-Adige-Assekuranz. Das ist ein großes italienisches Versicherungsunternehmen, das seit einiger Zeit verstärkt in Deutschland Kunden akquiriert.«

»Das klingt ja interessant.«

»Ja, mit Zahlen kann sie umgehen, die Lisa. Das war schon in der Schule so.«

»Und der Sitz der Versicherungsgesellschaft ist hier in Kassel?«

Andrea Werner nannte ihr die Adresse.

»Meinen Sie, dass Lisa sich auch an der Arbeit abgemeldet hat?«, hakte Pia nach. »Immerhin klingt das ja nach einem sehr verantwortungsvollen und auch anspruchsvollen Job, den sie da hat.«

»Diese Frage kann ich Ihnen leider nicht beantworten, weil ich es nicht weiß. Allerdings ist meine Lisa zwar eine gute Mathematikerin, aber auch eine geradezu perfekte Chaotin. Und ihr jetziges Verhalten erinnert mich an ihre erste Interrailreise mit achtzehn. Da wollte sie sich auch nur vier Wochen lang Europa anschauen und kam erst nach drei Monaten zurück, weil sie sich unsterblich in einen jungen Mann aus Lissabon verliebt hatte. Und dann so lange bei ihm gelebt hat, bis es in die Brüche gegangen ist.«

»Das klingt, als ob Spontanität nicht Lisas Problem sei«, vermutete Hain.

»Damit haben Sie den Nagel auf den Kopf getroffen, Herr Kommissar. Wenn Lisa sich etwas in den Kopf gesetzt hat, dann wird das von ihr durchgezogen. Deshalb war ich zwar verwirrt von ihrer Nachricht, aber keinesfalls überrascht.«

»Schön, wenn man eine solch verständnisvolle Mutter hat«, würdigte Pia die Aussage der Frau.

»Wenn man sich mit 18 in einen Portugiesen verliebt vielleicht, aber Lisa ist eine erwachsene Frau, mit einem Beruf und Verantwortung. Da sollten solche Spinnereien meiner Meinung nach der Vergangenheit angehören.«

»Immerhin klingt ihre Nachricht, als müsse sie sich um die finanzielle Seite der geplanten Reise keine Sorgen machen. Zumindest deute ich ihre Worte so.«

»Das wäre jedoch auch dann richtig, wenn ihr *Traummann mit dem Segelboot* ein armer Schlucker ist. Lisa verfügt über genügend finanzielle Mittel, um sich im wahrsten Sinn des Wortes eine sehr, sehr lange Zeit über Wasser halten zu können.«

»Darf ich fragen, woher dieses … Vermögen stammt?«

»Die Familie meines Ex-Mannes ist sehr wohlhabend gewesen. Leider meinten es die Gene nicht besonders gut mit dieser Sippschaft, denn sie sind alle mit spätestens Mitte sechzig gestorben. Was heißt, dass Lisa schon in jungen Jahren beachtliche Vermögenswerte

vererbt bekommen hat. Und vor drei Jahren hat meine Mutter ihrer einzigen Enkelin auch noch dieses schöne Haus hier hinterlassen.«
»Was ist mit Lisas Vater?«, wollte Hain wissen.
»Ich habe mich schon von ihm getrennt, als Lisa noch sehr klein war. Es hat, nachdem sie geboren wurde, einfach nicht mehr funktioniert mit ihm und mir. Er war nun mal ein hundsmiserabler Ehemann, danach war er eben auch noch ein hundsmiserabler Vater. Drei Jahre nach unserer Scheidung ist er dann einem Herzinfarkt erlegen.«
»Das tut mir leid«, meinte der Kommissar.
»Mir nicht«, antwortete Andrea Werner. »Aber das tut ja hier eigentlich nichts zur Sache.«
»Nein«, entgegnete Hain und wies auf das auf dem Tisch liegenden Smartphone.
»Die Signal, die Sie von Lisa bekommen haben, erscheint Ihnen nicht irgendwie … merkwürdig oder ungewöhnlich? Oder haben Sie beim Lesen vielleicht Zweifel beschlichen, dass die Nachricht jemand anderes geschrieben haben könnte als Lisa?«
Andrea Werner dachte einen Moment nach und nahm dann das Telefon in die Hand.
»Nein«, sagte sie nach mehrmaligem Lesen des kurzen Textes, »diese Nachricht ist von Lisa. Wer sonst sollte wissen, dass wir unsere Pflanzen nur *unsere grünblättrigen Lieblinge* nennen? Und *dickes Bussi* ist ganz definitiv Lisas Ausdrucksweise mir gegenüber.«
Sie bedachte zunächst den Kommissar und dann dessen Kollegin mit einem skeptischen Blick.

»Aber das ist jetzt wohl der Moment damit anzufangen, mir Sorgen um Lisa zu machen, oder? Warum sonst sollten Sie danach fragen, ob jemand die Nachricht in Lisas Namen geschrieben haben könnte?«
Hain vermied es, die Frau direkt anzusehen, während er antwortete.
»Sich Sorgen zu machen, Frau Werner, wäre wirklich übertrieben. Sobald wir mit Lisa gesprochen haben, wird sich das hoffentlich alles aufklären. Aber falls weitere dieser Signal-Nachrichten kommen sollten, würden Sie sie an mich weiterleiten? Ich benutze diesen Messenger auch.«
Lisa Werners Mutter nickte, diktierte Hain ihre Mobilnummer, der sie direkt in sein Telefon eingab, speicherte und ihr eine Nachricht schickte.
»Erledigt«, sagte er, nachdem sie das Klingeln beendet hatte. »Und wenn Sie mir bitte gleich noch Lisas Mobilnummer schicken würden, wäre das großartig.«
Nun drückte Frau Werner auf dem Display ihres Telefons herum, bis Hains Gerät den Eingang einer Nachricht vermeldete. Er bedankte sich und steckte das Gerät weg.
Pia sah sich unterdessen in der Küche um, wo ein offensichtlich älteres Bild von Mutter und Tochter an der Wand hing.
»Meinen Sie, wir könnten ein aktuelles Foto von Lisa bekommen?«, fragte sie.
»Natürlich.«
Ein paar Minuten später hatten sich die beiden im gesamten Haus der Tatverdächtigen umgeschaut, eine benutzte Zahnbürste von ihr zwecks DNA-Abgleich in ei-

nem Beweisbeutel verstaut und waren mit einem aktuellen Foto der jungen Frau auf dem Weg zu Hains Cabrio.
»Was für ein Irrsinn«, brummte der Hauptkommissar, während er ein weiteres Mal das Foto von Lisa Werner anschaute. »Die ist jung, die ist verdammt attraktiv, und irgendwie wehrt sich alles in mir zu glauben, dass sie so abgebrüht ist, dem Typen den Schwanz abzubeißen.«
»Ja, geht mir genauso«, stimmte Pia ihm zu. »Aber wer weiß, was da vorher alles gelaufen ist und warum sie es gemacht hat. Denn es fällt mir schwer daran zu zweifeln, dass sie es gewesen ist. Ihr Motiv liegt natürlich noch ganz im Dunkeln, aber dass sie die Täterin ist, daran gibt es für mich keinen Zweifel.«
»Gut. Dann verlassen wir uns auf deinen weiblichen Spürsinn und schreiben sie zur Fahndung aus. Das heißt, einer von uns muss das mit dem Bild organisieren, das du mitgenommen hast. Außerdem beantrage ich eine Funkzellenabfrage ihres Mobiltelefons.«
»Um die Sache mit dem Bild kümmere ich mich, du machst das mit der Funkzelle.«

3

Lino Basile sah seinen Sohn mit starren Augen an.
»Was erzählst du da, Salvatore? Das kann doch nicht sein.«
»Doch, Papa, er ist tot. Franco ist wirklich tot!«
»Aber wie ist das denn gekommen?«
Salvatore Basile berichtete seinem Vater ausführlich über jedes Detail, das er im und vor dem Haus des Freundes mitbekommen hatte. Immer wieder fehlten ihm die Worte und er wurde von Weinkrämpfen geschüttelt.
»Ermordet?«, rief der grauhaarige Kalabrier. »Warum sollte denn jemand Franco ermorden?«
»Ich weiß es nicht, Papa. Aber wenn ich das, was die Polizistin gesagt hat, richtig verstanden habe, verdächtigen sie diese Lisa, mit der er gestern Abend hier gewesen ist. Zumindest suchen sie wohl nach ihr.«
»Aber … diese junge Frau hat doch nicht ausgesehen wie eine Mörderin!«
Der Sohn nickte und schüttelte gleich darauf den Kopf.
»Das finde ich ja auch, aber du sagst doch immer, dass man den Leuten leider nur bis vor die Stirn sehen kann. Vielleicht ist ja irgendetwas passiert, was wir einfach nicht wissen. Nicht wissen können.«

»Ich verstehe es nicht«, murmelte Lino Basile. »Er war doch so verliebt in diese Frau. Und ich kann nicht glauben, dass er sich so in ihr getäuscht hat. Franco ist doch kein Dummkopf … gewesen.«
»Nein, ein Dummkopf war er auf jeden Fall nicht.«
Es entstand eine längere Pause, in der jeder der beiden Italiener seinen traurigen Gedanken nachhing.
»Gut«, murmelte der Vater schließlich. »Wenn die Polizei nach ihr sucht, können wir das auch machen. Ich werde mich darum kümmern.«
»Nein, Papa, das wirst du bitte lassen«, erwiderte Salvatore aufgebracht. »Ich will nicht, dass du wegen dieser Sache deine alten Kontakte wieder aufleben lässt. Du hast Mama und mir an ihrem Totenbett in die Hand versprochen, dass diese Zeit ein für alle Male vorbei ist; dass es den Lino Basile aus diesen Tagen nicht mehr gibt und auch nie wieder geben wird.«
Der grauhaarige Italiener sah seinem Sohn lange in die Augen, bevor er zu einer Replik ansetzte.
»Ich habe es damals ernst gemeint, das kannst du mir glauben. Aber deine Mutter, die deinen Busenfreund Franco geliebt hat wie einen eigenen Sohn, wäre die erste gewesen, die in diesem speziellen Fall gedacht hätte wie ich. Wenn jemand Franco etwas antut, wird er oder sie die Wut und den Zorn der gesamten Familie zu spüren bekommen. Und damit basta!«
»Aber …«
Salvatore brach ab, weil ihm schmerzlich bewusst wurde, dass er seinen Vater nicht würde umstimmen können.

»Denk bitte noch einmal darüber nach, was das dann bedeutet, Papa. Was es alles nach sich zieht, wenn du wieder Kontakt mit diesem Teil der Familie aufnimmst.«
»Ich weiß genau, was es bedeuten wird«, erklärte Lino Basile seinem Sohn leise. »Ich weiß es nur zu genau und werde es trotzdem tun.«

4

Pia Ritter hatte ihren Boss und Freund an dessen Wohnung abgesetzt und war auf dem Weg nach Hause. Die kleine, analoge Runduhr in der Mittelkonsole zeigte 22:38 Uhr an und sie war müde. Müde, ausgelaugt und erschöpft. Am Horizont waren letzte Reste von blauem Himmel zu erkennen, jedoch war es noch immer warm und der Fahrtwind umwehte ihren gesamten Oberkörper sanft. Und mit einem Mal fiel ihr der Besuch bei ihrer Frauenärztin ein, der noch nicht einmal fünf Stunden zurücklag.
Ich werde Mutter, dachte sie. *Dominik und ich werden tatsächlich Eltern!*
15 Minuten später saßen die beiden auf dem kleinen Balkon ihrer Wohnung. Pia hatte die Beine auf Dominiks Oberschenkeln liegen, auf dem Tisch standen zwei Weißweinschorlen und sie hatten sich jeweils kurz von ihren Arbeitstagen berichtet.
»Was würdest du davon halten, wenn wir aufhören würden, Alkohol zu trinken?«, wollte die Polizistin nach einem Schluck Schorle wissen, während sie die Massage ihrer Fußsohlen genoss.
»Einfach so?«, fragte er zurück. »Oder glaubst du, dass diese Maßnahme unser Leben verlängert oder etwas in der Richtung?«

»Nein, nein, wir wollen damit nicht unser Leben verlängern«, brummte sie schläfrig. »Ich dachte nur, wenn ich es ohnehin mache, dann könntest du es halt auch gleich erledigen. Und wenn wir ehrlich sind miteinander, dann trinken wir schon zu viel.«
Dominik sah sie erstaunt an.
»Weil wir abends zusammen gern einen Wein trinken?«
»Ja, genau deswegen. Ich kann mich offen gesagt nicht an einen gemeinsam verbrachten Abend in den letzten Jahren erinnern, an dem wir nicht in irgendeiner Form Alkohol getrunken haben.«
»Hm«, machte er. »Und du willst es auf jeden Fall machen? Wo du es doch so gern magst, ein klein bisschen angeschickert ins Bett und in den Schlaf zu gehen. Und vorher vielleicht noch …«
»Ja, das mag ich sehr gern, das stimmt. Aber ich denke, ich muss jetzt einfach mal Verantwortung übernehmen?«
»Verantwortung übernehmen? Meinst du denn, dass du nicht verantwortungsvoll mit dir umgehst?«
»Doch, klar. Aber ich will einfach nicht, dass durch meinen Alkoholkonsum unser Kind einen schlechteren Start ins Leben hat als es möglich wäre.«
Es dauerte einen Moment, bis Dominik Prenzel die Worte seiner Frau in der passenden Hirnregion verarbeitet hatte. Dann jedoch riss er die Augen auf und starrte sie an.
»Ist das wahr? Du verarschst mich nicht bei so einem ernsten und für uns wichtigen Thema, oder?«
Sie schüttelte den Kopf.

»Nein, das würde mir in diesem Zusammenhang nie in den Sinn kommen. Ich bin wirklich schwanger und ich freue mich wie Bolle auf unser gemeinsames Kind.«
Dominik beugte sich nach vorn, nahm den Kopf seiner Frau in die Hände und küsste sie sehr sanft und sehr zärtlich auf den Mund.
»Und ich erst, Pia! Und ich erst!«
»Das glaube ich dir gern, Dominik. Das ist allerdings kein Grund, meine Füße loszulassen und die überaus wohltuende Massage meiner Fußsohlen zu beenden.«
Er grinste sie an, begab sich zurück in die ursprüngliche Position und nahm sein Bemühen um ihr Wohlbefinden wieder auf.
»Und was den Alkoholkonsum angeht, werde ich absolut solidarisch sein, Pia. Solang du keinen trinkst, werde ich natürlich auch darauf verzichten.«
»Vielen Dank. Das ist großartig von dir und macht es mir bestimmt viel leichter.«
»Dafür nicht.«
Am nächsten Morgen wachten die beiden nach höchstens drei Stunden Schlaf komplett übernächtigt auf. Schon auf dem Weg ins Bett waren sie plötzlich überdreht wie Kinder gewesen und hatten noch stundenlang über die maximale Veränderung in ihrem Leben gesprochen. Dazwischen hatten sie zunächst sehr zärtlich und vorsichtig und eine Stunde später noch einmal wild und hemmungslos miteinander geschlafen.
»Sehe ich so aus, wie ich mich fühle?«, wollte die werdende Mutter auf dem Weg ins Bad wissen.
»Nein, viel schlimmer«, schickte Dominik ihr giggelnd hinterher.

»Obacht, mein Freund«, gab sie drohend zurück. »Ich habe eine Knarre, wie du weißt. Und geladen ist sie auch.«
»Ja, ich weiß, aber du würdest niemals auf den Vater deines Kindes schießen, Frau Oberkommissarin.«
Pia stoppte abrupt, drehte sich zu dem noch auf dem Bett liegenden Dominik um und grinste ihn feist an.
»Verlass dich da mal besser nicht drauf.«
Dann formte sie mit drei Fingern der rechten Hand eine Pistole, imitierte ein Abdrücken und verschwand im Bad.

**

»Oha«, wurde sie eine knappe Stunde später von Thilo Hain begrüßt, der mit einer Tasse Kaffee vor sich am Schreibtisch saß. »Hattest du einen Unfall, oder gab es eine handfeste Krise in der noch jungen Lebenspartnerschaft?«
»Weder noch, Thilo. Ich habe nach den Ereignissen von gestern einfach mal schlecht geschlafen«, verbog die Kommissarin die Wahrheit ein klein wenig.
»Das kann ich gut verstehen. Sorry für meinen blöden Spruch.«
Sie winkte ab.
»Schon gut. Ich finde auch, dass ich noch nicht wirklich vorzeigbar aussehe. Gibt es schon was Neues, das ich wissen sollte?«
»Eigentlich nicht. Lemmi ist mit Lisa Werners Zahnbürste auf dem Weg zu Dr. Braas. Aber zwei Tage dauert das wie immer mindestens, das geht einfach nicht

schneller. Die europaweite Fahndung nach ihr selbst läuft seit heute Nacht auf Hochtouren, bisher aber leider ergebnislos. Und auf die Funkzellenauswertung warten wir auch noch.«

Er nahm einen Schluck Kaffee.

»Außerdem hat mich der Michael von der Medienabteilung angerufen und mir erzählt, dass die Damen und Herren der einschlägigen Blätter und Sender es kaum noch aushalten würden, die neuesten Neuigkeiten zu unserem Fall zu erfahren und natürlich auch zu bringen. Er ist außerdem der Meinung, dass sich sämtliche Details dazu schon längst als Gerüchte im Umlauf befinden und alle nur noch auf unsere Bestätigung warten.«

»Und? Bestätigen wir?«

»Nein, im Augenblick auf gar keinen Fall. Ich will einfach nicht, dass Kassel in den Medien als die Stadt auftaucht, in der Männern die Schwänze abgebissen werden. Das brauchen wir, bei all dem Documenta-Kram, den man liest und hört, nicht auch noch. Es gab ein Tötungsdelikt, das muss als Presseaussendung erst mal reichen.«

»Und woher stammen diese Gerüchte? Schon eine Idee dazu?«

Thilo Hain zuckte mit den Schultern.

»Es waren im und an Bellinis Haus ungefähr fünfundzwanzig Personen im Einsatz, inklusive Rettungsdienst und Bestatter. Den Rest überlasse ich deiner Fantasie, Pia.«

»Das alte Problem mit der Diskretion. Aber das wird sich vermutlich nie ändern oder ändern lassen.«

»Nein, vermutlich nicht.«

»Gut. Dann lass uns jetzt zu der Versicherung fahren, bei der sie gearbeitet hat.«
Der Hauptkommissar warf seiner Kollegin einen skeptischen Blick zu.
»Meinst du, wir können denen deinen Anblick zumuten? Oder sollte ich nicht besser alleine fahren?«
»Nein, ich will definitiv mit. Dafür würde ich sogar so weit gehen, auf dem Klo noch mal schnell meine Schminkutensilien auszupacken und nachzuarbeiten. Oder vielleicht mal ernsthaft mit der Maske anzufangen, weil ich das heute noch gar nicht gemacht habe. Okay?«
»Lass mich das bitte entscheiden, wenn du wieder hier bist, Pia.«
Ihr Versuch, sich vorzeigbar zu machen, war offensichtlich von Erfolg gekrönt, denn ihr Partner nickte bei ihrer Rückkehr nur und erhob sich kommentarlos von seinem Stuhl.
Die Alto-Adige-Assekuranz logierte in einem überaus schmucken Bürogebäude im Stadtteil Wilhelmshöhe. Pia stellte den Mazda auf einem der Besucherparkplätze ab und ließ den Blick über die Fassade gleiten.
»Schön gemacht, die Hütte«, meinte sie anerkennend, stieg aus und schob die Tür sanft ins Schloss.
»Ich hatte auf der Fahrt hierher gerade den Eindruck«, erklärte Hain ihr, während er sich ebenfalls aus dem Wagen schälte, »dass dir die Nutzung meines kleinen japanischen Freudenspenders ein geradezu überirdisches Vergnügen bereitet. Zumindest war das mein Gedanke, als ich dir dabei zugesehen habe.«

»Ja, das ist nicht komplett von der Hand zu weisen. Die Karre hat ebenso etwas wirklich Entschleunigendes, wie sie auch für die wilden fünf Minuten am Feierabend taugt. Also alles gut würde ich sagen.«

»Schön. Willst du sie haben, die Karre?«

»Wie …?«

Pia sah ihn eine Weile einfach nur an.

»Das ist eigentlich ganz einfach«, erklärte Hain seiner Freundin und Kollegin schulterzuckend. »Ich habe gestern Abend noch lange mit Carla auf dem Balkon gesessen und wir haben über den Tag und eigentlich auch über unser weiteres Leben gesprochen.«

Die Kommissarin riss erschrocken die Augen auf.

»Ach du Scheiße. Muss ich mir Sorgen machen um eure Zukunft als Ehepaar?«

»Das nun nicht gerade. Aber Carla hat mir mit ihrer einfühlsamen und irgendwie auch sehr empathischen Art klargemacht, dass meine Zeit mit diesem Auto einfach abgelaufen ist.«

»Echt? Wie hat sie das denn genau formuliert?«

»Schau in den Spiegel, erkenne dein Alter, werd im besten Fall gleich noch erwachsen und verabschiede dich von der Karre.«

Pia lachte laut auf.

»Viel mehr *einfühlsam* und *empathisch* geht ja wohl nicht, oder?«

»Das werde ich jetzt nicht mit dir diskutieren, geschätzte Kollegin. Ich habe allerdings lange über die Intervention meiner Frau nachgedacht und bin zu dem Schluss gekommen, dass sie recht hat. Also werde ich mich, wenn auch mit ein wenig schwerem Herzen, von die-

sem knallroten Kleinwagen trennen. Und wenn du ihn willst, kannst du ihn für kleines Geld übernehmen.«
Er grinste spitzbübisch.
»Dann könnte ich ihn vielleicht noch ein- oder zweimal im Jahr fahren, wenn das Wetter und der Rücken mitspielen.«
»Das kannst du glatt vergessen, Thilo. Ich würde doch mein Auto nicht mit einem notorischen Drängler und Spätbremser wie dir teilen. Never ever!«
»Hä …«, setzte er zu einer Replik an, wurde jedoch von ihr sofort unterbrochen.
»Du kannst mir glauben, dass dein Angebot bei mir bis gestern noch Jubelschreie und Freudensprünge ausgelöst hätte. Aber das geht jetzt leider nicht mehr, weil die besonderen Ereignisse des gestrigen Tages meine Denkweise über zweisitzige Cabriolets komplett auf den Kopf gestellt haben.«
Hain schüttelte den Kopf.
»Du willst dieses gut abgehangene, technisch einwandfreie Kleinod japanischer Ingenieurskunst nicht fahren, weil die letzte Fahrt von Dr. Franco Bellini, bevor ihm der Schwanz abgebissen wurde, in einem zweisitzigen Jaguar-Cabriolet stattgefunden hat? Das verstehe …?«
»Nein, damit hat es nicht das Geringste zu tun. Es geht nämlich nicht um die Ereignisse am Nachmittag und Abend, sondern diejenigen, die sich quasi direkt davor abgespielt haben.«
Erneutes Kopfschütteln.
»Ich kapiere es nicht, Pia.«
»Das macht nichts, ich erkläre es dir ja.«
Sie wies auf die beiden Sitze des Mazda.

»Ihm fehlt einfach die Rückbank, Thilo.«
»Aber das ist doch gerade das Geile an der Karre. Zwei Leute, zwei Sitze. Und sonst auch nicht gerade viel.«
»Wenn man zu zweit ist, mag das durchaus stimmen. Aber zwei Erwachsene und einen Kindersitz bringt man nun mal in keinem MX5 der Welt unter.«
»Nein!«, rief Hain, der einen Moment gebraucht hatte, um die Information richtig einzuordnen. »Echt jetzt? Und du weißt es wirklich erst seit gestern?«
Sie nickte. Ihr Kollege kam ums Auto herum und nahm sie in die Arme.
»Meinen ganz herzlichen Glückwunsch, Pia. Und alles, alles Gute für Mutter und Kind diesmal.«
Pia ließ sich nicht anmerken, dass sein Hinweis auf ihre durch den gewaltsamen Angriff eines Neonazis beendete Schwangerschaft ein paar Jahre zuvor ihr einen Stich versetzte und machte sich frei von ihm.
»Was sollen denn die Leute denken, wenn wir zwei uns hier erst wie rollige Teenager benehmen und dann von denen da drin wie ernstzunehmende Bullen behandelt werden wollen?«
»Stimmt«, erwiderte Hain laut lachend. »Ist mir im Augenblick aber total wumpe.«
Kurz darauf betraten die beiden die Eingangshalle des Bürohauses. Hinter einer hohen Theke saß eine junge Frau, die sie mit dem Telefon in der Hand anlächelte und ihnen zu verstehen gab, dass ihr Gespräch gleich beendet sein würde. Hain und Ritter sahen sich um.
Marmor, edle Hölzer und Edelstahl.
»Bisschen bunt durcheinander gemischt das Ganze hier, wenn du mich fragst«, meinte Pia.

»Ja. War aber garantiert nicht billig.«
»Ja, bitte, was kann ich für Sie tun?«, wollte die Dame hinter der Theke nun wissen. Dafür war sie aufgestanden und stützte sich mit durchgedrückten Armen auf der Tischplatte ab.
Hain trat mit hochgehaltenem Dienstausweis auf sie zu und stellte sich und seine Kollegin vor.
»Oh, die Polizei«, sagte sie fast ein wenig eingeschüchtert. »Ich hoffe, es ist nichts passiert.«
»Wir kommen wegen einer Kollegin von Ihnen«, gab Pia Ritter zurück, ohne auf ihre Anmerkung einzugehen. »Lisa Werner. Kennen Sie sie?«
»Klar. Ich meine ja, natürlich kenne ich sie. Und interessanterweise hatte ich gerade ein Telefongespräch ihretwegen.«
»So? Mit wem denn?«
»Mit ihrem Bereichsleiter. Der hatte gestern wohl einen Termin mit ihr, den sie nicht wahrgenommen hat. Und heute ist sie, so sagt er zumindest, auch nicht an der Arbeit erschienen.«
Sie kniff die Augen ein wenig zusammen und zog dabei die Schultern hoch.
»Der war ganz schön aufgeregt.«
»Kennen Sie Frau Werner näher?«
»Nein, das kann man nicht sagen. Ich habe ja auch gar nichts mit ihr zu tun, weil die Mitarbeiter ja alle unten in der Tiefgarage parken und dann mit den Fahrstühlen direkt in die Etage ihrer Büros fahren. Und ich eben hier an meinem Arbeitsplatz bin, ziemlich weit weg von allen anderen.«

»Das heißt, es kommt eigentlich keiner Ihrer Arbeitskollegen hier am Empfang vorbei?«
»Doch, ein paar schon. Es gibt nämlich ein paar wenige, die mit dem Fahrrad kommen und es draußen im Unterstand abstellen. Die kommen dann bei mir hier vorbei.«
»Wenn ich Sie eben richtig verstanden habe«, übernahm Hain wieder die Gesprächsführung, »dann war Frau Werner gestern und auch heute nicht an der Arbeit. Und ihr Boss hat sich gerade eben bei Ihnen darüber beschwert. Warum gerade bei Ihnen, Frau …?«
»Mein Name ist Nielsen. Heike Nielsen. Und der Herr Plassert hat mich damit beauftragt, hinter Frau Werner herzutelefonieren. Ich glaube, er macht sich ernsthaft Sorgen, weil die Lisa, also die Frau Werner, noch nicht oft einfach so gefehlt hat.«
»Können wir mit diesem Bereichsleiter sprechen?«
Frau Nielsen zögerte.
»Nein, eigentlich nicht. Das ginge nur, wenn Sie einen Termin hätten.«
»Dann machen wir eben jetzt einen Termin für gleich«, erwiderte Hain ein wenig angesäuert. »Oder meinen Sie, das ist nicht möglich?«
»Ich versuche einfach mal, ihn zu erreichen. Aber ich kann Ihnen sagen, dass er es gar nicht gern hat, wenn er unangemeldeten Besuch bekommt.«
»Haben Sie denn keinen Kundenkontakt hier im Haus?«
»Nein, so gut wie gar nicht. Wir bevorzugen es, nur online oder telefonisch Kontakt zu unseren Kunden haben.«

Damit griff sie zum Telefon und wählte eine kurze Nummer. Dann drehte sie sich um und ging ein paar Schritte nach hinten in Richtung einer offenstehenden Tür. Es dauerte etwa eine halbe Minute, bis sie das Gespräch beendete und wieder auf die Kripobeamten zukam. Auch ihr unverbindliches Lächeln hatte sie wiedergefunden.

»Herr Plassert ist zwar sehr beschäftigt, nimmt sich aber gern ein paar Minuten Zeit für Sie.«

Ihr rechter Arm wies auf eine silbrig schimmernde Fahrstuhltür.

»Mit diesem Lift in den vierten Stock, dort werden Sie abgeholt.«

Die Kommissare bedankten sich, fuhren nach oben und traten in den Flur. Dort wurden sie von einem etwa 22-jährigen Mann im Slim-Fit-Anzug erwartet.

»Einen schönen guten Tag, die Herrschaften. Herr Plassert hat mich gebeten, Sie zu ihm zu bringen.«

Norbert Plassert stand auf einem polierten Schild neben der gestrahlten Glastür, an der sie von dem jungen Mann abgeliefert wurden. Er klopfte devot an und verschwand anschließend wortlos und mit eiligen Schritten.

»Ja, bitte.«

Plasserts Reich war ein stark klimatisiertes Eckbüro mit mindestens 60 Quadratmetern und bodentiefen Fenstern rundum.

»Bitte, treten Sie doch näher«, forderte der etwa 40-jährige Mann die beiden mit einem Hinweis auf die vor seinem Schreibtisch stehenden Stühle freundlich auf.

»Und klären Sie mich darüber auf, warum die Polizei sich nach meiner besten Mathematikerin erkundigt.«
Diesmal stellte Pia Ritter sich und ihren Kollegen vor. Plassert winkte ab, als die beiden ihre Dienstausweise hochhielten.
»Aber bitte, Herrschaften, das ist doch nicht notwendig. Ich glaube Ihnen schon, dass Sie von der Polizei sind.«
»Schön«, meinte die Kommissarin und schob die kleine Plastikkarte zurück in die Blazertasche. »Die Polizei erkundigt sich nach *Ihrer besten Mathematikerin*, weil wir gern mit Frau Werner über einen unserer Fälle sprechen möchten. Sie ist möglicherweise eine wichtige Zeugin für uns.«
»Ach ja? Darf ich fragen, um was für einen Fall genau es sich handelt?«
»Fragen dürfen Sie, ja.«
»Aber eine Antwort bekomme ich wohl nicht?«
Pia schüttelte den Kopf.
»Die berühmten ermittlungstaktischen Gründe?«
Wieder nickte die Polizistin.
»Aber ganz abgesehen von unseren Gründen würde uns interessieren, wann Frau Werner zum letzten Mal hier an ihrem Arbeitsplatz gewesen ist.«
»Das war vorgestern. Wir hatten Lunch zusammen, haben uns über dies und das ausgetauscht.«
Norbert Plassert legte die Stirn in Falten und betrachtete eine Weile die unter seinem extrem klimatisierten Büro liegende Stadt.
»Lisa und ich sind weit mehr als reine Arbeitskollegen, müssen Sie wissen«, fuhr er schließlich fort. »Wir sind

so etwas wie … Seelenverwandte. Ja, diese Beschreibung trifft es vermutlich zu einhundert Prozent.«
»Wie dürfen wir das verstehen?«, wollte Hain wissen. »Meinen Sie damit so etwas wie eine romantische Beziehung? Eine Liebesbeziehung?«
»Nein, das sicher nicht. Etwas in der Art wäre auch mit der Compliance hier bei uns im Haus gar nicht vereinbar. Aber ganz tief in unseren Herzen sind wir eben … Seelenverwandte. Ich kann Ihnen leider keinen anderen Begriff anbieten für unser Verhältnis.«
»Und natürlich sind Sie von Frau Werners Verhalten überrascht, oder? Es kommt wahrscheinlich nicht so häufig vor, dass sie unentschuldigt der Arbeit fernbleibt?«
»Na ja, das erste Mal ist es definitiv nicht. Lisa hat schon ihre Marotten, was sie aber durch ihren sonstigen, absolut tadellosen Arbeitseinsatz mehr als wett macht. In diesem Fall jetzt bin ich allerdings schon enttäuscht darüber, dass sie weder auf meine Anrufe noch auf meine Nachrichten reagiert; das kannte ich so bisher nicht von ihr.«
»Mit welchen Begründungen hat Frau Werner denn ihre bisherigen Fehlzeiten entschuldigt?«
»Ach, sie ist doch noch eine sehr junge Frau. Geht gern aus, vergnügt sich in Clubs. Und schlägt dabei natürlich auch mal über die Stränge. Völlig normal und niemals ein Grund, sich darüber zu beklagen. Weil der ganze Rest, der für mich viel bedeutsamer ist, diese Ausrutscher mit Sicherheit mehr als wettmacht.«
Er setzte sich aufrecht und sah den Kommissar durchdringend an.

»Aber ich muss mir keine Sorgen machen, dass ihr etwas passiert ist, oder?«
»Nein, dazu besteht absolut kein Anlass. Wir wissen, dass Frau Werner sich gestern bei einem Familienmitglied gemeldet hat und arbeiten daran, möglichst zeitnah mit ihr zu sprechen.«
»Dann richten Sie ihr bitte aus, dass ich mich ebenfalls über einen Anruf freuen würde. Wir sind hier zwar eine recht eigenständige und auch nicht sehr große Division von Alto-Adige, aber endlos kann ich diese merkwürdige Eskapade sicher nicht vor dem Stammhaus in Italien geheim halten.«
»Dazu hätte ich eine Frage an Sie«, wandte Pia Ritter sich an den Bereichsleiter. »Nämlich, was eine Versicherungsmathematikerin eigentlich genau macht?«
Der Bereichsleiter lachte laut auf.
»Sie sorgt dafür, dass unsere Versicherung nicht mit unkalkulierbaren Risiken konfrontiert wird. Oder, anders ausgedrückt, bringt sie mathematische Modelle mit Statistiken in Zusammenhang und berechnet so die daraus resultierenden Risiken für die Police. Und damit managt sie, was wir für eine Versicherung berechnen müssen, um am Ende mit einem Gewinn dastehen zu können.«
»Und das macht sie für Ihre Niederlassung, oder geht das über das Geschäft in Deutschland hinaus?«
»Nein, sie ist die führende Mathematikerin bei Alto-Adige und rechnet quasi für die gesamte Gruppe. Das ist ja auch der Grund, warum sie eher jetzt als gleich wieder hier an der Arbeit erscheinen sollte. Wir haben

einige Anfragen aus Italien und auch Frankreich abzuarbeiten, und die Kollegen warten auf Zahlen.«
»Seit wann arbeitet Frau Werner denn hier?«
»Seit etwas mehr als drei Jahren. Wir haben sie direkt von der Uni weg engagiert, nachdem sie im Jahr zuvor ein Praktikum bei uns gemacht hatte. Wie gesagt, ist sie in ihrem Fach eine Koryphäe und wäre sicher auch bei einem der Wettbewerber untergekommen.«
»Haben Sie auch privat Kontakt mit ihr? Als *Seelenverwandte*, wie sie ihr Verhältnis beschrieben haben?«
»Klar treffen wir uns auch mal abseits der Arbeit. Mitunter waren wir auch zusammen abends unterwegs, aber seit etwa einem halben Jahr nicht mehr. Meine Frau konnte Lisas und meiner Verbindung leider so gar nichts … abgewinnen.«
»Ach so.«
»Ja. Aber das ist jetzt nicht mehr wichtig, denn ich werde demnächst zu ersten Mal Vater und denke, dass sich dadurch mein Leben sowieso komplett verändert hat und auch weiterhin verändern wird.«
»Sie sagten vorhin«, wollte Hain nun wissen, »dass Frau Werner ihre beste Mathematikerin ist. Was nach meinem Verständnis heißt, dass hier am Standort mehrere Mathematiker oder Mathematikerinnen arbeiten. Liege ich damit richtig?«
»Ja, das stimmt tatsächlich. Wir beschäftigen insgesamt drei Mathematiker, also Lisa und zwei Kollegen.«
»Und wie muss ich mir deren Alltag vorstellen? Sitzen die alle gemeinsam in einem Büro?«

»Nein, jeder unserer Mathematiker hat natürlich sein eigenes Office. Die brauchen eher einen ruhigen, abgeschlossenen Arbeitsplatz.«
»Und haben diese Mitarbeiter Assistenten oder etwas in der Richtung?«
»Ja. Sie müssen sich zwar zu dritt eine Assistentin teilen, aber so etwas gibt es natürlich.«
»Ist es möglich, mit dieser Kollegin zu sprechen?«
Plassert sah den Kommissar irritiert an.
»Ich wüsste jetzt nicht, was Frau Gonzales Ihnen mehr sagen könnte als ich. Immerhin gehen die meisten Vorgänge zuerst über meinen Schreibtisch, bevor sie an die einzelnen Mitarbeiter verteilt werden.«
»Ja, das verstehe ich. Aber bitte verstehen Sie auch, dass wir uns kurz mit Frau Gonzales unterhalten möchten. Es geht bestimmt ganz schnell.«
Der Bereichsleiter zögerte. Pia und Thilo konnten seinen Backenknochen beim Mahlen zusehen. Dann jedoch nickte er und griff zum Telefon.
Kurz darauf wurden die beiden wieder von dem jungen Mann im Slim-Fit-Anzug abgeholt und zwei Etagen tiefer vor einem Büro abgeliefert.
»Frau Gonzales erwartet Sie ja wohl«, brummte er und verschwand genauso schnell wie vor Plasserts Büro.
Genau in dem Moment, in dem Pia Ritter anklopfen wollte, vermeldete Hains Telefon den Eingang einer Nachricht. Er trat ein paar Schritte zur Seite, zog das Telefon aus der Jackentasche, entsperrte es und sah auf das Display.
»Von Frau Werner. Also Lisas Mutter.«
»Und?«, wollte seine Kollegin wissen.

»Eine weitergeleitete Signal-Nachricht.«
Er überflog die Nachricht und scrollte zum Anfang zurück.

Hallo Mama, wir sind gestern Abend hier im Hafen in Frankreich angekommen, haben das Boot fix seeklar gemacht und sind auch schon ausgelaufen. Mein Traummann ist ein perfekter Seemann und ich habe in dieser kurzen Zeit schon einiges gelernt. Dies ist leider die letzte Nachricht für eine Weile, weil wir auf offener See natürlich keinen Mobilfunkempfang haben. Mir geht es supergut und dir hoffentlich auch. Sei bitte nicht böse mit mir, bleib gesund und bis bald
Lisa

Über dem Text war ein unscharfes Bild platziert. Es zeigte das Vordeck eines Segelbootes, das offene Meer im Sonnenuntergang und in einiger Entfernung eine kleine Insel.
»Das kann ja nun aus jeder Zeitschrift da reinkopiert worden sein«, meinte Pia skeptisch.
»Genau. Und deshalb setzen wir unsere EDV-Jungs darauf an, die Metadaten des Bildes auszulesen.«
»Ich dachte, Signal sendet keine Metadaten mit?«
»Das stimmt. Aber vielleicht finden die ja doch irgendwas, mit dem wir etwas anfangen können. Und wenn es nur der Ort ist, an dem das Bild aufgenommen wurde.«
Die Kommissarin beugte sich über sein Telefon und betrachtete die Aufnahme noch einmal eingehend.
»Ich zumindest könnte niemals sagen, wo dieses Foto entstanden ist. Was ich aber sagen kann, ist, dass es

heutzutage nur noch die billigsten Telefone schaffen, so grauslige Bilder zu machen. Und selbst die tun sich vermutlich schwer mit dieser Qualität.«
»Ja, das habe ich auch schon gedacht. Aber wenn dir vor lauter heißer Liebe die Hand oder gleich der ganze Arm bibbert und vibriert? Wer weiß, was selbst ein Premiumtelefon dann für miese Bilder macht.«
»Aber die haben doch alle einen Verwacklungsschutz und einen Bildstabilisator und all diesen Mist«, gab sie skeptisch zurück.
»Genau. Und deshalb setzen wir ja auch unsere EDV-Jungs darauf an, Pia«, erwiderte der Hauptkommissar und leitete das Bild mit der entsprechenden Bitte direkt weiter an den zuständigen Kollegen.

5

Als Lino Basile 1967 in dem kalabrischen Nest Bombile geboren wurde, ahnte niemand, dass aus dem Sohn und ältesten Kind eines Landarbeiters und einer Schneiderin einmal der Besitzer eines italienischen Restaurants in Deutschland werden würde.
Der italienische Süden war zu dieser Zeit, deutlich mehr noch als heute, das Armenhaus des Landes. Die seinerzeit 166 Einwohner von Bombile, etwas abseits der 'Ndrangheta-Hochburgen San Luca und Platì und versteckt in den Bergen gelegen, versuchten sich und ihre Kinder sattzubekommen und nicht in die Scharmützel rivalisierender Clans verwickelt zu werden. Die lebten zu jener Zeit recht komfortabel vom Kidnapping und der Lösegelderpressung einheimischer Unternehmer und ausländischer Touristen. Das bekannteste Beispiel dafür dürfte Paul Getty III. sein, der im Juli 1973 entführt wurde, ein Ohr verlor, im Dezember des gleichen Jahres freigelassen wurde und für den Rest des Lebens von seiner Gefangenschaft gezeichnet war.
Diese ganzen Entwicklungen gingen komplett spurlos an Lino Basile vorbei. Der brachte sein Leben damit zu, ein braves Kind und später ein guter Schüler zu sein. Im Sommer verbrachte er die Nachmittage mit den Freunden am Flüsschen Condoianni und im Winter bes-

serte er zusammen mit den Geschwistern die Haushaltskasse durch die damals weitverbreitete Heimarbeit für Kleiderfabrikanten auf.

Im Herbst halfen alle den Eltern beim Salzen und Trocknen des im nur vier Kilometer entfernt liegenden Mittelmeer gefangenen Fisches, von dem in manchen Jahren sogar ein kleiner Teil verkauft werden konnte.

Anfang der 1990er-Jahre veränderte sich das Leben der Familie Basile dann mit einem Schlag dramatisch. Auslöser dafür war eine simple Karnevalsfeier im benachbarten San Luca, bei der auch die 18-jährige Antonia, Linos jüngste Schwester, anwesend war. Das Fest an jenem 11. Februar 1991 hatte recht zivilisiert begonnen, war im Verlauf des Abends jedoch komplett eskaliert. Jugendliche Mitglieder der Clans Nirta-Strangio und Pelle-Vottari-Romeo hatten sich ganz banal gegenseitig mit rohen Eiern beworfen, was jedoch in einer brutalen Prügelei endete. Ein paar Tage später wurden zwei junge Männer in einen Hinterhalt gelockt und getötet – der Beginn einer Fehde zwischen den beiden Clans, der im Lauf der folgenden Jahre mehr als 20 Männer, Frauen und Kinder zum Opfer fielen; und die im sogenannten *Ferragosto-Massaker* vor der Pizzeria ‚Da Bruno' in Duisburg im August 2007 ihren verabscheuungswürdigen Höhepunkt fand. Zu diesem Zeitpunkt hatte die komplette Familie Basile längst ihre Heimat verlassen, weil das Leben jedes einzelnen Mitglieds nur noch am seidenen Faden hing, da Antonia sich in ihrem jugendlichen Leichtsinn offenbar an der Eierschlacht beteiligt hatte. Von ihr war das zwar immer sehr heftig bestritten

worden, was die auf Rache sinnenden Clans jedoch nicht im Mindesten interessiert hatte.
Der vermutlich einzige Grund, warum man der Familie letztlich die Flucht und den Umzug gestattete, basierte auf der Tatsache, dass der Name Basile in Kalabrien nicht nur mit Landarbeit und Schneiderei verbunden war. Es gab nämlich auch einen Familienzweig, der sehr tief im ’Ndrangheta-Sumpf verankert war. Diese Verflechtung sorgte dafür, dass die Eltern mit den drei Töchtern nach Kanada übersiedeln durften und dass Lino und sein Bruder Ettore eine Anstellung in einem Restaurant in Hofgeismar, 25 Kilometer nördlich von Kassel, fanden. Ettore, der sich in Deutschland nie wohlgefühlt hatte, ging ein paar Jahre später zurück nach Italien, lebte eine Weile in Mailand und kam schließlich 1997 bei einem Verkehrsunfall ums Leben. Zu dieser Zeit arbeitete Lino schon als Koch in einem Restaurant in Kassel, war Vater eines Jungen und liebevoller Ehemann. Allerdings wurde er im Jahr darauf noch einmal mit seiner Vergangenheit konfrontiert, als sein Großcousin Giorgio Basile, ein Killer des Carelli-Clans, in Kempten festgenommen und später zum *Pentito* wurde; einem Mitglied der Mafia also, das sich nicht mehr dem Schweigegelübde *Omertà* unterwirft und seine ehemaligen Kumpels verrät.
Sowohl die deutschen als auch die italienischen Behörden hatten seinerzeit Interesse daran bekundet zu erfahren, ob er dem Killer in irgendeiner Form Hilfe gewährt oder ihn vielleicht sogar in seiner Wohnung versteckt hatte, was Lino Basile wahrheitsgemäß verneinte. Ein paar harmlose Treffen mit dem Cousin während seiner

Urlaube in der alten Heimat hielt er nicht für wichtig und hatte sie deshalb unerwähnt gelassen.
Nun allerdings hielt er sein Mobiltelefon in der einen Hand und sah auf den vergilbten Zettel in der anderen mit der klein geschriebenen Nummer darauf, die ihm wie aus einer anderen Zeit vorkam. Aus einer anderen Welt war sie auf jeden Fall. Und er hatte nicht die geringste Ahnung, ob sich damit überhaupt noch eine Verbindung herstellen ließ. Trotzdem gab er die Zahlen ein, wartete eine Weile und begann dann, im Dialekt seines Heimatortes zu sprechen.

6

Silvia Gonzales hatte die beiden Kripobeamten freundlich, aber reserviert, begrüßt und ihnen jeweils einen Platz vor dem Schreibtisch angeboten. Dann hatte sie sich selbst in ihrem Bürostuhl niedergelassen.

»Herr Plassert hat mir schon kurz dargelegt, worum es geht«, sagte die etwa 35-jährige, stark geschminkte Frau zur Eröffnung. »Aber so richtig weiß ich gar nicht, wie ich Ihnen helfen könnte. Außerdem finde ich es schon ziemlich spooky, dass die Polizei sich nach Lisa erkundigt.«

»Wie wir schon Herrn Plassert erklärt haben«, gab Hain zurück, »könnte Frau Werner eine wichtige Zeugin in einem unserer aktuellen Fälle sein. Deswegen ist es erforderlich, dass wir möglichst bald ein Gespräch mit ihr führen.«

»Aber sie hat nichts angestellt, oder?«

»Nein, Ihre Kollegin hat definitiv nichts angestellt«, verbog der Kommissar die Wahrheit bis zur Schmerzgrenze und darüber hinaus. »Es handelt sich um eine reine Zeugenbefragung, definitiv nicht mehr.«

Im Gesicht von Silvia Gonzales wurde Erleichterung erkennbar.

»Na dann, wie kann ich Ihnen helfen?«

»Zunächst einmal«, erwiderte Pia Ritter, »wüssten wir gern, wann Sie Frau Werner zuletzt gesehen haben.«
»Zuletzt gesehen habe ich sie … vorgestern. Wir hatten ein Meeting mit einem Kollegen aus Italien, bei dem sie mich dabeihaben wollte.«
»Wie wirkte Frau Werner auf Sie?«
»Völlig normal. Konzentriert, fokussiert und hervorragend vorbereitet. Wie immer also.«
»Können Sie uns etwas über Ihr Verhältnis zu Frau Werner erzählen. Sie ist doch Ihre Chefin, oder?«
»Ja, natürlich ist sie meine Chefin. Und unser Verhältnis? Ich weiß jetzt gar nicht, was ich dazu sagen soll. Sie ist mein Boss und versorgt mich mit Aufträgen. Ich arbeite ihr zu, meistens mit Zahlen und Statistiken. Ansonsten haben wir ein ziemlich gutes Verhältnis, würde ich sagen.«
»Und treffen sich auch mal abseits der Arbeit?«
»Das kommt auch schon vor, klar. Sie ist zwar ein wenig jünger als ich, aber wir treffen uns bisweilen in den gleichen Locations.«
»Sprechen Sie bei diesen Gelegenheiten oder auch hier an der Arbeit über Privates?«
Frau Gonzales zögerte kurz.
»Hm. Klar reden wir auch manchmal über Privates. Das ist doch normal, würde ich sagen.«
»Selbstverständlich«, bestätigte Hain. »Sie wissen vermutlich nicht, warum Frau Werner gestern und heute nicht zur Arbeit gekommen ist?«
»Nein, das weiß ich tatsächlich nicht. Ich habe zwar gestern und heute schon mehrfach versucht, sie zu er-

reichen, jedoch hat sie sich noch nicht bei mir zurückgemeldet.«
»Kam es schon öfter vor, dass Frau Werner nicht zur Arbeit gekommen ist, ohne sich zu melden oder abzumelden?«
»Lisa hat sich schon ab und an eine kleine Auszeit genommen, meistens einen Tag oder zwei. Aber bisher hat sie sich dann immer am ersten Tag gemeldet und mir kurz erklärt, warum sie gerade unpässlich ist.«
Über das Gesicht der Frau huschte ein Lächeln.
»Sie ist ja auch noch ziemlich jung, wie Sie sicher wissen. Und macht hier einen wirklich tollen Job, was natürlich die Toleranz diesen Ausfallzeiten gegenüber deutlich erhöht.«
Wieder eine kurze Pause.
»Und wenn ich bedenke, wie oft sie die Letzte ist, die das Haus abends verlässt, dann …«
»Ja?«
»Das Leben ist nun mal ein Geben und Nehmen. Und für das, was sie sich manchmal rausnimmt, gibt sie der Versicherung ganz bestimmt genug zurück.«
»Wissen Sie, ob Frau Werner einen Freund hat?«
Wieder ein Lächeln auf Silvia Gonzales‘ Gesicht.
»Sie meinen sicher einen *festen* Freund?«
»Richtig, ja.«
»Lisa ist, was das angeht, ziemlich diskret. Ich weiß, dass sie bis vor ungefähr einem halben Jahr mit einem Mann zusammen war. Angeblich war er deutlich älter als sie, aber das habe ich nur aus zweiter Hand und weiß es nicht von ihr.«
»Wo erfährt man so etwas denn?«, wollte Pia wissen.

»Eine Freundin von mir, die sie auch kennt, hat sie öfter mal mit diesem Mann gesehen. In Clubs und so. Und angeblich haben sie sich ziemlich leidenschaftlich auf der Tanzfläche geküsst.«
»Haben Sie einen Namen für uns?«
Lisa Werners Assistentin schüttelte den Kopf.
»Keine Chance, weil ich echt keinen habe. Ein Typ so Ende vierzig, nicht sehr groß, schon ziemlich ergraut und trägt wohl mit Vorliebe teure Sneakers. So hat ihn mir meine Freundin beschrieben und mehr kann ich Ihnen nicht über ihn sagen.«
»Und danach? Irgendwelche Informationen, von mir aus auch aus zweiter Hand?«
»Nein. Oder warten Sie … sie hat mir letzte oder vorletzte Woche mal was von einer Einladung erzählt. Irgendein Typ stand wohl voll auf sie und hat sie zu irgendwas eingeladen. Aber was genau das war? Keine Ahnung«.
»Und sie hat nichts über *diesen Typen* erzählt?«
»Nein. Sie ist, was das angeht, sehr diskret. Aber wenn Sie mich fragen, kann das nichts Ernstes sein.«
»Wie kommen Sie darauf?«
»Wenn Lisa verschossen ist, dann immer komplett und mit Haut und Haaren. Dann ist sie einfach ein anderer Mensch. Bei dem Grauhaarigen war das auch so. Sie strahlt dann immer noch mehr als sonst, finde ich. Und man hat es ihr auch angemerkt, als die Geschichte vorbei war. Lisa musste gar nichts dazu sagen, man hat es ihr einfach angesehen.«
»Kommt das denn öfter vor?«, wollte Hain wissen. »Ich meine, dass sich Frau Werner verliebt?«

»Ja, das kommt schon öfter vor«, erwiderte die Assistentin. »Sie ist nicht diejenige, die es lange mit einem Mann aushält. Aber sie ist immer ehrlich mit den Männern, zumindest hat sie es mir mal so erzählt.«
»Und wie«, fragte der Hauptkommissar weiter, »ist Frau Werners Verhältnis zu Herrn Plassert?«
Silvia Gonzales errötete leicht.
»Ach, der Herr Plassert. Hat er Ihnen auch was von seinen *Seelenverwandtschaften* erzählt? Es würde mich nicht wundern, weil er das gern und oft macht.«
Pia und Thilo tauschten einen verstohlenen Blick aus.
»Das klingt«, wunderte sich die Polizistin, »ein wenig …, verzeihen Sie mir den Ausdruck, … despektierlich. Immerhin ist auch er so etwas wie ihr Chef.«
»Ja, das sollte vermutlich auch despektierlich klingen. Fast jeder hier ist genervt von ihm, speziell die Frauen.«
»Wie kommt das?«
Die Frau hinter dem Schreibtisch zögerte.
»Sie behandeln doch das, was ich Ihnen hier erzähle, mit der gebotenen Diskretion, oder? Ich möchte nämlich nicht, dass auch nur ein Wort von mir den Raum verlässt. Versprechen Sie mir das?«
»Natürlich«, sicherte Pia Ritter ihr sehr ernst zu. »Von uns erfährt absolut niemand, was wir hier miteinander zu besprechen hatten.«
»Gut. Ich will nämlich nicht, dass ich auf den letzten Metern noch einmal Ärger mit Herrn Plassert bekomme.«
»Was heißt das, *auf den letzten Metern*?«

»Das heißt, dass ich auf dem Absprung bin. Ich will weg hier, wie so viele meiner Kolleginnen auch. Und wir wollen das in der Hauptsache … wegen Plassert.«
»Sie sagen, dass Sie *nicht noch einmal* Ärger mit Herrn Plassert bekommen wollen. Das heißt ja dann wohl, dass Sie schon Ärger mit ihm hatten?«
»Wer hier hatte den noch nicht? Zumindest dann, wenn wir von den Frauen im Unternehmen sprechen.«
»Können Sie diesen *Ärger* ein wenig präziser beschreiben?«
Wieder zögerte Silvia Gonzales.
»Es gilt weiterhin unsere Vereinbarung, dass alles Gesagte hier im Raum bleibt?«
Thilo Hain nickte.
»Definitiv und ohne jegliche Ausnahme.«
»Gut. Ich kann es mir nämlich leider nicht leisten, diesen Job hier zu verlieren, bevor ich einen neuen gefunden habe.«
»Sie können uns hundertprozentig vertrauen«, bestätigte Pia Ritter die Worte ihres Kollegen.
»Nun denn. Norbert Plassert hält sich für einen absolut unwiderstehlichen Hengst und will mit jeder halbwegs attraktiven Angestellten hier am Standort im Bett landen. Er schmeichelt, er verteilt Komplimente, er macht großzügige Geschenke und er lockt mit kometenhaftem Aufstieg. Und wenn das nicht in seinem Sinn zündet, droht er, übt Druck aus und schreckt auch vor ziemlich fieser Einschüchterung nicht zurück. Aber er ist dabei sehr gewieft und achtet darauf, dass immer Aussage gegen Aussage stehen würde. Er ist einfach, was das angeht, ein wirklicher Profi. Leider.«

»Aber Sie haben doch sicherlich die Möglichkeit«, warf Pia ein, »sich bei Herrn Plasserts Vorgesetzten zu beschweren. Oder vielleicht sogar beim Mutterhaus in Italien?«
»Hm«, machte Lisa Werners Assistentin. »Das haben wir natürlich alles probiert, leider ohne Erfolg allerdings.«
»Und woran liegt das nach Ihrer Meinung?«
Frau Gonzales zuckte mit den Schultern.
»Das wüssten wir auch gern. Aber egal, wohin wir uns auch gewendet haben, es hat niemanden ernsthaft interessiert. Ganz im Gegenteil, wir mussten uns noch anhören, dass das Unternehmen im Fall einer Klage von Plassert wegen übler Nachrede auf dessen Seite stehen würde.«
»Gibt es denn keinen Betriebsrat bei Ihnen?«
»Nein. Die Mehrheit der Angestellten hier hält die Gründung eines Betriebsrats für überflüssig. Dazu muss man wissen, dass wir eine Männerquote von 85 Prozent haben. Etwa 100 Leute arbeiten am Standort, davon sind gerade mal 16 Frauen. Und von denen sind natürlich auch nicht alle betroffen von Plasserts ekelhaften Avancen. Manche dürften einfach zu alt sein und die restlichen scheinen nicht in sein Beuteschema zu passen.«
»Von wie vielen betroffenen Frauen sprechen wir denn in etwa?«, wollte Hain wissen.
Die Frau hinter dem Schreibtisch überlegte eine Weile.
»Akut sind hier inklusive mir sechs Kolleginnen betroffen, aber viele andere haben schon das Weite gesucht.

Die Fluktuationsrate unter den Mitarbeiterinnen hier ist nämlich sensationell.«

»Und dem oder den Vorgesetzten von Herrn Plassert sind dessen Eskapaden wirklich völlig egal?«

»Über Herrn Plassert gibt es hier nur noch den Standortleiter. Das ist ein Italiener, dem hauptsächlich daran gelegen ist, dass die Zahlen stimmen und der ohnehin die meiste Zeit des Jahres in Italien verbringt. Im Grunde ist er ein Phantom, das wir höchstens ein paarmal im Jahr zu sehen bekommen. Und für den Rest der Zeit ist Plassert sein Stellvertreter.«

»Aber auch italienische Unternehmungen sollten sich einer gewissen Compliance verpflichtet fühlen. Zumal Herr Plassert von gerade dieser Compliance uns gegenüber recht ausführlich gesprochen hat.«

»Ja, das macht er gerne. Aber was soll das schon bewirken, wenn man gleichzeitig den Bock zum Gärtner macht? Und natürlich fragt sich hier die eine oder andere, wer oder was die Hand so dicht über Plassert hält, dass er quasi unantastbar ist. Oder was er vielleicht über die *Alto Adige* oder deren Führungsetage weiß, das ihm diesen Status einbringt. Einige von uns haben sich schon mehr als einmal gefragt, warum das alles so ist. Fakt ist allerdings, dass sein Standing in der Firma und vor allem hier am Standort ganz dicht an der Heiligkeit dran ist. Und wie man es auch dreht und wendet, für die Mitarbeiterinnen ist ein Mann wie er einfach eine Zumutung. Und da bin ich noch sehr vorsichtig in meiner Wortwahl.«

»Wenn Ihre Erzählungen stimmen, und daran zweifle ich nicht, dann gebe ich Ihnen uneingeschränkt recht«, stimmte Pia ihr zu und warf dabei einen Blick auf ihr Telefon mit den Notizen. »Herr Plassert und Frau Werner hatten also niemals eine engere Beziehung. Oder vielleicht sogar eine erotische?«

»Um Gottes willen, nein. Lisa hasst diesen Typen ebenso wie jede Frau, die halbwegs etwas auf sich hält. Wir haben uns ziemlich oft über ihn und seine Anmachversuche ausgetauscht und ihre Meinung dazu ist völlig eindeutig. Sie findet ihn einfach widerlich.«

»Will Frau Werner das Unternehmen auch verlassen?«

»Soweit ich weiß, im Augenblick nicht. Aber das war schon mal anders und könnte auch wieder anders werden. Lisa ist auf ihrem Gebiet eine Koryphäe und müsste sich um ihre Zukunft bestimmt keine Sorgen machen, wenn sie kündigen würde. Aber sie ist nun mal sehr kasselverbunden und hängt an der Stadt und ihrem Haus. Außerdem lebt ihre Mutter auch hier und zu der hat sie wohl ein sehr inniges Verhältnis.«

»Könnte«, begann Pia sehr vorsichtig ihren nächsten Satz, »es mit dem Verhältnis von Herrn Plassert zu Frau Werner zu tun haben, dass sie seit gestern komplett abgetaucht ist?«

»Nein, das kann ich mir nicht vorstellen, sie weiß sich nämlich ausgezeichnet gegen ihn zu verteidigen. Außerdem hat sich Plassert gerade eine Werkstudentin als ‚Seelenverwandte' ausersehen. Die ist ganz neu hier und ziemlich verhuscht, vielleicht geht da ja was für ihn.«

»Stimmt es, dass Herr Plassert bald Vater wird?«

Silvia Gonzales lachte laut auf.

»Keine Ahnung, ehrlich. Mit seiner Frau?«

»So sagte er es uns zumindest.«
»Tja, das kann wohl sein. Dann müssen die beiden wohl wieder zusammen sein, denn letztes Jahr soll die Arme Hals über Kopf aus dem gemeinsamen Haus ausgezogen sein.«
»Sie kennen die Frau nicht persönlich?«
Die Assistentin schüttelte den Kopf.
»Und ich glaube auch nicht, dass irgendjemand hier am Standort sie schon mal zu Gesicht bekommen hat. Plassert macht aus ihr ein ziemliches Geheimnis und wir haben schon gemutmaßt, dass er sie für zu fein für uns hält.«
»*Zu fein für sie*? Was darf ich mir denn darunter vorstellen?«
»Ach, das ist nur so Gerede. Viel näher an der Wahrheit dürfte sein, dass er nicht will, dass wir mit ihr über seine Kapriolen hier sprechen.«
»Ja, das könnte wohl zu Verwerfungen in seiner Ehe führen, wenn ich bedenke, was Sie uns berichtet haben«, bemerkte Pia süffisant und stand auf.
»Sie haben uns mit Ihren Ausführungen sehr geholfen, Frau Gonzales«, sagte Hain und erhob sich ebenfalls. »Zum Schluss noch eine Frage, die Sie vermutlich überraschen dürfte. Besitzt Herr Plassert ein Segelboot?«
Sie schüttelte den Kopf.
»Soweit ich weiß, nein. Herr Molinari, unser Standortleiter, besitzt wohl eins, das am Gardasee liegt. Aber das habe ich, wie so vieles hier in der Firma, auch nur aus zweiter Hand. Gesehen habe ich es natürlich nie.«

»Am Gardasee«, sinnierte Pia. »Na, wie auch immer, wir danken Ihnen für Ihre Unterstützung und wünschen Ihnen noch einen schönen Tag.«

»Mir würde es schon reichen, wenn ich erstens Lisa endlich an die Strippe bekommen und mich zweitens Herr Plassert den ganzen Tag über einfach mal in Ruhe meinen Job machen lassen würde.«

7

»Macht Silvia Gonzales‘ Aussage Plassert deiner Meinung nach für uns irgendwie interessant?«, wollte Thilo wissen, während die beiden Polizisten auf den Mazda zugingen.
Pia schüttelte den Kopf.
»Im Augenblick nicht. Solange wir nicht mit Lisa Werner gesprochen haben, ist er einfach ein schmieriger, aufdringlicher und vielleicht sogar ekelhafter Mensch, was per se jedoch nicht strafbar ist.«
»Stimmt.«
Der Hauptkommissar warf seiner Kollegin den Autoschlüssel zu und nahm Kurs auf die Beifahrerseite.
»Du fährst. Wer weiß, wie oft du diesen kleinen Freudenspender noch benutzen kannst.«
Pia hatte den Schlüssel mit der rechten Hand gefangen und ließ die Verriegelung aufschnappen.
»Ja, da hast du recht. Vermutlich wird unser nächstes Auto ein Kombi, was meinst du?«
»Es gibt auch viersitzige Cabrios«, erwiderte Hain und wollte einsteigen, wurde jedoch vom Klingeln seines Telefons gestoppt.
»Ja, Lemmi, was gibts?«, sagte er grußlos, weil er den Namen des Kollegen auf dem Display gesehen hatte und schaltete auf Lautsprecher.

»Die Funkzellenauswertung ist da«, antwortete Lehmann. »Und leider wird sie uns nicht weiterbringen, denn die Verbindung zum Provider wurde in der Tatnacht um 01:01 Uhr unterbrochen und danach auch nicht wieder hergestellt.«
»Scheiße«, erwiderte Hain.
»Stimmt. Wenigstens wissen wir jetzt, dass die Frau bis zu diesem Moment definitiv in Bellinis Haus war, weil genau dort die Verbindung getrennt wurde.«
»Immerhin etwas«, antwortete Hain und informierte seinen Kollegen über die letzte Signal-Nachricht an Lisa Werners Mutter.
»Wenn du mich fragst, ist das alles irgendwie Bullshit, Thilo. Und wie kommen eigentlich diese Signal-Nachrichten an, wenn ihr Telefon ausgeschaltet ist?«
»Das läuft über W-LAN, Lemmi. Zum Versenden und Empfangen brauchst du keine Netzverbindung.«
»Ach so. Das wusste ich nicht. Und wir können nicht herausfinden, von welchem W-LAN-Anschluss diese Nachrichten versendet werden oder wurden?«
»Nein, das lässt das Signal-Protokoll nicht zu; ist alles verschlüsselt, genau wie bei WhatsApp.«
»Na ja«, brummte Lehmann. »Eigentlich bin ich ja ein Fan von Datenschutz und all dem, doch in diesem Fall behindert es uns ziemlich.«
»Ja, ist leider nicht zu ändern.«
»Dann nehmen wir es einfach mal so hin. Kommt ihr jetzt zurück ins Präsidium?«
»Nein, nicht gleich. Ich würde gerne noch in Bellinis Praxis vorbeischauen und mit den Leuten dort reden. Wer weiß, vielleicht haben die ja noch eine Idee, die

uns hilft, oder jemand kann sich an irgendwas im Zusammenhang mit Lisa Werner erinnern.«

»Gut, dann sehen wir uns später.«

»Ja, Lemmi, bis dann.«

Er steckte das Telefon weg und sah seine Kollegin an.

»Irgendetwas stinkt doch bei dieser Geschichte zum Himmel, Pia! Wenn diese Frau eine Schwerverbrecherin wäre, die ihre Tat minutiös und monatelang geplant hat, dann würde das alles einen Sinn ergeben, aber eine junge, clevere Mathematikerin? Eine Frau, die sich bisher nichts hat zuschulden kommen lassen und sich offenbar sogar gegen ihren superdoofen Boss durchzusetzen weiß? Die soll einem Typen, den sie datet und in den sie, trotz seines merkwürdigen Berufs, offenbar ziemlich verschossen ist, den Schwanz abgebissen und ihm beim Verbluten zugesehen haben? Irgendwie kommen mir immer mehr Zweifel, dass sich die Geschichte wirklich so zugetragen hat. Zumindest glaube ich, dass wir bisher noch nicht den gesamten Tathergang im Blick haben. Und wenn ich dann noch an ihren merkwürdigen, überstürzten Abgang mit diesem *Traummann* denke, dann macht das die ganze Sache nicht besser.«

Pia Ritter hatte ihren Kollegen während dessen Tirade mit einem langen, schweigenden Blick bedacht. Nun rollte sie die Augen und schüttelte anschließend den Kopf.

»Bist du fertig?«, wollte sie schließlich wissen.

»Was soll denn das wieder heißen, Pia? Du musst doch auch …«

Hain brach seinen Satz ab und griff nach dem klingelnden Telefon in seiner Sakkotasche.

»Ja, Lemmi, hast du was vergessen?«
»Nein, vergessen habe ich nichts«, kam es aus dem kleinen Lautsprecher an seinem Ohr. »Aber wir haben eine schwer verletzte junge Frau mit blonden Haaren, die offenbar am Rand der Aue herumgeirrt und dort einer Streife aufgefallen ist. Im Augenblick kämpfen die Ärzte im Elisabeth-Krankenhaus um ihr Leben, es steht wohl ziemlich übel um sie.«
»Du meinst …?«
»Papiere hatte sie keine bei sich und ansprechbar war sie auch nicht. Aber die beiden Kollegen aus dem Streifenwagen sind sich relativ sicher, dass es sich um Lisa Werner handelt.«
»Oh verdammt. Von welchen Verletzungen reden wir denn?«
Lehmann stöhnte auf.
»Mensch, Thilo, das weiß ich doch nicht. Aber es sollte dir doch reichen, wenn ich sage, dass im Krankenhaus um ihr Leben gekämpft wird?«
»Ist schon gut Lemmi, entschuldige. Ich danke dir für die Info und hoffe, dass sie durchkommt. In Ordnung?«
»Natürlich hoffe ich auch, dass sie durchkommt, aber die Jungs aus dem Streifenwagen sind ziemlich skeptisch gewesen.«
»Gut. Pia und ich fahren zum Elisabeth-Krankenhaus und sehen, ob wir dort Näheres zur Identität der Frau erfahren können. Kümmerst du dich darum, dass die beiden Uniformierten bei uns im Büro sitzen, wenn wir wieder im Präsidium sind?«
»Das mache ich.«

Hain beendete das Gespräch. Pia Ritter sah ihn fragend an.
»Eine schwer verletzte junge Frau mit blonden Haaren ist einer Streife am Rand der Aue aufgefallen. Sie liegt im Elisabeth-Krankenhaus auf dem OP-Tisch, und die Sache könnte für sie offenbar ziemlich übel ausgehen.«
»Du redest von Lisa Werner, oder?«
Hain berichtete ihr von der Aussage der beiden Streifenpolizisten.
»Dann lass uns los«, sagte die Oberkommissarin und sprang auf den Fahrersitz.
Die Fahrt verlief relativ schweigsam. Sowohl Thilo Hain als auch Pia Ritter hingen ihren wild durcheinander schwirrenden Gedanken nach. Pia stellte den Mazda schließlich in einer Parkreihe vor der Klinik ab und kurz darauf standen sie mit hochgehaltenen Dienstausweisen an der Rezeption.
»Bei Ihnen wurde irgendwann in den letzten Stunden eine junge Frau eingeliefert«, begann die Kommissarin freundlich. »Gibt es jemanden, der uns schon etwas über sie sagen kann?«
»Eine junge Frau …«, erwiderte die etwa 55-jährige Mitarbeiterin der Klinik. »War das ein Unfall, oder warum wurde sie eingeliefert?«
»Ob es ein Unfall war, kann ich Ihnen nicht sagen. Aber sie soll ziemlich schwer verletzt sein.«
»Warten sie mal«, beschied die weiß gekleidete Frau hinter der Theke den beiden und griff zum Telefonhörer, »ich versuche mal in Erfahrung zu bringen, um wen es sich dabei handeln könnte.«
Es dauerte keine 20 Sekunden, dann legte sie auf.

»Sie ist noch im OP. Polytrauma, also wirklich schwerwiegende Verletzungen. Einer der Chirurgen ist soeben aus dem OP gekommen und könnte Ihnen vermutlich eine erste Einschätzung liefern.«
»Das wäre klasse.«
Sie beschrieb ihnen den Weg, die Polizisten bedankten sich und traten an den Fahrstuhl.
»Ich würde auch die Treppe nehmen«, meinte Pia.
»Ich auch.«
Die beiden mussten gut 15 Minuten warten, bis ein Mann im weißen Kittel und dem Namensschild Dr. Wilms an der Brust auf sie zutrat.
»Sie kommen vermutlich wegen der jungen Frau, die noch immer im OP versorgt wird«, sagte er mit dunkler, freundlicher Stimme und nickte seinen Besuchern dabei zu. »Aufs Händeschütteln verzichten wir hier im Krankenhaus schon seit ein paar Jahren, das verstehen Sie sicher.«
»Auf jeden Fall«, erwiderte Hain, nickte ebenfalls und stellte sich und seine Kollegin vor.
»Und ja, wir kommen wegen der jungen Frau. Aber wir sind uns leider noch überhaupt nicht sicher wegen ihrer Identität.«
»Unsere Patientin ist etwa 30 Jahre alt, hat blonde Haare und wurde schwerstens misshandelt. Viel mehr, das nicht der ärztlichen Schweigepflicht unterliegt, kann ich Ihnen zu ihr leider nicht sagen.«
»Unterläge es der ärztlichen Schweigepflicht, wenn Sie bei der Patientin eine Tätowierung gesehen hätten? Oder dürften Sie uns dazu etwas sagen?«
Dr. Wilms räusperte sich.

»Nein, etwas Derartiges fällt nicht unter die Schweigepflicht. Und ja, die junge Frau hat tatsächlich eine Tätowierung auf dem rechten Schulterblatt. Um was es sich genau handelt, kann ich Ihnen leider nicht sagen, weil ich es mir nicht genau angesehen habe. Aber an dieser Stelle ist sie bunt verziert.«
»Auf dem rechten Schulterblatt? Sind Sie ganz sicher, dass es sich nicht um das linke handelt?«
Der Arzt dachte einen Moment nach.
»Nein, Sie haben natürlich recht. Ich habe ja vor dem Tisch gestanden, als mir die Tätowierung aufgefallen ist. Ja, es ist definitiv eine Tätowierung auf dem linken Schulterblatt. Und entschuldigen Sie bitte mein Versehen.«
»Kein Problem«, gab die Polizistin zurück.
»Von welchen Verletzungen sprechen wir bei der Frau?«, wollte ihr Kollege wissen.
Wieder dachte der Mediziner eine Weile nach.
»Zunächst muss ich Ihnen sagen, dass mein Kollege von der neurochirurgischen Abteilung sich gerade um ihre Kopfverletzungen bemüht. Wir haben uns dazu entschlossen, zunächst dort für Entlastung zu sorgen und alle weiteren Schritte zurückzustellen. Sie hat, vermutlich infolge der schweren Misshandlungen, ein Schädel-Hirn-Trauma dritten Grades davongetragen. Das ist eine potenziell lebensbedrohliche Verletzung und ich kann Ihnen nicht einmal sagen, ob die arme Frau überhaupt die Operation überleben wird. Im Moment ist der Stand der Dinge, dass mein Kollege einen Teil ihrer Schädeldecke abnimmt, um so möglichst viel Platz zu schaffen und Druck vom Gehirn zu nehmen.

Aber wie das am Ende ausgeht, ist wirklich offen. Vielleicht wird ihr Herz weiter schlagen, die Hirnverletzungen könnten aber zu schwerwiegend für eine völlige oder auch nur teilweise Genesung sein.«

»Und die weiteren Verletzungen?«

Dr. Wilms holte tief Luft.

»Sie wurde vergewaltigt, mehrfach. Auch Anal. Nach meiner Meinung hat sie einen Rippenserienbruch linksseitig, das dazugehörige Schlüsselbein liegt in Trümmern und vermutlich ist auch ihr Steißbein gebrochen. Um das aber zuverlässig abklären zu können, braucht es jedoch eingehendere Untersuchungen. Meine Kollegen und ich haben, als wir an den OP-Tisch getreten sind und sie in Augenschein genommen haben, ein kurzes Gespräch geführt. Und meinen einhellig, dass es so aussieht, als hätte sich ein Mensch in heftigster Raserei an ihr vergangen. Leider hat sich dieses Bild seitdem eher noch verfestigt.«

»Wann wurden ihr diese Verletzungen zugefügt? Können Sie dazu etwas sagen?«

»Das ist schwierig. Es könnte einen halben Tag her sein, dass ihr das angetan wurde, aber auch zwei oder drei.«

Er sah die Beamten ernst an.

»Und nun bitte ich Sie, meine Kollegen und mich unsere Arbeit machen zu lassen. Das halbwegs erfolgreich zu stemmen ist schwer genug, aber wir versuchen alles in unserer Macht Stehende zu tun für die Frau.«

»Ja, selbstverständlich, Herr Doktor. Meine Kollegin und ich drücken ihr alle Daumen, dass sie durchkommt und nichts zurückbleibt.«

»Hm«, machte Dr. Wilms skeptisch, nickte den beiden zum Abschied zu und ging davon.
»Was für eine Scheiße«, murmelte Pia, als er außer Hörweite war.
»Ja. Und zwar eine riesengroße.«
»Aber Kompliment an deinen kriminalistischen Riecher, Thilo. Alle deine Zweifel waren absolut berechtigt, wie sich gerade herausgestellt hat.«
Die junge Kommissarin zögerte.
»Und wie das in Bellinis Schlafzimmer auch immer gelaufen sein mag«, fuhr sie kurz darauf fort, »würde es mir gerade viel besser gefallen, wenn Lisa Werner zusammen mit irgendeinem netten Kerl auf einem Segelboot um die Welt schippert.«

8

Die beiden uniformierten Polizisten Björn Stippler und Ömer Bayrak kamen praktisch zeitgleich mit ihren Kripokollegen Hain und Ritter in deren Büro an. Jürgen Lehmann verteilte frisch gebrühten Kaffee sowie Kaltgetränke und wurde gleichzeitig von seiner Kollegin auf den neuesten Stand bezüglich der Identität der Frau im Krankenhaus gebracht.
»Dann müssen wir also davon ausgehen, dass es sich tatsächlich um Lisa Werner handelt«, fasste er im Anschluss zusammen. »Und natürlich auch, dass der Fall eine irgendwie merkwürdige Wendung genommen hat.«
»Du sagst es, Lemmi«, stimmte Hain ihm zu und wandte sich an die beiden Uniformierten.
»Und jetzt müssen wir alles darüber erfahren, wie die Frau euch in die Arme gelaufen ist. Sie ist euch doch in die Arme gelaufen, oder?«
Ömer Bayrak nickte.
»So war es, ja. Wir waren auf dem Rückweg von einem Einbruch im Kegelzentrum. Da ist letzte Nacht jemand eingestiegen und hat nahezu die gesamten Spirituosenvorräte mitgehen lassen. Als die Aufnahme der Sache beendet war, sind wir stadteinwärts auf dem Auedamm unterwegs gewesen. Etwa auf Höhe des neuen Schwimmbades ist uns die Frau aufgefallen. Sie beweg-

te sich ganz auf der linken Seite, also zwischen den geparkten Fahrzeugen und den davor stehenden Büschen, torkelnd vorwärts. Wir vermuteten zunächst, dass es sich um eine Betrunkene handeln würde. Nachdem wir sie passiert und ihr blutüberströmtes Gesicht gesehen hatten, war jedoch klar, dass es mehr sein musste. Also hielten wir an und haben uns ihr vorsichtig genähert. Und genau in dem Augenblick, in dem wir sie angesprochen haben, ist sie einfach nach vorn umgefallen.«

»Da waren wir aber noch mindestens zehn Meter von ihr entfernt«, ergänzte sein Kollege Björn Stippler. »Sie hat den Kopf gehoben, uns angeschaut und ist umgefallen. Und ich würde Stein und Bein schwören, dass in dem Moment, in dem sie uns wahrgenommen hat, ein Lächeln über ihr Gesicht gehuscht ist.«

»Das habe ich nicht gesehen«, meinte Bayrak, »aber ich war auch etwa drei Meter hinter Björn und musste dazu noch einem Rennradfahrer ausweichen, der offenbar seinen Schnitt nicht aufs Spiel setzen wollte.«

»Wie ging es weiter?«, wollte Hain wissen.

»Na ja, wir sind auf sie zugerannt, haben sie natürlich erst mal stabilisiert und dann einen Rettungswagen gerufen.«

»Könnt ihr mir kurz schildern«, mischte Pia sich ein, »wie sich ihr Hinfallen abgespielt hat? Ist sie dabei mit dem Kopf irgendwo angeschlagen?«

»Nein, sie ist eigentlich mehr in sich zusammengesackt«, beschrieb Stippler seiner Kollegin die Situation. »Gerade so, als ob ihr vor Entkräftung die Beine weggeklappt wären. Sie hat uns angesehen, ist auf die Knie gesunken und dann nach vorn umgefallen.«

»Gab es dabei so etwas wie eine Schutzbewegung? Also Arme nach vorn oder oben?«
»Nein, nichts dergleichen. Ich denke, dass sie sich bei dem Sturz vielleicht ein paar Schrammen im Gesicht geholt hat, aber mehr ganz sicher nicht. Und bei dem, was sie vorher wohl schon alles abbekommen hatte, sind diese Verletzungen meiner Meinung nach zu vernachlässigen.«
»Für mich«, setzte Ömer Bayrak hinzu, »war das auch kein heftiges Aufschlagen. Wir wissen glaube ich alle, wie es klingt, wenn ein Kopf hart auf dem Boden aufschlägt, aber das war kein harter Aufschlag. Eher ist sie, wie Björn schon gesagt hat, mit dem Gesicht über den Split gerutscht, der dort in der Parkreihe liegt.«
»Das heißt, sie war nach ihrem Umfallen auch nicht mehr ansprechbar?«
»Nein, sie war definitiv bewusstlos. Wir haben sie zwar, bis der Krankenwagen da war, immer wieder mal angesprochen, aber da kam absolut nichts.«
»Bis auf das eine Mal, Ömer«, widersprach Björn Stippler vorsichtig, »da hat sie ganz kurz aufgestöhnt.«
»Stimmt«, bestätigte sein Kollege, »da hat sie mal kurz gestöhnt, als ob sie starke Schmerzen hätte. Man konnte das aus ihrem rasselnden Atmen echt schlecht heraushören. Und das war dann wirklich alles.«
»Ihr habt sie also wahrgenommen«, hakte Pia Ritter nach, »als sie hinter den geparkten Autos hergegangen ist. Das heißt, ihr habt keine Ahnung, wo sie hergekommen sein könnte?«
»Nein, keine Chance. Sie könnte vom BuGa-Gelände gekommen sein und sich hinter den Autos irgendwie in

Sicherheit gebracht haben, sie könnte aber auch aus der Karlsaue gekommen sein; etwa 30 Meter stadtauswärts gibt es einen Durchgang.«

»Und dass sie aus einem der parkenden Autos gekommen ist?«, warf Hain ein.

»Das würde ich auch ausschließen. Wir haben jede einzelne Karre im Umkreis von 300 Metern unter die Lupe genommen. Alle waren verschlossen und nirgendwo gab es Blutspuren oder etwas Anderes, das auf ihre Anwesenheit hingedeutet hätte. Eher könnte man noch annehmen, dass jemand sie an der Stelle abgesetzt hat.«

»Wie sieht es denn an der Stelle mit Bebauung aus?«, hakte der Kommissar nach, ohne auf die Bemerkung des uniformierten Kollegen einzugehen. »Dort ist auf der einen Seite der Straße das Schwimmbad, das eine riesige Fläche einnimmt, und auf der anderen Seite das BuGa-Gelände. Gibt es da sonst noch etwas?«

»Ja, klar, stadteinwärts fangen direkt nach dem Schwimmbad die Bootshäuser an. Und stadtauswärts kommen irgendwann der Minigolfplatz und ein paar Restaurants. Und gegenüber, auf der BuGa-Seite, gibt es auch noch ein paar Häuser.«

»Was hat sie denn angehabt?«, wollte Pia wissen. »Wie war sie gekleidet?«

»Sie trug ein blutverkrustetes, schmutziges T-Shirt, einen String und am rechten Fuß eine Socke. Außerdem eine Armbanduhr und eine Halskette. Das war alles.«

»Eine Socke? Hat sie die andere auf dem Weg irgendwo verloren?«

»Wir haben danach gesucht, aber nichts gefunden.«

»Und es war euch relativ schnell klar, dass ihr es möglicherweise mit Lisa Werner zu tun habt, nach der gefahndet wurde?«

»Ja, natürlich. Wir hatten am Morgen die Fahndung nach ihr mitbekommen. Und so oft wird nun auch nicht nach einer jungen, hübschen Frau mit blonden Haaren gesucht. Und nachdem wir sie mit dem Fahndungsfoto verglichen hatten, waren wir ziemlich sicher. Obwohl man von ihrem ursprünglichen Gesicht nicht mehr viel erkennen konnte, weil das so was von zugeschwollen war.«

Er warf seinem Kollegen einen Blick zu.

»Ja, die sah richtig übel zugerichtet aus, Leute«, bestätigte Björn Stippler die Aussage seines Kollegen. »Und damit meine ich nicht, dass einem Ehemann mal die Hand ausgerutscht ist. Die sah aus, als ob sie an einen komplett kranken Psychopathen geraten war.«

»Was sich leider auch mit der ärztlichen Diagnose im Krankenhaus deckt«, erwiderte Pia bedrückt.

»Gut, Männer«, wandte Hain sich wieder an die Kollegen, »wenn euch sonst nichts mehr aufgefallen ist, dann danken wir euch für die Infos.«

»Nein, das war von unserer Seite alles«, bestätigte Bayrak und erhob sich. »Wird sie denn durchkommen?«, wollte er, fast schon an der Tür angekommen, noch wissen.

»Es sieht im Moment nicht gut aus für sie«, antwortete Pia Ritter. »Aber die Ärzte im Krankenhaus sind trotzdem gedämpft optimistisch, dass sie es schafft. Sie hat auf jeden Fall eine realistische Chance.«

»Hoffen wir, dass es klappt«, erwiderte der junge Polizeimeister mit den türkischen Wurzeln, nickte in die Runde und verließ das Zimmer. Sein Kollege nickte ebenfalls und folgte ihm.

»War das jetzt deine Hoffnung«, wollte Jürgen Lehmann von seiner Kollegin wissen, nachdem die Schritte der beiden auf dem Flur leiser geworden waren, »oder stimmt es wirklich, dass sie eine Chance hat zu überleben?«

»Ich weiß es nicht, Lemmi«, antwortet Pia Ritter. »Und wenn du mich so direkt fragst, dann habe ich eben vermutlich mehr meiner Hoffnung Ausdruck verliehen, als die Aussage des Arztes zu zitieren.«

»Ob Lisa Werner überlebt, können wir ohnehin nicht beeinflussen«, warf Hain leise ein. »Was wir aber leisten können, ist, Licht in diese merkwürdige Geschichte zu bringen.«

Er stand auf, ging zum Fenster und blickte auf die Stadt.

»Sie hat ihm wohl den Schwanz abgebissen, davon müssen wir, solang der DNA-Abgleich noch nicht vorliegt, einfach erst mal ausgehen. Allerdings stellt sich, nachdem sie in diesem erbarmungswürdigen Zustand aufgegriffen wurde, die Frage, ob sie das am Ende vielleicht gar nicht freiwillig gemacht hat. Was dann aber auch bedeuten würde, dass Bellini und sie in dieser Nacht nicht allein in seinem Schlafzimmer gewesen sein können.«

»Im Augenblick gibt es nicht einen einzigen Hinweis auf eine dritte Person am Tatort«, gab Lehmann zu bedenken.

»Ich weiß, Lemmi. Aber vielleicht haben wir bisher nur noch nicht genau genug nach einem Indiz oder einem Beweis dafür gesucht.«

»Dann sollten wir die Spurensicherung erneut durch das Haus jagen, mit der Maßgabe, dort ganz dezidiert nach Hinweisen für die Anwesenheit einer dritten Person zu suchen.«

»Gut. Kümmerst du dich bitte darum, sobald wir hier durch sind.«

»Mach' ich.«

»Für diese These«, meinte Pia Ritter nachdenklich, »sprechen auch diese merkwürdigen Signal-Nachrichten an ihre Mutter. Damit hat jemand versucht, die Spur zu ihr und die Suche nach ihr in eine ganz andere Richtung zu lenken.«

»Was jedoch eigentlich nur bedeuten kann, dass Lisa Werner niemals wieder hätte auftauchen dürfen, oder?«

»Das stimmt, ja. Und wie es und sie aussieht, hat dieser Mann einen großen Teil dieses Plans schon hinter sich gebracht.«

»Was macht dich so sicher, dass es ein Mann gewesen ist?«, wollte Lehmann wissen.

Pia berichtete ihm von den an Lisa Werner ausgeführten Vergewaltigungen, die Dr. Wilms angesprochen hatte.

»Und deshalb gehe ich einfach davon aus, dass wir es mit einem Kerl zu tun haben.«

»Meine Güte. Das wusste ich bisher ja nicht.«

Nun informierte Hain seinen Kollegen über die Gespräche mit Norbert Plassert und Silvia Gonzales bei der Alto-Adige-Versicherung.

»Für mich«, schloss er seine Erklärung, »ist dieser Plassert ein Kandidat, den wir detailliert unter die Lupe nehmen müssen. Und wer dieser Mann ist, den sie angeblich auf der Tanzfläche so innig geküsst hat, müssen wir auch ermitteln.«
»Das ist alles richtig und sicher auch wichtig, Thilo«, warf Pia ein, »aber mir geht eine Frage durch den Kopf, auf die ich einfach keine Antwort finde.«
»Und was ist das für eine Frage?«
»Es ist die Frage, wer in dem Beziehungsgeflecht Werner-Bellini das primäre Opfer ist und wer der Kollateralschaden. Die beiden waren offensichtlich vor dieser Nacht nicht wirklich ein Paar, das hatte sich alles erst in den Stunden vor dem Mord an Bellini ergeben. Also finde ich absolut keinen Hinweis darauf, dass der oder die Täter es auf *beide* abgesehen haben könnten. Und daraus ergibt sich für mich folgerichtig die Frage nach dem Opfer und dem Kollateralschaden.«
»Hm«, machte Hain. »Das würde bedeuten, dass sich die Nummer mit dem abgebissenen Schwanz erst durch die Konstellation am Tatort ergeben hat.«
»Genau. Und es bleibt die Frage, ob sich der Groll und die offensichtlich rasende Wut des oder der Täter primär gegen Franco Bellini oder gegen Lisa Werner gerichtet hat.«
»Und um die ganze Sache erst richtig kompliziert zu machen«, bemerkte Jürgen Lehmann, »werfe ich mal ein, dass Lisa Werner auch schon längst bewusstlos gewesen sein könnte, als man Franco Bellini sein Ding abgebissen hat. Vielleicht soll sie uns nur von etwas ganz anderem ablenken.«

Hain legte die Stirn in Falten.
»Richtig, auch diese Möglichkeit dürfen wir nicht außer Acht lassen, da hast du völlig recht. Und diese Theorie steht und fällt leider mit dem DNA-Abgleich, deshalb rufe ich gleich mal den Doc an und bitte ihn ganz vorsichtig, einfach mal Vollgas zu geben. Vielleicht bewirkt der dezente Hinweis auf Lisa Werners Zustand ja etwas bei ihm und er arbeitet die Dinge nicht nach der fast schon manischen Reihenfolge ab, für die er so berühmt ist.«
»Dann drücken wir dir mal ganz fest die Daumen für dieses nahezu aussichtslose Unterfangen«, brummte Pia. »Und ich werde mich darum kümmern, dass immer mindestens ein Uniformierter auf Lisa Werners Krankenzimmer aufpasst. Es wäre nämlich übel, wenn der oder die Täter ihren Plan im Krankenhaus vollenden würden.«
»Klasse Idee«, meinte Hain leise. »Außerdem müssen wir eine ganze Horde von Kollegen mit einem Bild von Lisa Werner losschicken und im großen Umkreis um den Auedamm herum jeden nur greifbaren Menschen nach ihr befragen. Vielleicht haben wir ja Glück und es findet sich jemand, der uns helfen kann.«
»Das geben wir aber an die Kollegen in Uniform ab, oder?«, wollte Lehmann wissen.
»Ja. Ich versuche gleich mal, mit deren Boss und meinem alten Kumpel Jens Siebenstein über ein bisschen Unterstützung zu verhandeln. Außerdem werde ich Philip und Sascha fragen, ob wir sie von ihrem augenblicklichen Fall abziehen können; es wäre schön, wenn die

beiden uns bei dieser Geschichte hier unterstützen würden.«
Der Leitende Hauptkommissar sprach von den Kollegen Philip Sommer und Sascha Berim, die sich gerade mit dem Fall eines in einer Kleingartenkolonie verbrannten Laubenpiepers beschäftigten.
»Es gibt da noch eine Sache«, unterbrach Pia Ritter die beiden, »über die ich gerade nachgedacht habe. Und zwar, dass Lisa Werner die Geschichte auch gemeinsam mit einem oder von mir auch aus mehreren Komplizen geplant und sich später mit ihm oder ihnen zerstritten hat. Mit der Folge, dass sie jetzt im Krankenhaus liegt und die Ärzte versuchen, ihr irgendwie das Leben zu retten.«
»Auch eine These, die wir ins Kalkül ziehen müssen«, stimmte Hain ihr nach einem Moment des Überlegens zu. »Und wir müssen ganz dringend mit den Mitarbeitern in Bellinis Praxis sprechen. Wer weiß, vielleicht gab es da in der letzten Zeit ja Fälle von Unzufriedenheit mit seinen ärztlichen Leistungen oder sonstigen Ärger.«
»Was nach meiner Meinung im Bereich der plastischen Chirurgie ja nicht verwunderlich wäre«, stimmte Lehmann dem Hauptkommissar leise zu.
»Ja, Lemmi. Und wo wir gerade dabei sind, kannst du bitte bei Lisa Werners Mutter vorbeifahren und sie über die neuesten Entwicklungen informieren? Es gibt im ganzen Präsidium keinen, der das so gut hinbekommt wie du.«
»Das ist doch Bullshit, Thilo, und das weißt du auch ganz genau. Warum macht das denn keiner von euch?«

»Mensch, Lemmi, du weißt doch ganz genau, wie das mit uns beiden und dem Überbringen irgendwelcher Nachrichten ist.«
»Das kann ja sein, aber dass es deshalb immer an mir hängen bleibt, ist scheiße.«
Hain holte tief Luft.
»Gut, Lemmi, dieses Mal machst du es noch. Und beim nächsten Mal sind entweder Pia oder ich dran.«
»Das hast du beim letzten Mal genau so auch schon gesagt.«
»Echt? Kann ich mich gar nicht dran erinnern.«
»Ach. Und warum glaube ich dir das jetzt nicht hundertprozentig?«
»Machst du es trotzdem?«
»Dieses eine Mal noch, ja. Aber nächstes Mal könnt ihr mich wirklich kennenlernen, wenn es wieder so geht wie jetzt. Klar?«
»Ja, ist angekommen«, bestätigte der Hauptkommissar. »Und vielen Dank, Lemmi.«

9

Lino Basile fädelte sich an der Anschlussstelle Auestadion auf die A49 ein, stellte den Tempomaten auf die erlaubten 100 Km/h ein und lehnte sich zurück. Zwanzig Minuten zuvor hatte ihn eine kurze Anweisung auf seinem Mobiltelefon mehr oder weniger hochgeschreckt und dazu veranlasst, sich sofort in seinen Alfa Romeo Stelvio zu setzen und nach Bad Wildungen, dem von seinem Kontakt bestimmten Treffpunkt, aufzumachen. Die gesamte Fahrt über hielt er sich geradezu sklavisch an sämtliche Verkehrsvorschriften und versuchte trotzdem, die Strecke möglichst gelassen und ruhig hinter sich zu bringen. Aus der Stereoanlage tönte Gianmaria Testa, dessen Musik er verehrte und zu jeder Gelegenheit hören konnte. Warum man ihn gerade in die etwas verschlafene Kurstadt etwa 40 Kilometer südlich von Kassel beordert hatte, war ihm schleierhaft. Aber Fragen zu stellen war bei den Leuten, bei denen er sich nach den vielen Jahren des Schweigens nun wieder gemeldet hatte, eine ausgesprochen schlechte Idee. Also stellte er das italienische SUV eine dreiviertel Stunde später auf dem großen öffentlichen Parkplatz in der Innenstadt ab und machte sich mit leicht unsicheren Schritten auf den Weg zum beschriebenen Treffpunkt.

Dort, in einem Eiscafé auf der Brunnenallee, setzte er sich an einen der Tische im Außenbereich, bestellte einen Espresso und betrachtete das gemütliche Treiben auf der anderen Straßenseite. Er musste nicht lange warten, denn es dauerte keine fünf Minuten, bis ein Mann an seinen Tisch trat und ihn fragte, ob er sich zu ihm setzen dürfe. Basile war zunächst mehr erschrocken als überrascht, denn es handelte sich bei dem Fremden eindeutig um einen Nord- oder Mitteleuropäer, keinesfalls aber um den von ihm erwarteten Italiener.

»Ja …, bitte.«

Der strohblonde, schlanke, fast dürre Mann mit dem Tablet in der rechten Hand und der modischen Ray-Ban-Sonnenbrille auf der Nase lächelte ihn an, zog den gegenüberliegenden Stuhl zurück und setzte sich.

»Was für ein herrlicher, warmer Sommertag«, sagte er freundlich. »Und trotzdem ist die Welt leider voll mit dummen, ja teilweise bedrückenden Problemen. Oder was meinen Sie, Signore Basile?«

Der Restaurantbesitzer nickte nur stumm, weil er sonst einfach keine Antwort für den Mann hatte, der sich kurz darauf einen Cappuccino und ein Croissant bestellte.

»Sie sehen verwirrt aus«, stellte der mit Blick auf seinen Gesprächspartner fest, nachdem er an dem Hörnchen gebissen und einen Schluck Kaffee genommen hatte. »Vermutlich haben Sie jemand mit pechschwarzem Haar, Bodybuilderfigur und, wegen seiner überdimensionierten Knarre, ausgebeultem Sakko erwartet. Das kann ich Ihnen, wie Sie sehen, alles nicht bieten. Vermutlich bringe ich aber genau das mit, was dieser

Verschnitt eines italienischen Vorstadtganoven auf gar keinen Fall im Angebot hätte.«
Basile nickte.
»Ja, vermutlich«, stimmte er fahrig zu. »Aber …«
»Ja?«
»Nein, nichts.«
»Wie auch immer. Mein Name ist Michael Meier und ich wurde gebeten, Sie bei der Lösung eines unschönen Problems zu unterstützen.«
Damit setzte er seine Sonnenbrille langsam ab und bedachte Lino Basile mit einem kalten, stechenden Blick aus seinen tiefblauen Augen, der dem Italiener schlagartig klarmachte, dass mit diesem Mann keinesfalls zu spaßen war.
»Sie haben doch ein Problem, bei dessen Lösung Sie um Unterstützung nachgesucht haben, oder Signore Basile?«
»Das kann man so sagen, ja.«
»Gut. Dann werde ich jetzt meinen Cappuccino austrinken, mein Hörnchen aufessen und lade Sie dann, wegen der sicher in unser beider Interesse liegenden Diskretion, zu einem kleinen Spaziergang ein. Ist das in Ordnung für Sie?«
Basile wäre am liebsten aufgestanden und weggelaufen, doch das traute er sich nicht. Stattdessen nickte er, zog einen 10-Euro-Schein aus seinem Portemonnaie und legte ihn auf den Tisch.
Eine halbe Stunde später gingen die beiden Männer nebeneinander her durch den Kurpark. Der Italiener hatte seinem Gesprächspartner ausführlich jedes ihm bekann-

te Detail um den Mord an dem besten Freund seines Sohnes geschildert.
»Und Sie meinen wirklich, dass die Frau, diese Lisa, dafür verantwortlich ist?«, wollte *Michael Maier* wissen, nachdem er den Schilderungen Basiles zunächst komplett schweigend gefolgt war.
»Natürlich! Wer sollte ihn denn sonst umgebracht haben?«
»Und wie hat sie das angestellt? Wissen Sie das auch?«
»Nein, darüber weiß ich überhaupt nichts und das interessiert mich auch nicht. Er ist tot und das ist das Einzige, was mich beschäftigt.«
»Immerhin kann ich Ihnen, was das angeht, schon einen ersten Hinweis präsentieren«, erwiderte der blonde Mann leise, nahm sein Tablet hoch und hielt es dem Italiener nach ein paar Sekunden des Suchens hin. Dort, auf der Onlineseite eines großen deutschen Blattes, sprang Basile zentimeterhoch die Schlagzeile entgegen.

Blutiger, widerlicher Mord in Kassel! Angesehener Arzt von One-Night-Stand erst entmannt und dann umgebracht.

»Das … das ist doch nicht wahr«, murmelte Basile, nachdem er den kurzen Text gelesen hatte, der sich anschloss. »Das kann doch nicht wahr sein.«
»Wie es aussieht, ist es schon wahr; sogar im Fernsehen wurde bereits darüber berichtet.«

Basile, dem die Tränen in den Augen standen, reichte das Tablet zurück. Mit geballten Fäusten hob er den Blick und sah sein Gegenüber vor Wut zitternd an.
»Sie finden diese *Figlia di Puttana* und sorgen dafür, dass sie bestraft wird. Haben wir uns verstanden?«
»Das haben wir. Die einzige Frage, die wir jetzt noch klären müssen, ist, ob Sie sich das auch leisten können.«
»Das kann ich. Verlassen Sie sich darauf.«

10

»Das sieht ja aus wie in einem Wellness-Tempel hier«, bemerkte Pia überrascht, nachdem sie zusammen mit Thilo Hain die Praxisräume von Franco Bellini betreten hatte.
»Und woher weißt du, wie es in einem Wellness-Tempel ausschaut?«, fragte der Hauptkommissar leise zurück, während die beiden auf die Rezeption zusteuerten.
»Idiot.«
Die junge Frau hinter dem Edelstahltresen hob den Kopf und sah die Polizisten aus verweinten Augen an. Vor ihr lag ein Ausdruck, auf dem in dunkelroter Schrift
Liebe Patienten, unsere Praxis bleibt aus persönlichen Gründen bis auf Weiteres geschlossen. Wir bitten um Ihr Verständnis
zu lesen war.
»Guten Tag. Die Praxis ist leider geschlossen«, sagte sie traurig.
»Ja, das haben wir uns bereits gedacht«, erwiderte Pia Ritter, hielt ihren Dienstausweis in die Höhe und stellte sich und ihren Kollegen vor. »Wir haben eine ganze Menge Fragen. Gibt es so etwas wie eine Praxisleitung, mit der wir uns unterhalten können?«

»Ja, die Frau Schudt. Warten Sie bitte kurz, ich hole sie.«
Jana Schudt war eine resolut wirkende, freundliche Frau von etwa 40 Jahren mit roten Haaren und ein paar Kilo zu viel auf den Hüften. Sie bat die Kripobeamten in ein separates Besprechungszimmer und schloss hinter ihnen die Tür.
»Zunächst möchten meine Kollegin und ich Ihnen unser Beileid aussprechen, Frau Schudt«, begann Hain das Gespräch mit ehrlicher Empathie.
»Ja, es war natürlich für alle hier in der Praxis ein riesiger Schock.«
»Wie haben Sie denn von seinem Tod erfahren?«, wollte Pia Ritter wissen.
»Die Praxis-Reinigungskraft kümmert … kümmerte sich auch um sein Privathaus. Dort ist sie heute Morgen angekommen und wurde von einer Polizeistreife am Zutritt gehindert. Den Rest können Sie sich vermutlich denken.«
»Das kann ich, ja. Wie geht es jetzt hier bei Ihnen in der Praxis weiter?«
»Oje, da stellen Sie aber gleich die richtige Frage. Wir wissen natürlich noch gar nichts darüber, wie das hier alles weitergehen könnte.«
»War Herr Bellini der einzige Arzt hier, der Operationen vorgenommen hat?«
»Ja, alles war mit seiner Person verbunden. Wir haben ihm zwar immer wieder mal vorgeschlagen, die Arbeit auf mehrere Schultern zu verteilen, aber er wollte einfach lieber allein die Verantwortung tragen. Das war einerseits natürlich gut, weil wir als Team nur einen An-

sprechpartner hatten, andererseits durfte Franco, also Dr. Bellini, sich nicht mal eine Erkältung einfangen, sonst hätte der gesamte Praxisbetrieb stillgestanden.«

»Und das ist ihm gelungen?«, wollte Hain wissen. »Er ist nie wegen Krankheit ausgefallen?«

»Bis auf ein paar Tage, als er mit einer Bandruptur am rechten Daumen aus dem Skiurlaub zurückgekehrt ist, kann ich mich an keine Ausfälle erinnern. Nein, er hat immer gut auf sich geachtet und auch recht vernünftig gelebt.«

»Wie sie vermutlich wissen«, übernahm Pia wieder die Gesprächsführung, »wurde Dr. Bellini das Opfer eines Gewaltverbrechens, Frau Schudt. In diesem Zusammenhang ist es für uns natürlich von großer Bedeutung zu erfahren, ob es hier in der Praxis zu Ereignissen gekommen ist, die dabei eine Rolle spielen könnten.«

»Wie meinen Sie das genau?«

»Gab es so etwas wie unzufriedene Patienten? Eingriffe, bei denen etwas nicht so gelaufen ist, wie es erwartet wurde? Oder vielleicht sogar so etwas wie Drohungen Herrn Dr. Bellini gegenüber?«

Frau Schudt holte tief Luft und fuhr sich mit der rechten Handinnenfläche durchs Haar.

»Wir arbeiten hier in aller Regel mit, an und für Menschen, die von den durchgeführten Eingriffen eine wie auch immer geartete Aufwertung oder Optimierung erwarten. Da ist es bestimmt verständlich, dass es bei der Beurteilung der Ergebnisse gelegentlich zu unterschiedlichen Meinungen kommt. Aber Dr. Bellini hat es immer verstanden, die meisten Probleme zur Zufriedenheit der Beteiligten zu lösen.«

»Es gab also Unstimmigkeiten?«
»Natürlich, ja. Wenn Menschen unterschiedliche Ansichten bei der Beurteilung einer Leistung haben, ist das doch eher die Regel als die Ausnahme.«
»Und wie weit gingen diese Unstimmigkeiten? Wurde daraus vielleicht sogar mehr?«
»An Drohungen, nach denen sie gefragt haben, kann ich mich nicht erinnern. Es kam schon einmal vor, dass jemand die Praxis mit hochrotem Kopf verlassen hat und vielleicht fiel auch das eine oder andere unschöne Wort, aber Drohungen? Nicht, dass ich wüsste.«
»Wie lange arbeiten Sie schon hier in der Praxis?«
»Seit dem Tag der Eröffnung. Dr. Bellini hat mich gefragt, ob ich mit ihm hierher gehen würde und ich habe sofort und mit Freude zugesagt.«
»Von wo sind Sie denn gekommen?«
»Wir waren beide in der Praxis angestellt, in der er vorher gearbeitet hat. Und als er sich entschieden hat, das hier aufzuziehen, wollte er unbedingt, dass ich dabei bin. Er hat mir in vielen Bereichen komplett vertraut.«
»Betrifft das auch sein Privatleben?«
Über das Gesicht der Praxismanagerin huschte ein trauriges Lächeln.
»Francos …«
Sie wischte sich eine Träne aus dem Auge.
»Sie müssen entschuldigen, aber wir beide waren erstens per du und zweitens wie zuvor erwähnt sehr vertraut miteinander. Deshalb fällt es mir jetzt unheimlich schwer, von *Dr. Bellini* zu sprechen.«
»Das macht überhaupt nichts. Sprechen Sie ruhig so von ihm, wie Sie es immer gemacht haben.«

»Schön. Also, Sie haben nach seinem Privatleben gefragt. Was das angeht, hielt er sich immer sehr bedeckt. Man könnte auch sagen, dass er insgesamt sehr diskret damit umgegangen ist.«
»Hatte er eine Freundin?«
Jana Schutts Züge verhärteten sich.
»Auf diese Frage kann ich Ihnen leider keine Antwort geben, weil ich es einfach nicht weiß. Wir haben über sehr viele Dinge miteinander gesprochen, aber darüber nicht ein einziges Mal. Er war nun einmal, was sein Privatleben anging, sehr diskret.«
»Gab es Affären mit Patientinnen?«
»Auch darüber weiß ich nichts. Allerdings fällt es mir schwer, mir etwas Derartiges vorzustellen; dazu war Franco einfach viel zu professionell.«
»Wie viele Menschen arbeiten hier in der Praxis, Frau Schudt?«, wollte Hain nun wissen
»Insgesamt sind wir elf Kolleginnen im Praxisteam. Ein paar davon natürlich in Teilzeit. Dazu kommt die Reinigungskraft. Und an manchen OP-Tagen verstärkt eine Anästhesistin das Team, aber die ist nicht hier angestellt, sondern arbeitet auf freiberuflicher Basis.«
»Also arbeiteten neben Herrn Dr. Bellini ausschließlich Frauen hier in der Praxis?«
»Das ist richtig, ja.«
»Ist es in diesem Zusammenhang und in dieser Konstellation denn vielleicht mal zu … Komplikationen oder Irritationen gekommen?«
»Sie meinen damit vermutlich ein Verhältnis, das über das berufliche hinausgereicht hat?«
»Ja.«

»Nein, auf keinen Fall. Nicht nur Franco war sehr professionell, wir alle hier machen einen überaus professionellen Job. Und deshalb verboten und verbieten sich solche Verbindungen von selbst.«

»Was wissen Sie über die familiären Umstände von Herrn Dr. Bellini? Gibt es irgendwelche Verwandte, von denen Sie wissen?«

»Franco hat sich, nachdem seine Mutter vor ein paar Jahren verstorben ist, gern selbst als *Vollwaise ohne jegliche Familienbande* bezeichnet. Also dürfte es da wohl niemanden geben. Er ist ein wenig verwurzelt in der italienischen Community hier in Kassel, aber da bin ich leider die falsche Ansprechpartnerin, weil das zwischen uns immer nur Randthema gewesen ist.«

»Mich würde noch interessieren«, mischte Pia sich wieder ein, »ob bei Ihnen in der Praxis ausschließlich Frauen behandelt werden. Oder gibt es auch Männer, die sich hier *aufwerten* und *optimieren* lassen, wie Sie das vorhin so schön beschrieben haben?«

»Es ist interessant, dass Sie das fragen, denn wir haben gerade letzte Woche über dieses Thema gesprochen. Und haben uns danach von der EDV einmal eine Statistik dazu aufgerufen. Es ist demnach so, dass 94 Prozent unserer Patienten weiblich sind und nur sechs Prozent männlich. Aber dieses Verhältnis spiegelt eigentlich relativ gut den gesamten Bundesdurchschnitt wider. Die Herren der Schöpfung sind einfach noch nicht so weit, wenn Sie mich fragen.«

»Also ein recht vernachlässigbarer Anteil an Männern«, sinnierte die Kommissarin und machte sich ein paar Notizen dazu.

»Gab es männliche Patienten, die unzufrieden waren oder sich beschwert haben?«
»Nein, daran kann ich mich beim besten Willen nicht erinnern. Wir hatten es, wenn es denn überhaupt dazu kam, eigentlich immer mit Reklamationen von Frauen zu tun.«
»Ist es möglich, dass Sie uns eine Liste machen von denen, die sich am lautesten beschwert haben? Und wenn Sie gerade dabei sind, auch eine Liste von allen Männern, die Dr. Bellinis Dienste in Anspruch genommen haben.«
Die Praxismanagerin zögerte.
»Ich weiß nicht. Dazu würde ich mich gern informieren, damit ich nicht gegen die Schweigeverpflichtung verstoße.«
»Wir wollen gar keine Details zu den Leistungen, die hier in der Praxis erbracht wurden, Frau Schudt, und ganz sicher auch nicht wissen, wer hier was hat machen lassen, sondern einfach nur die persönlichen Datensätze. Das dürfte nach unserer Lesart zu keinen Problemen bezüglich der Schweigepflicht führen.«
»Ich würde mich trotzdem gern absichern und bitte Sie dafür um Verständnis.«
»Machen Sie das ruhig. Wenn es erledigt und positiv beschieden ist, wann können wir damit rechnen?«
»Ich möchte nur mit dem Justiziar der Kassenärztlichen Vereinigung telefonieren. Wenn der mir grünes Licht gibt, dann bekommen Sie noch heute einen Ausdruck.«
»Das wäre klasse.«

*

»Die fand ich ein wenig merkwürdig«, meinte Pia auf dem Weg zum Auto und sah dabei nach oben, wo der Himmel sich zugezogen hatte und dunkle Wolken das Bild bestimmten.
»Ja, irgendwie schon.«
»Also entweder hat sie die Mutterrolle in seinem Leben übernommen, oder sie war hochgradig in ihn verschossen.«
Hain blieb stehen und fing an zu grinsen.
»Jetzt spinnst du dir aber ganz schön was zurecht, meine liebe Pia.«
»Nein, ernsthaft, Thilo. Verlass dich auf meine weibliche Intuition, das ist so. Entweder Mutterkomplex oder schwer verliebt.«
»Das müssen die Hormone sein«, lachte der Hauptkommissar laut auf und lief los, weil in diesem Moment die ersten dicken Regentropfen auf das Pflaster prasselten.
»Zum Glück haben wir im Parkhaus gestanden«, brummte Pia, als sie im Wagen saßen. »Sonst hätten wir jetzt den Innenraum trockenlegen müssen.«
»Was aber nicht das erste Mal gewesen wäre«, gab Hain zurück und wischte sich über sein nasses Haupthaar.
»Und so eine heruntergewohnte Karre bietest du mir, ohne mit der Wimper zu zucken, *für ganz kleines Geld* an?«, echauffierte sich seine Kollegin ein wenig zu künstlich. »Das kann doch wohl unmöglich dein Ernst sein.«

»Hm. Da hast du ja richtig Glück gehabt, dass dir deine Schwangerschaft diese schwierige Entscheidung abgenommen hat.«
Pia wollte gerade den Motor starten, als sich ihr Telefon meldete. Sie drehte den Zündschlüssel zurück, nahm das Gespräch an und stellte auf Lautsprecher.
»Ja, Lemmi, was gibts?«
»Schau dir mal bitte irgendeine Nachrichtenseite an, es ist eigentlich egal, welche. Unser Fall hat es auf alle Titelseiten geschafft.«
»Scheiße. Wie detailliert sind denn die Berichte?«
»Gerade so, als ob du oder ich die Medien mit Einzelheiten versorgt hätten.«
»Wow. Dann produziert unsere schöne Stadt neben dem ganzen Documenta-Blödsinn ja gleich den nächsten bundesweiten Aufreger.«
»Das kann man so sagen.«
»Immerhin scheint Thilos Intervention Wirkung gezeigt zu haben, denn wir haben soeben den Genabgleich geliefert bekommen. Und der belegt eindeutig, dass Lisa Werners DNA sich an dem Stumpf von Bellinis bestem Stück befunden hat.«
»Was aber immer noch nicht heißen muss, dass sie das Ding auch abgebissen hat, Lemmi.«
»Ich weiß, was du meinst, Pia, aber diesen Zahn kann ich dir gleich ziehen. Es hat sich nämlich *nur* Lisa Werners DNA an dem Stumpf befunden.«
»Das klärt die Dinge dann leider zu einhundert Prozent.«
»Definitiv, ja.
»Und das ist verdammt ernüchternd, Lemmi.«

»Wem sagst du das.«
Die Kommissarin bedankte sich und beendete das Gespräch.
»Du hast ja mitgehört«, brummte sie ihrem Kollegen zu, ließ den Motor an und setzte zurück. »Jetzt holen wir uns erst mal bei Frau Gonzales den Namen von Lisa Werners Sugardaddy. Und danach sollten wir uns noch einmal mit Norbert Plassert ins Benehmen setzen, was meinst du?«
»Genau so machen wir das, Pia.«

11

Salvatore Bellini wurde von seiner Freundin Eva sanft angestupst.
»He, du Schlafmütze, du könntest jetzt aber wirklich mal aufstehen. In einer guten Stunde musst du das Restaurant aufsperren.«
Der junge Italiener öffnete die Augen, sah auf die Uhr an seinem Handgelenk und betrachtete anschließend ihr sanft lächelndes Gesicht.
»Wow, schon so spät. Ich habe nicht damit gerechnet, dass ich so lange pennen würde.«
»Das macht doch nichts. Wenn du dich halbwegs beeilst, bist du noch vor Lino dort.«
»Ja, das wäre schön. Ich hatte vorhin versucht, ihn zu erreichen, aber sein Telefon war ausgeschaltet.«
»Ausgeschaltet? Das verwundert mich jetzt schon. Der alte Infojunkie schaltet sein Telefon doch eigentlich nie aus.«
»Ja, das hat mich auch erstaunt, aber vielleicht will er in diesen miesen Tagen auch einfach mal seine Ruhe haben.«
»Stimmt, das ist möglich. Habt ihr für heute viele Reservierungen?«
»Ja, die Hütte ist rappelvoll. Allein eine Buchung hat 18 Personen angemeldet.«

»Soll ich mit rüberkommen und dir zumindest in den ersten beiden Stunden helfen? Es würde mir nichts ausmachen.«
»Auf gar keinen Fall. Du hast einen bestimmt sehr anstrengenden Frühdienst hinter dir und ich will außerdem nicht, dass du zu viel Zeit im Ristorante verbringst. Wegen der Work-Life-Balance und so, du weißt schon.«
»Du meinst doch wohl eher, weil du Angst hast, dass du mich dann zu schnell satthaben könntest, oder?«
»Nein, wirklich nicht. Aber ich will einfach Privates und Berufliches konsequent trennen, weil ich erlebt habe, wie stark es meinen Vater und meine Mutter belastet hat, zusammenzuleben und auch noch zusammenzuarbeiten. Ich will einfach unser schönes Miteinander nicht ohne Not aufs Spiel setzen. Zumal ich gerade wieder mal mit der Keule auf den Kopf gedroschen bekommen habe, wie schnell dieses schöne Leben auch vorbei sein kann.«
Eva küsste ihn sanft auf den Mund, zog ihn zu sich herauf und nahm in liebevoll in den Arm.
»Hast du dich um alles gekümmert wegen der Beerdigung? Und hat auch alles so geklappt, wie du es dir vorgestellt hast?«
»Mit der Musik, also der Anlage, ist der Bestatter noch nicht ganz sicher, aber der Rest klappt. Und er will sich auch darum kümmern und herausfinden, wann Francos Leichnam überhaupt freigegeben wird.«
Er schluckte.
»Ich habe mich übrigens dazu entschlossen, ihn doch verbrennen zu lassen. Bei uns im Süden von Italien ist

es zwar echt ganz selten, dass sich das jemand wünscht, aber Franco war halt nur dem Papier nach Italiener. In seinem Herzen und seinem Denken war er viel mehr ein *Tedesco* als ein *Italiano*.«
»Schön, dass du dich so entschieden hast. Ich bin mir ziemlich sicher, dass er es genau so gewollt hätte. Und finde es immer noch ein bisschen spooky, dass ihr beiden niemals über den Tod oder das Sterben gesprochen habt.«
Salvatore zog seine Freundin etwas fester an sich heran.
»Das mag für dich so wirken, aber wir sind … waren junge Männer Mitte dreißig. Unser Leben hat sich immer mehr um Party machen und Feiern und diesen ganzen Scheiß gedreht. Ich glaube sogar, wir hielten uns noch bis vorgestern für geradezu unsterblich. Und deswegen haben wir es einfach nicht für nötig gehalten, über den Tod und das Sterben zu reden.«
»Ja, das kann ich mir lebhaft vorstellen. Ihr habt es mehr mit dem Aufreißen von Tussis und dem Kauf des nächsten, noch geileren Autos gehabt. Und das ist auch völlig in Ordnung, wenn du mich fragst.«
Sie küsste ihn sanft auf die Nase.
»Wobei die Sache mit dem Tussiaufreißen für dich jetzt zumindest so lange vorbei sein sollte, wie das mit uns läuft. In Ordnung?«
»Du weißt doch genau, dass es so ist. Das habe ich dir schon oft versichert.«
»Stimmt. Und ich vertraue dir mit jeder Faser meines Körpers.«
»Schön.«
Wieder musste er deutlich hörbar schlucken.

»Und trotzdem bin ich gerade emotional komplett hinüber, weil Franco mir so unglaublich fehlt. Weil es sich anfühlt, als sei mit seiner Ermordung ein Teil von mir mit gestorben.«
»Ich weiß, wie nah dir der Tod von Franco geht. Ich bin ja selbst wie paralysiert, obwohl ich ihn erst ein knappes Jahr gekannt habe. Und ich finde es schön, dass ich ein wichtiger Teil deiner Trauer sein darf.«
»Das bist du und das musst du auch sein, Eva. Und bevor ich gleich wieder anfange zu weinen, gehe ich lieber auf die Pipibox.«
»Um dort allein und ohne mich zu weinen?«
»Nein. Du bist nämlich diejenige, bei der ich mich wegen meiner Tränen nicht schäme. Ich verspreche es dir.«
Sie nickte ihm mitfühlend und auch ein wenig stolz zu. Salvatore macht sich frei von ihr und ging ins Bad. Als er von dort zurückkam, stand Eva mit versteinerter Miene und an den Mund gepresster rechter Hand vor dem Fernseher, den sie zwischendurch eingeschaltet hatte.
»Oh nein«, murmelte sie.
Salvatore hatte nur Augen für seine Freundin und versuchte, sie in den Arm zu nehmen.
»Was ist denn, Eva? Ist irgendwas passiert?«
Sie schob ihn zurück, hob den linken Arm und deutete auf den Bildschirm. Dort war ein Foto von Franco Bellini zu sehen und im Text am unteren Bildrand lief

Grausiger Mord in Kassel. Bekannter Schönheitschirurg zuerst entmannt und dann bestialisch er-

mordet. Ist die gesuchte Lisa W. die eiskalte Killerin?

»Was …? Das ist nicht wahr! Das *kann* nicht wahr sein!«
»Aber sie sagen es doch, Salva. Warum sollten sie denn so etwas sagen, wenn es nicht stimmt?«
»Weil es nicht stimmen … darf.«
Nun rannen dicke Tränen über Salvatore Basiles Gesicht. Tränen der Trauer, aber auch Tränen der Wut. Er schniefte, schluckte und verengte dabei die Augenlider zu engen, kleinen Schlitzen.
»Das wird diese Bitch bereuen, das schwöre ich dir!«

12

Norbert Plassert war nach Aussage von Heike Nielsen, der noch immer hinter dem Tresen sitzenden Empfangsdame im Alto-Adige-Gebäude, in einer Besprechung, an der nach ihren Informationen auch Silvia Gonzales teilnahm.
»Und diese Besprechung«, setzte sie noch hinzu, »ist wohl ziemlich wichtig, deshalb kann ich die beiden jetzt unmöglich stören. Da muss ich Sie um Verständnis bitten.«
»Wie lange wird sich diese Besprechung denn hinziehen?«, fragte Pia Ritter. »Es geht auf 17:00 Uhr zu und die Herrschaften wollen doch sicher auch irgendwann mal Feierabend machen.«
»Das ist bei uns eher leger geregelt«, gab Frau Nielsen leise zurück. »Wenn etwas Wichtiges zu bereden ist und länger dauert, dann dauert es eben einfach länger.«
»Sie wissen aber nicht, worum es in dieser Besprechung geht?«
»Nein, das entzieht sich leider meiner Kenntnis.«
Sie sah die Kommissarin ernst an und beugte sich dabei nach vorn.
»Darf ich Sie etwas fragen?«
»Ja, natürlich. Was gibt es denn?«

»Stimmt es, was man über den Mord an diesem Schönheitschirurgen liest. Dass ihm …, … dass Lisa ihm …«

»Sie müssen nicht alles glauben, was die Medien im Augenblick verbreiten, Frau Nielsen«, erwiderte die Kommissarin ebenso leise. »Und jetzt rufen Sie bitte Herrn Plassert an und sagen ihm, dass wir ihn umgehend sprechen möchten. Und falls er sich weigert, uns zu empfangen, dann richten Sie ihm bitte weiterhin aus, dass wir ihn auch festnehmen und zur Vernehmung ins Präsidium bringen lassen können. Das hätte allerdings zur Folge, dass er in Handschellen aus dem Gebäude geführt werden würde. So weit angekommen?«

Die Frau hinter dem Tresen schluckte.

»Und das soll ich ihm genau so sagen? Ich meine, er ist schließlich …«

»Frau Nielsen«, wurde sie von Pia Ritter sanft unterbrochen, »Sie sagen ihm das bitte *genau so*, wie ich es Ihnen gerade mitgeteilt habe. Und mit Frau Gonzales würden wir auch gern noch ein kurzes Gespräch führen, aber bei ihr können Sie auf die Ansage mit den Handschellen und der Festnahme verzichten.«

Es dauerte nicht einmal drei Minuten, dann hatte Norbert Plassert Zeit für die beiden Kommissare. Allerdings war sein Gesichtsausdruck bei der Begrüßung eher der Kategorie ‚Missmutig‘ zuzuordnen und er hatte einen Begleiter im Schlepptau, den er als Dr. Mirko Herbst vorstellte.

»Dr. Herbst«, fuhr er deutlich unfreundlich fort, »ist Rechtsanwalt und ich bestehe darauf, dass er bei dem Gespräch mit Ihnen zugegen ist.«

»Das ist«, antwortete Thilo Hain zuckersüß, »natürlich Ihr gutes Recht, Herr Plassert. Aber ein wenig verwirrend ist dieser Umstand schon, wenn man bedenkt, dass Sie noch gar nicht wissen, worum es in diesem Gespräch gehen könnte.«
»Es ist mir relativ gleich, worum es in diesem Gespräch geht. Ihr Auftreten hier und Ihre Drohungen sind geradezu lächerlich, also werde ich mich juristisch absichern.«
»Drohungen? Wer hat Ihnen denn gedroht?«
»Meinen Sie nicht auch«, mischte sich jetzt Dr. Herbst ein, »dass die mögliche Festnahme und der Abtransport meines Mandanten in Handschellen als Drohung aufzufassen ist, meine Damen und Herren Kommissare?«
»Keinesfalls meinen wir das«, widersprach Pia Ritter ihm. »Es ist einfach nur so, dass wir einen Mordfall zu klären haben, bei dem Ihr Mandant eine bis jetzt noch nicht genau geklärte Rolle spielen könnte. Und um Licht ins Dunkel dieser Rolle zu bringen, müssen wir uns umgehend mit ihm … unterhalten.«
»Sie müssen hier nicht um den heißen Brei herumreden«, rief Plassert aufgebracht. »Es geht um den Mord an diesem Schönheitschirurgen und um Lisa Werners Mitwirkung daran. Aber was geht mich dieser Mist denn überhaupt an?«
»Wäre es möglich, dass wir unser Gespräch in einer weniger öffentlichen Atmosphäre führen können, Herr Plassert?«, wollte Hain wissen. »Hier im Eingangsbereich erscheint mir das ein wenig indiskret.«
Plassert und sein Rechtsanwalt tauschten einen kurzen Blick aus, dann nickte der Alto-Adige-Manager.

»Gut, kommen Sie mit.«
Damit wandte er sich ab und nahm Kurs auf eine Tür neben dem Fahrstuhl. Dahinter befand sich eine kleine Teeküche mit einem Tisch und sechs Stühlen darum gruppiert.
»Bitte, setzen Sie sich«, blaffte Plassert. »Sie können von mir aus aber auch gern stehen bleiben, so wie ich es mache.«
Da sich keiner der vier setzen wollte, standen Pia Ritter und Thilo Hain an der einen Seite des Tisches, Plassert und Dr. Herbst auf der anderen.
»Bitte«, begann der Rechtsanwalt, »was also ist der Hintergrund dieser recht ominösen *Befragung*.«
»Zunächst müssen wir von Herrn Plassert wissen, wo er sich in der vorvergangenen Nacht zwischen 22:00 Uhr und 04:00 Uhr aufgehalten hat.«
»Da war ich natürlich zu Hause und die meiste Zeit davon habe ich, wie Sie sich vermutlich denken können, schlafend in meinem Bett verbracht.«
»Gibt es dafür Zeugen?«
»Nein«, schnaubte der Manager. »Die gibt es nicht.«
»Aber Sie haben uns doch heute Vormittag erzählt, dass Sie verheiratet sind. Schlafen Sie und Ihre Frau denn häuslich getrennt?«
»Meine Frau ist … sie hat einen speziellen Geburtsvorbereitungskurs auf der Insel Spiekeroog besucht und ist erst gestern Abend zurückgekehrt. Ich wäre gern mit ihr dorthin gereist, aber das ließ sich nicht mit meinen Verpflichtungen hier verbinden. Und deshalb kann ich Ihnen leider nicht mit einem Zeugen für die fragliche Nacht dienen.«

Die letzten Worte seines Satzes hatte Plassert den Beamten geradezu entgegengeschleudert.
»Norbert, bitte«, wurde er von Dr. Herbst beruhigend am Arm getätschelt, »diese große Emotionalität ist weder nötig noch angebracht.«
»Kennen Sie Herrn Dr. Bellini, das Mordopfer?«
»Nein, warum sollte ich diesen Herrn kennen? Meine Brüste gefallen mir ausgesprochen gut, also?«
»Wir möchten uns kein Urteil über Ihre Brüste anmaßen, Herr Plassert, aber der Besuch bei einem plastischen Chirurgen kann auch aus anderen Gründen geschehen.«
»Bei mir gibt es solche Gründe aber nicht.«
»Gut«, versuchte Pia Ritter etwas den Druck aus dem Kessel zu nehmen. »Uns würde außerdem noch interessieren, ob Sie in irgendeiner Weise Wassersport auf der Fulda betreiben. Kanu, Kajak, SUP, Segeln?«
Plassert holte tief Luft. Es war ihm deutlich anzumerken, wie sehr ihn diese Befragung nervte.
»Ich habe ein Brett, ja, mit dem ich ab und an auf der Fulda ein wenig paddle. Aber das ist nach meinem Wissen ja nicht verboten, oder?«
»Das ist natürlich nicht verboten und uns interessiert dabei auch nur, ob Sie Ihr Brett irgendwo an der Fulda lagern. In einem Bootshaus? Oder sonst irgendwo dort in der Nähe?«
»Nein, das mache ich nicht. Ich bringe mein Brett, wie die meisten Anderen auch, von zu Hause mit, blase es an der Regattawiese auf und nehme es von dort auch wieder mit nach Hause.«
»Ein Segelboot besitzen Sie aber nicht?«

»Nein, mir wird beim Bootfahren grundsätzlich übel. Deshalb wäre es wohl ziemlich blöd von mir, ein Segelboot zu besitzen. War es das jetzt endlich?«
Hain sah zu seiner Kollegin, die kaum erkennbar nickte.
»Ja, das war es, Herr Plassert. Und vielen Dank für Ihr Entgegenkommen.«
Plassert hatte das Ende des Satzes längst nicht mehr mitbekommen, weil er zu diesem Zeitpunkt schon wutschnaubend aus der Teeküche gestürmt war.
»Wenn Sie doch noch Fragen haben sollten, so wenden Sie sich bitte an mich«, sagte Dr. Herbst zu Hain und überreichte ihm seine Visitenkarte.
»Das werden wir machen.«
Damit verließ auch der Rechtsanwalt den Raum und zog die Tür hinter sich zu.
»Dass der so eine kurze Zündschnur hat, hätte ich gar nicht vermutet«, bemerkte Pia spitz. »Wo er doch heute Vormittag so einen auf cooler Typ gemacht hat.«
»Ja, wie man sich doch in den Menschen täuschen kann«, erwiderte Hain süffisant und wandte sich Richtung Ausgang. »Aber die Nummer ist noch nicht durch, denn ein in irgendeiner Form belastbares Alibi hat er ja nicht.«
Die Oberkommissarin kam hinter ihm her und bedeutete ihm, die Tür noch nicht zu öffnen.
»Hast du gesehen, dass er eine Fitnessuhr trägt?«
»Nein, wieso?«
»Weil die sein Alibi zumindest ein wenig untermauern könnte, wenn er sie in der Nacht getragen hat.«

»Stimmt. Sie könnte ihn allerdings auch arg in die Bredouille bringen, falls er gelogen haben sollte.«
»Und deshalb sollten wir uns zumindest einen Durchsuchungsbeschluss für sein Haus besorgen, damit wir sie beschlagnahmen können.«
»Es wird bei dieser dünnen Faktenlage schwierig, einen Richter zu finden, der den Beschluss unterschreibt.«
»Tja, Thilo. So wie Lemmi deiner Meinung nach für die Überbringung irgendwelcher Nachrichten der Beste ist, so bist du nach meiner Meinung für die Besorgung von Durchsuchungsbeschlüssen die klare Nummer eins. Also, häng dich rein.«
»Das ist doch …«
Der Hauptkommissar brach seinen Satz ab, weil es von außen geklopft hatte. Er zog die Tür auf und blickte in das verheulte Gesicht von Silvia Gonzales, deren weggeschwemmtes Make-up sich über ihre gesamten Wangen verbreitet hatte.
»Sie wollten noch etwas von mir?«, schluchzte sie.
Pia zog die Frau in die Teeküche, drückte die Tür wieder ins Schloss, schob die Frau an den Tisch und platzierte sie auf einem der Stühle.
»Was ist denn passiert, Frau Gonzales?«, wollte sie wissen, nachdem auch sie und ihr Kollege sich gesetzt hatten. »Sie sehen ja furchtbar aus.«
»Nichts, das passt schon. Ich hatte nur eine ziemlich … üble Auseinandersetzung mit Herrn Plassert.«
»Worum ging es denn?«
Lisa Werners Assistentin schüttelte den Kopf.
»Ich darf mit Ihnen nicht mehr über Firmeninterna sprechen, sonst wirft mich Herr Plassert sofort raus.

Das hat er mir vorhin ganz unmissverständlich und überaus deutlich klargemacht.«

»Und hat dafür sogar einen Rechtsanwalt mitgebracht.«

»Ja. Aber das hatte noch einen anderen Grund.«

»Ja …?«, hakte die Oberkommissarin nach, nachdem Silvia Gonzales eine Weile stumm geblieben war.

»Aber darum geht es ja gerade! Darüber darf ich nicht mit Ihnen sprechen, weil es eben angeblich Firmeninterna sind.«

»In deren Mittelpunkt vermutlich Lisa Werner und die Dinge, die derzeit durch die Medien geistern, stehen dürften, oder?«

Ein sehr kurzes, verstohlenes Nicken. Pia legte der Frau die rechte Hand sanft auf die Schulter und sah sie mitfühlend an.

»Frau Werner ist übrigens wieder aufgetaucht. Allerdings geht es ihr nicht gut. Sie liegt mit schweren Verletzungen im Krankenhaus.«

»Was ist denn mit ihr passiert?«

»Dazu können wir leider nichts sagen, weil wir noch nicht mit ihr sprechen konnten.«

»Und was ist dran an den … Dingen, die gerade überall zu lesen und zu hören sind? Das kann doch nicht stimmen, oder?«

»Auch dazu können wir leider erst Genaueres sagen, wenn wir mit ihr gesprochen haben.«

»Sie wird aber nicht sterben, oder?«

»Vermutlich nicht, nein«, erklärte Hain der Frau. »Aber umso wichtiger ist es für uns, diesen ominösen Mann zu finden, mit dem sie durch die Clubs gezogen ist. Deshalb brauchen wir den Namen und noch besser die

Telefonnummer ihrer Freundin, die Lisa und ihn zusammen gesehen hat.«
Silvia Gonzales hob erschrocken den Kopf. Ihr Gesicht lief tiefrot an und sie schluckte.
»Das geht nicht«, flüsterte sie.
»Wie bitte?«, fragte Pia nach, die ihre Worte nicht verstanden hatte.
»Das geht nicht.«
»Und warum geht das nicht, Frau Gonzales?«
Die Assistentin schlug sich die Hände vors Gesicht und begann zu weinen. Hain hob den Oberkörper und wollte wohl schon eine weitere Nachfrage starten, doch Pia stoppte ihn mit einer kurzen Handbewegung. Der Kommissar verharrte einen Moment, ließ sich dann aber zurückfallen und zuckte dabei mit den Schultern.
»Wir haben Zeit, Frau Gonzales«, redete die Kommissarin beruhigend auf die immer lauter schluchzende Frau ein. Es dauerte etwa drei Minuten, bis sie sich so weit unter Kontrolle hatte, dass sie auf Pia Ritters Fragen antworten konnte.
»Warum, meinen Sie, geht das nicht, Frau Gonzales? Würden Sie damit ihre Freundin in irgendwelche Schwierigkeiten bringen?«
Ein kurzes, von schwerem Atmen begleitetes Kopfschütteln.
»Nein, das sicher nicht.«
»Wir werden das, was uns Ihre Freundin erzählt, mit der allergrößten Diskretion behandeln, Frau Gonzales. Und auch diesem Mann gegenüber werden wir uns maximal diskret verhalten. Das verspreche ich Ihnen.«

»Darum geht es doch gar nicht, Frau Kommissarin. Es geht doch darum, dass …«
Wieder eine längere Pause. Hain sah verstohlen auf seine Armbanduhr.
»Ja? Worum geht es dann?«
»Es gibt …, es gibt diese Freundin … doch gar nicht. Ich habe Sie angelogen.«
Hain wollte sich erneut einmischen, doch wieder gab es die stumme Aufforderung seiner Kollegin, ruhig zu bleiben.
»Warum haben Sie uns denn angelogen? Dafür gibt es doch bestimmt einen Grund, oder?«
Silvia Gonzales nickte.
»Wollen Sie ihn mir sagen, diesen Grund?«
»Weil ich die beiden selbst zusammen gesehen habe. Aber ich wollte nicht, dass Lisa Ärger bekommt deswegen. Weil wir nämlich darüber gesprochen haben und sie mir erzählt hat, dass der Mann … verheiratet ist. Und dass er bei der Konkurrenz arbeitet. Darum habe ich Sie angelogen.«
»Aber Sie wollten doch nur Ihre Kollegin schützen, deshalb nehmen wir Ihnen diese Lüge auch keineswegs übel. Und trotzdem müssen wir unbedingt wissen, um wem es sich bei dem Mann handelt.«
»Seinen Namen kenne ich nicht, ganz ehrlich. Ich weiß nur, dass Lisa ihn bei einem Kongress kennengelernt hat und dass er bei einem Wettbewerber von uns arbeitet.«
Sie nannte den Polizisten den Namen eines anderen Versicherungsunternehmens.

»Und schon aus diesem Grund wollte Lisa keinesfalls, dass sich ihre Liebschaft hier im Unternehmen herumspricht. Lisa ist in viele Dinge eingeweiht, die topsecret sind. Da wird der enge und vielleicht sogar noch engere Kontakt mit einem Mitarbeiter des Wettbewerbs ganz sicher nicht gern gesehen.«
»Ist der Mann denn auch Mathematiker?«
Silvia Gonzales nickte.
»Das war ja das irre. So wie Lisa es mir erzählt hat, wollte sie gar nicht an diesem eigentlich ziemlich langweiligen Kongress teilnehmen und ist nur hingefahren, weil sie Wien so toll findet. Und das Hotel, in dem sie untergebracht war, muss wohl auch ein echter Hauptgewinn gewesen sein. Und dann ist ihr dieser Typ über den Weg gelaufen und sie war auf der Stelle hin und weg. So hat sie es mir zumindest erzählt.«
»Lebt und arbeitet der Mann denn auch hier in Kassel?«
»Nein. Er hat wohl zu der Zeit in Düsseldorf gearbeitet und sich dann nach Göttingen versetzen lassen. Aber ob er, nachdem das mit den beiden ziemlich eskaliert ist und Lisa Schluss gemacht hat, noch dort ist, kann ich Ihnen natürlich nicht sagen.«
»Und das hat Ihnen Frau Werner alles erzählt?«
»Unter dem Mantel der absoluten Verschwiegenheit, ja. Sie wollte eben vermeiden, dass irgendjemand hier im Haus davon erfährt. Und mir hat sie es auch nur erzählt, weil ich die beiden gesehen und sie nach dem Mann befragt habe. Sie kam mir damals nämlich echt total verliebt vor.«
»Wie lang ging das mit den beiden?«

»Ein knappes Jahr. Dann war ziemlich Knall auf Fall Schluss.«
»Woran lag es denn?«
»Der Typ war wohl unglaublich eifersüchtig. Wenn sie nur mit einem anderen Mann geredet hat, ist er schon richtig ausgerastet. Und er wollte unbedingt, dass Lisa und er möglichst schnell zusammenziehen, damit er sie ganz und gar für sich allein hat. Das wollte Lisa aber nicht und das hat wohl immer wieder für den totalen Knatsch gesorgt. Er hat ihr vorgeworfen, dass er für sie seine Frau in Düsseldorf sitzen gelassen hat und Lisa deshalb quasi die Verpflichtung hätte, sich ganz und gar auf ihn einzulassen. Lisa hat mir erzählt, dass er sie sogar einmal geschlagen hat. Aber das war dann der Schlusspunkt.«
»Und sonst wissen Sie wirklich gar nichts über ihn?«
Sie überlegte.
»Doch, er ist Amerikaner. Das hat Lisa mir erzählt, weil er ihr vorgeschlagen hat, mit ihm zusammen nach Amerika zu gehen. Dort verdienen Versicherungsmathematiker wohl deutlich mehr Kohle als hier in Europa. Aber auch das wollte Lisa nicht.«
Hain, der eifrig am Mitschreiben war, hob den Kopf und sah die Frau an.
»Mich würde abseits dieses Mannes noch interessieren, warum ihre Company Ihnen untersagen will, mit uns zu sprechen? Warum die Ihnen einen Maulkorb verpasst haben?«
Silvia Gonzales schüttelte energisch den Kopf.
»Ich würde meinen Job riskieren, wenn ich mit Ihnen über andere Sachen als diesen Mann reden würde, ehr-

lich. Und so lange ich keinen neuen habe, werde ich mich an diese Auflage halten. In Ordnung?«

»Geht es vielleicht einfach nur um das Renommee der Firma? Haben die Angst, im Zusammenhang mit einem Mord in der Zeitung aufzutauchen?«

Die Assistentin schloss die Augen und nickte stumm.

»Wenn das alles war, dann würde ich jetzt gern gehen.«

13

Michael Meier.

Natürlich war das nicht der echte Name des Mannes mit den blonden Haaren und den blauen Augen, der Lino Basile nach ihrem Treffen in Bad Wildungen so irritiert und verunsichert zurückgelassen hatte.

Dass sein echter Reisepass auf den Namen Fabio Gambetta lautete, hatte er dem Umstand zu verdanken, dass die Ehe von Graziella und Alberto Gambetta, sehr zum Unglück der beiden, bis zur Mitte deren dritten Lebensjahrzehnts kinderlos geblieben war. Graziella hatten die vielen gescheiterten Anläufe, drei Fehlgeburten und diverse erfolglose In-Vitro-Versuche in Kliniken in eine schwere Depression gestürzt. Das wiederum hatte bei ihrem Mann Alberto zu dem Entschluss geführt, ihrem Ansinnen nach der Adoption eines Kindes, selbstverständlich eines Jungen, zuzustimmen.

Da die beiden zu diesem Zeitpunkt schon seit mehr als 15 Jahren in Deutschland lebten, in Winterberg das nach Ansicht vieler Gäste beste italienische Restaurant im ganzen Sauerland betrieben und sich hervorragend integriert hatten, wurde ihnen nach eingehender Prüfung sieben Monate nach Antragstellung die Bewilligung ausgesprochen, ein Kind zu adoptieren. Und eingedenk der Tatsache, dass bei Adoptionen die Nachfrage das Angebot achtfach übersteigt, hatten die beiden sehr großes Glück. Denn schon ein halbes Jahr später wurde ihnen von der Vermittlungsstelle des Jugendamtes der damals vier Monate alte Junge vorgestellt, in den sich Graziella sofort mit Haut und Haaren verliebte. Alberto stand der Sache etwas skeptischer gegenüber, erfüllten doch die strahlend blauen Augen und die blonden Locken des Kindes so gar nicht seine Vorstellungen an einen in der Familie oder gar in Italien vorzeigbaren Sohn. Natürlich setzte Graziella sich durch und es dauerte nicht einmal eine Woche, bis der vom Tag des Einzugs bei den Gambettas Fabio genannte kleine Kerl auch das Herz des Kalabriers im Sturm erobert hatte.

Der Junge wuchs heran und wurde zum ganzen Stolz seiner Eltern, die sich allerdings sehr lange schwer damit taten, das größte Geheimnis innerhalb der Familie mit ihm zu teilen. Das bestand darin, dass Graziella und Alberto Gambetta den deutschen Zweig, oder besser die deutsche Zweigstelle, des aus der kalabrischen 'Ndrangheta-Hochburg San Luca stammenden Gambetta-Clans leiteten. Dazu gehörten die straff organisierte Schutzgelderpressung, Geldwäsche und Kreditwucher ebenso wie alle Arten von Gewaltdelikten, der Drogen- und Waffenhandel sowie der Handel mit gestohlenen Oberklasse- und Luxusautos. Allerdings brachte der italienische Adoptivsohn mit den urdeutschen Wurzeln einige Talente mit, die ihn im Ansehen und der Rangordnung innerhalb der Familie schnell aufsteigen ließen. Er war roh, hemmungslos und vor allem ohne jegliche Empathie für das Leid oder das Leiden anderer. Mit 24

Jahren beging er, nach einer überaus bemerkenswerten kriminellen Karriere, die jedoch immer durch die Tarnidentität als Mitarbeiter im elterlichen Restaurant gedeckt wurde, seinen ersten Mord. Ein untergeordnetes Mitglied des Familienclans im österreichischen Villach hatte Geld unterschlagen, eine Todsünde. Fabio Gambetta hatte den Auftrag erhalten, war nach Kärnten gefahren, brachte den Mann mithilfe einer Garrotte um, als der vor seiner Wohnungstür den Schlüssel ins Schloss einführen wollte. Keine acht Stunden später stand er wieder hinter der Theke des elterlichen Restaurants. Seit diesem Tag hatte er insgesamt neun Menschen getötet, fast alle mit seiner Lieblingsmethode, der Garrotte. Dabei wird ein von zwei Holzstücken gehaltenes, dünnes Metallseil um die Kehle des Opfers gelegt und danach fest zugezogen. Weil dadurch die Luftröhre blockiert wird, ist es möglich, einen Menschen nahezu lautlos vom Diesseits ins Jenseits zu befördern. Allerdings ist es eine Form des Erdrosselns, bei der sich der Todeskampf des Delinquenten durchaus über mehrere Minuten hinziehen kann.

Nun also hatte Fabio Gambetta von Lino Basile den Auftrag bekommen, Lisa Werner für das, was sie Franco Bellini angetan hatte, zu *bestrafen*. Über die Bedeutung dieses Wortes gab es keine zwei Definitionen; Lisa Werner sollte sterben. Und weil Gambetta keine Ahnung davon hatte, dass die junge Frau im Krankenhaus lag und dem Tod deutlich näher war als dem Überleben, machte er sich auf den Weg nach Kassel, um nach ihr zu suchen. Er konnte sich dabei auf ein engmaschiges Netzwerk von Informanten verlassen, das er sich über

Jahre aufgebaut hatte und das absolut zuverlässig funktionierte. Zu diesem Netzwerk zählten neben Polizisten und Staatsanwälten auch Journalisten und einige Größen der Lokalpolitik, die sich natürlich immer mal wieder gern von den Gambettas in deren Restaurant kulinarisch verwöhnen ließen. Natürlich hatte keiner dieser Menschen auch nur die geringste Ahnung davon, womit die Familie Gambetta in der Hauptsache ihr Geld verdiente. Gut, Gerüchte hatte es immer wieder mal gegeben und einmal hatte es auch ein übermütiger Reporter des Hessischen Rundfunks gewagt, um einen Interviewtermin im Zusammenhang mit einer Dokumentation über die ‚Aktivitäten der Mafia in Deutschland' nachzusuchen. Eine zertrümmerte Kniescheibe und ein ausgebranntes Auto später war die Sache dann aber irgendwie im Sande verlaufen. Und wenn im Restaurant Witze über ‚Die Mafia' gemacht wurden, lachten Fabio und Alberto sehr gern und manchmal sogar am lautesten darüber.
Er drückte auf eine Taste in der Mittelkonsole, scrollte sich durch das im Display auftauchende Menü und wählte eine Telefonnummer aus seinen Kontakten.
»Hallo, Björn«, meldete er sich, nachdem sein Gesprächspartner den Anruf angenommen hatte. »Hier ist Fabio. Hast du heute Abend ein paar Minuten Zeit für mich?«

14

»Ein Amerikaner in Göttingen also«, feixte Thilo Hain beim Verlassen des Alto-Adige-Gebäudes.
»Immerhin wissen wir, dass er Versicherungsmathematiker ist und bei welchem Unternehmen er arbeitet. Also müsste es doch mit dem Teufel zugehen, wenn wir den Kerl nicht finden würden.«
»Ja, du hast recht.«
Der Hauptkommissar sah auf seine Armbanduhr.
»17:15 Uhr. Kümmerst du dich um ihn, während ich versuche, den Richter vom Dienst von einem Durchsuchungsbeschluss für Plassert zu begeistern?«
Seine Kollegin blieb stehen und stemmte die Arme in die Hüften.
»He, ich bin eine werdende Mutter! Da muss ein geregelter Arbeitstag mit pünktlichem Feierabend zum beruflichen Standard gehören.«
»Wie ich immer sage, Augen auf bei der Berufswahl. Aber mal im Ernst, das hast du doch in einer halben Stunde erledigt, oder?«
»Um die Uhrzeit? Bei einem Versicherungsunternehmen? In welcher Welt lebst du denn? Da kann ich doch froh sein, wenn ich noch jemanden von der Putztruppe erwische.«

»Schluss mit dem Gezeter. Ich setze dich am Präsidium ab und fahre dann zum Gericht. Und keine Widerworte mehr, du keifendes Ungeheuer.«
»So machen wir es, Boss.«
Es dauerte nicht einmal eine halbe Stunde und die Kommissarin hatte alle Informationen, die sie brauchte. Eine Adresse wollte die nette Ansprechpartnerin des Versicherungsunternehmens zwar nicht herausrücken, aber immerhin nannte sie der Polizistin den Namen des Mannes und seine Mobilnummer.
Sie wählte sich ins Göttinger Einwohnermeldeamt ein und gab den Namen Miles Millner ein. Es dauerte eine Sekunde, dann wurde eine Seite aufgebaut. Die Kommissarin las, las noch einmal, lehnte sich zurück und kratzte sich mit der rechten Hand am Hinterkopf.
»Das gibts doch nicht«, murmelte sie.
»Was gibt es nicht?«, kam es von hinter ihr.
Pia drehte sich erschrocken um und sah in Thilos erstauntes Gesicht. Sie hatte in ihrer Überraschung nicht gehört, dass er das Büro betreten hatte.
»Du weißt schon, dass ich auch hier arbeite«, ließ er sie grinsend wissen.
»Und du glaubst nicht«, erwiderte sie, ohne auf seine Spitze einzugehen, »was ich gerade herausgefunden habe.«
»Was immer es ist, ich muss dir vorher die traurige Meldung machen, dass es bei der aktuellen Faktenlage absolut unmöglich ist, eine Hausdurchsuchung bei Plassert genehmigt zu bekommen. Keine Chance.«

»Vielleicht brauchen wir die ja gar nicht mehr«, brummte Pia und wies auf den Monitor. Hain beugte sich nach vorn und las.
»Scheiße.«
»Ja. Und wenn du willst, stehe ich heute doch noch für eine Überstunde zur Verfügung.«
»Schaust du noch nach, ob er sich schon hier in Kassel angemeldet hat?«
»Kann ich machen. Aber immerhin hat er sich glasklar in Göttingen, mitsamt Nennung der neuen Adresse hier in Kassel, abgemeldet.«
Eine Minute später hatte Pia herausgefunden, dass Miles Millner sich nicht nur zwei Wochen zuvor beim Einwohnermeldeamt in Göttingen abgemeldet, sondern auch am folgenden Tag in Kassel angemeldet hatte.
»Seine neue Adresse ist übrigens nur einen Steinwurf von Lisa Werners Haus entfernt«, bemerkte sie mit Blick auf den Monitor.
»Was die Sache nicht besser macht, wenn du mich fragst.«

*

Miles Millner wohnte in einem offenbar recht neuen Haus mit fünf Wohnungen. Zumindest ergab sich das aus dem matt silbern schimmernden Klingelbrett.
»Sieht aus, als würde er das Penthouse bewohnen«, vermutete Pia und legte den Finger auf die Klingel. Es dauerte ein paar Sekunden, dann erklang die Stimme eines Mannes mit deutlich amerikanischem Akzent.
»Yeah, hello?«

Hain beugte sich ein wenig nach vorn.
»Guten Tag, Herr Millner, mein Name ist Thilo Hain. Meine Kollegin und ich sind von der Kriminalpolizei und haben ein paar Fragen an Sie. Hätten Sie wohl einen Moment Zeit für uns?«
»Kriminalpolizei? Was habe ich denn mit die Kriminalpolizei zu tun?«
»Vermutlich gar nichts, Herr Millner. Aber um das genau sagen zu können, würden wir Ihnen gern ein paar Fragen stellen.«
Es gab eine kurze Pause.
»Können Sie bitte mal Ihre Ausweise in die Kameralinse halten? Ich möchte gern sichergehen, dass Sie wirklich Polizei sind.«
Sowohl Hain als auch seine Kollegin kamen der Bitte nach. Es dauerte danach wieder ein paar Sekunden, bevor der Türdrücker ertönte und den Weg freigab.
»Ganz nach oben«, kam es noch aus dem Lautsprecher.
»Na, was sagst du zu meinem Spürsinn, Boss. Er bewohnt tatsächlich das Penthouse.«
»Du bist halt einfach eine Spürnase«, erwiderte der Kommissar süffisant und steuerte auf die Treppe zu.
»Bedenkst du bitte die Tatsache, dass ich eine werdende Mutter bin? Außerdem bin ich seit mehr als zwölf Stunden auf den Beinen und möchte deshalb lieber den Fahrstuhl nehmen.«
Thilo Hain blieb abrupt stehen, drehte sich um und sah seiner Kollegin tief in die Augen.
»Wenn du mir in den nächsten vier, fünf oder sechs Monaten bei jedem Scheiß nur noch damit kommen willst, dass du eine werdende Mutter bist, dann lasse

ich dich lieber gleich morgen beim Amtsarzt antreten. Der soll dich dann für die Zeit bis zur Geburt deines Kindes krankschreiben.«

»Ja, das wäre eine Idee, mit der ich mich anfreunden könnte. Aber ersatzweise kann ich natürlich mein Mutterwerden auch nach innen ausleben und das dazugehörende Leid in mich hineinfressen.«

»Super Idee. Und wenn du nicht während der Schwangerschaft aufgehen willst wie ein Hefekloß, ist Bewegung doch sicher eine gute Hilfe.«

»So einen wie dich zum Freund und ich brauche keine Feinde mehr.«

Kurz darauf kamen sie im obersten Stockwerk an. An der Tür, die sich einem kurzen Flur anschloss, wurden sie von einem Mann in Shorts, T-Shirt und Badelatschen erwartet, der ihnen die Hand entgegen reckte und sich als Miles Millner vorstellte.

Hain besorgte dasselbe für Pia und ihn und sie wurden von dem dunkelhaarigen, sportlich wirkenden und braungebrannten Mann in die Wohnung gebeten.

»Möchten Sie einen Drink? Wasser, Eistee?«, wollte er wissen, nachdem die drei sich in der Sofalandschaft niedergelassen hatten. »Ich bin wirklich eine schlechte Gastgeber.«

»Nein, vielen Dank«, erwiderte diesmal Pia Ritter. »Wir möchten die Störung so kurz wie möglich für Sie halten.«

»Na gut, dann schießen Sie mal los. Warum interessiert sich die Kriminalpolizei für mich?«

»Wir interessieren uns für Sie, weil wir in einem unserer aktuellen Fälle auf Ihren Namen gestoßen sind. Und zwar im Zusammenhang mit Lisa Werner.«
Millner schluckte.
»Lisa? Ist ihr etwas passiert?«
»Sie liegt im Krankenhaus, ja. Aber viel mehr können wir Ihnen über ihren genauen Gesundheitszustand leider nicht sagen.«
»Aber was ist denn geschehen? Hatte sie eine Unfall?«
»Das versuchen wir gerade herauszufinden, Herr Millner. Wann haben Sie Frau Werner denn zuletzt gesehen?«
Er überlegte einen Moment.
»Das war vor fünf Tagen. Ich wollte ihr meine neue Wohnung hier zeigen.«
»Und? Wie hat sie reagiert?«
Millners Gesichtsausdruck veränderte sich von besorgt in Richtung misstrauisch.
»Was meinen Sie denn mir diese Frage? Irgendwie ist das eine komische Frage.«
»Wir haben gehört, dass Frau Werner sich von Ihnen getrennt hat. Und sind deshalb ein wenig erstaunt darüber, dass Sie sich hier, ganz in der Nähe von ihrem Haus, eine Wohnung genommen haben.«
»Lisa und ich sind auf eine guten Weg miteinander. Sie war mal etwas verwirrt, was unsere Beziehung angeht, aber das ist jetzt ziemlich anders. Wir hatten ein paar ganz gutes Gespräche und haben uns wieder aneinander angenähert.«

»Aber Frau Werner wollte sich, wenn ich Sie richtig verstanden habe, diese Wohnung hier nicht anschauen?«
»Weil sie keine Zeit hatte natürlich. Aber sie war auch ziemlich begeistert und erfreut darüber, dass ich hier in ihrer Nähe gezogen bin.«
»Das hat sie Ihnen so gesagt?«
Millner zögerte.
»Man muss nicht immer alles in Wörter stecken, Frau Kommissarin. Lisa und ich brauchen nie viele Wörter, um uns zu verstehen.«
Er sah von Ritter zu Hain und wieder zurück.
»Und jetzt möchte ich wissen, wo ich Lisa sehen kann. In welches Krankenhaus liegt sie?«
Hain schüttelte den Kopf.
»Darüber sprechen wir gleich, Herr Millner. Zunächst sind *wir* nämlich mit dem Fragen dran.«
»Was wollen Sie denn noch wissen?«
»Zum Beispiel, wo Sie in der vorvergangenen Nacht gewesen sind. Was haben Sie vorgestern Nacht zwischen 22:00 Uhr und 04:00 Uhr gemacht?«
»Da war ich natürlich hier und habe geschlafen. Vielleicht wissen Sie nichts darüber, aber ich habe eine anstrengende Job und schlafe deshalb gern früh ein.«
»Kann das jemand bezeugen?«
»Warum sollte das jemand bezeugen müssen? Was wollen Sie eigentlich von mir? Glauben Sie, dass ich etwas verbrochen habe?«
»Das wissen wir nicht? Haben Sie?«
Millner stand auf und bedachte den Polizisten mit einem empörten Blick.

»Ich weiß, dass ich absolut gar nichts verbrochen habe. Und ich will, dass Sie jetzt gehen.«
»Wir sind aber noch nicht fertig, Herr Millner. Und wenn sie nicht möchten, dass wir Sie vorläufig festnehmen und aufs Revier bringen lassen, sollten Sie zumindest ein wenig mit uns kooperieren.«
Millner wich schlagartig jegliche Farbe aus dem Gesicht.
»Festnehmen? Auf Ihr Revier bringen? Was soll denn das alles, ich verstehe das nicht.«
»Gut«, erklärte Pia dem Mann, »dann setzen Sie sich bitte wieder hin und reden mit uns. Wir wollen Ihnen nichts Böses, aber wir müssen auch sichergehen, dass Sie nichts mit Lisa Werners aktueller Situation zu tun haben.«
»Ihre aktuelle Situation? Was, verdammt noch mal, ist denn Lisas *aktuelle Situation*?«
Die Kommissarin zögerte.
»Sie wurde leider das Opfer einer Gewalttat. Ihr Zustand ist ernst.«
Millner ließ sich zurück auf das Sofa fallen.
»Mein Gott. Wo ist sie?«
»Das sagen wir Ihnen erst, wenn diese Befragung beendet ist. Ihr Verhalten ist nämlich mehr als irritierend. Lisa Werner trennt sich von Ihnen, was Sie kommentieren, indem Sie sich eine Wohnung ganz in der Nähe zu ihrem Haus nehmen. Solch ein ignorantes Verhalten rücke ich definitiv in die Nähe des Stalking, Herr Millner.«

»Aber ich stalke Lisa doch nicht! Ich habe Ihnen doch gesagt, dass wir auf eine guten Weg dazu waren, uns miteinander zu versöhnen.«
»Das glaube ich Ihnen nicht. Lisa Werner hatte nämlich längst eine neue Beziehung und vermutlich wussten und wissen Sie das auch.«
»So eine Quatsch! Lisa hat keine neue Mann, das weiß ich ganz genau.«
»Woher wollen Sie das denn so genau wissen? Von Frau Werner sicher nicht, denn die hat sich ja von Ihnen getrennt, weil sie Ihre krankhafte Eifersucht und Ihre Besitzansprüche nicht mehr ausgehalten hat.«
»Wer hat Ihnen denn diesen Unsinn erzählt?«, schrie Millner. Lisa etwa?«
»Beruhigen Sie sich bitte, Herr Millner. Wenn Sie sich uns gegenüber aggressiv verhalten, verbessert das Ihre Lage überhaupt nicht. Sie haben kein Alibi für die fragliche Nacht, dafür aber ein glasklares Motiv. Also überzeugen Sie uns besser hier und jetzt davon, dass Sie mit dem Gewaltverbrechen, das an Lisa Werner verübt wurde, nichts zu tun haben.«
»Aber ich habe Lisa doch wirklich nichts getan. Ich liebe Sie, verstehen Sie das denn nicht?«
»Das Problem an der Sache ist«, antwortete Hain, »dass Frau Werners Liebe zu Ihnen schon seit einiger Zeit erkaltet ist. Und Sie wollen das einfach nicht einsehen.«
»Aber nein, Sie irren sich! Ich habe Ihnen doch erzählt, dass wir auf eine gute Weg sind. Sie hat einen Fehler gemacht, als sie sich von mir getrennt hat, und das hat sie jetzt eingesehen.«
»*Eingesehen*? Was meinen Sie denn mit *eingesehen*?«

»Dass wir uns ausgesprochen haben. Wir haben ganz viel miteinander gesprochen und sie hat mir zu verstehen gegeben, dass sie sich sogar vorstellen kann, doch mit mir eine gemeinsame Leben zu führen.«
»Wie genau hat sie Ihnen das denn zu verstehen gegeben, Herr Millner?«, wollte Pia wissen. »Weil explizit gesagt scheint sie es Ihnen ja nicht zu haben.«
Millner zögerte.
»Lisa und ich, das ist etwas ganz Besonderes. Das kann man nicht verstehen, wenn man es nicht selbst erlebt hat. Wir waren vom erste Augenblick ineinander verliebt und sind es eigentlich immer noch. Und jetzt liegt meine Lisa, wie Sie gesagt haben, in Krankenhaus und Sie wollen mir noch nicht einmal sagen, wo das ist.«
»Sie erwähnten vorhin«, erwiderte die Kommissarin, ohne auf seinen Vorwurf einzugehen, »dass Sie Frau Werner vor fünf Tagen gesehen haben. Wo und wann genau war das?«
Wieder zögerte Millner, diesmal ein wenig länger.
»Wir haben uns jetzt … also … nicht direkt gesehen. Ich hatte ihr eine WhatsApp geschrieben, ob sie sich nicht einmal meine neue Wohnung anschauen möchte. Sie hat dann zurückgeschrieben, dass sie leider keine Zeit hat, es aber gern an eine andere Tag machen will.«
Pia warf einen Blick auf das neben dem Amerikaner liegende Mobiltelefon.
»Darf ich die WhatsApp sehen?«
Er griff hektisch nach dem Gerät und begrub es unter seinen beiden Händen.
»Nein, natürlich nicht. Das ist meine Privatsache, da dürfen Sie nicht einfach mitlesen.«

»Aber wenn es stimmt, was Sie uns erzählen, dann könnten Sie das doch ganz einfach dadurch untermauern, indem Sie uns den Chatverlauf mit Frau Werner zeigen. Warum also nicht?«
»Weil da Sachen drinstehen, die Sie überhaupt nichts angehen. Und ich weiß zufällig ganz genau, dass Sie mich nicht zwingen können, Ihnen meine Telefon zu geben und Sie das alles lesen zu lassen, was ich mit Lisa geschrieben habe.«
»Verdammt, Herr Millner«, mischte Hain sich nun sichtlich genervt ein, »eigentlich brauchen wir Ihr Telefon überhaupt nicht. Wir können uns nämlich einfach den Chatverlauf auf Frau Werners Telefon anschauen und dann entscheiden, wie wir mit den dadurch gewonnenen Informationen umgehen wollen.«
Der Hauptkommissar hatte natürlich keine Ahnung, ob sein Bluff in irgendeiner Form zum Erfolg führen würde, aber Millners Reaktion überraschte ihn dann doch.
»Ja, das machen Sie mal, Herr Kommissar. Und wenn Sie sich dann entschieden haben, wie Sie mit die gewonnenen Informationen umgehen, können Sie ja gern wieder bei mir vorbeikommen und mit mir sprechen. Ist das in Ordnung für Sie?«
»Das ist absolut in Ordnung, ja. Und bis dahin sind Sie vorläufig festgenommen, Herr Millner.«
Hain stand auf und griff nach seinen am Gürtel befestigten Handschellen. Millner grinste ihn an und erhob sich ebenfalls. Dann jedoch drehte er sich mit einer ebenso eleganten wie blitzartigen Bewegung um die eigene Achse, schoss auf die Tür zu, schlüpfte hindurch und warf sie hinter sich ins Schloss. Das dann folgende

Geräusch konnten sowohl Pia als auch ihr Kollege sofort einordnen.
»Scheiße«, fluchte Hain laut, während er mit aller Kraft am Türgriff riss.
»Er hat sie abgeschlossen, das hast du doch gehört«, rief Pia und sah sich in dem Raum um. Neben der Tür zum Flur gab es nur den offenstehenden Ausgang zur Terrasse. Mit ein paar schnellen Sätzen waren die beiden auf der Freifläche angekommen, mussten jedoch ernüchtert feststellen, dass es von dort keine Möglichkeit gab, nach unten zu kommen.
»Verflucht!«, schrie Hain laut auf und rannte zurück ins Wohnzimmer.
»Schießen oder Picken?«, wollte er von seiner Kollegin wissen, die noch immer am Geländer stand, nach unten starrte und kurz darauf sah, dass das Tor zur Tiefgarage sich öffnete. Gleich darauf brachte ein bassig grollendes Motorrad die Auffahrt hinter sich und bog anschließend im Höllentempo nach links ab. Die Kommissarin versuchte, irgendetwas vom Kennzeichen des Zweirads zu erkennen, was ihr jedoch nicht gelang. Trotzdem griff sie zu ihrem Telefon, drückte eine Kurzwahltaste und meldete sich.
»Wir brauchen dringend eine Fahndung nach einem Motorrad. Kennzeichen unbekannt, Farbe dunkel, Chopper, vermutlich Fabrikat Harley-Davidson. Der Fahrer heißt Miles Millner, trägt einen roten Helm, ein braunes T-Shirt und Badelatschen.«
Nach einer kurzen Rückfrage des Kollegen im Präsidium, die sie hörbar genervt beantwortete, beendete sie das Gespräch.

»Ich habe mich fürs Picken entschieden«, ließ Hain sie wissen, der vor dem Schloss kniete und mit zwei dünnen Werkzeugen hantierte. »Ein Schuss wäre vermutlich nicht so gut gekommen.«
»Du meinst, zusätzlich zu unserer grenzenlosen Bekloppptheit?«
»Das kann man so sagen, ja.«
»Er ist mit dem Motorrad abgehauen, die Fahndung läuft.«
»Ich habe mitgehört. Und unsere Chancen stehen garantiert nicht ganz schlecht, denn ich bezweifle, dass heute Abend viele Motorradfahrer mit Badeschlappen an den Füßen unterwegs sind.«
»Wie kommst du darauf?«
»Diese Frage bestätigt meine Annahme, dass du nie in deinem Leben Motorrad gefahren bist. Sonst wüsstest du, dass man sich mit Badeschlappen an den Füßen beim Schalten furchtbar schwertut. Es ist nämlich brutal schmerzhaft, mit dem nackten Spann den Schalthebel hochzuziehen. Und beim Runterschalten mit der quasi nackten Sohle sieht es auch nicht viel besser aus.«
»Hört sich an, als würdest du aus Erfahrung sprechen.«
Hain antwortete ihr nicht, sondern stellte sich aufrecht hin und zog die Tür in den Raum.
»Voilà, wenigstens das klappt noch so leidlich.«
»Der wusste offenbar, dass wir Lisa Werners Telefon nicht haben«, antwortete Pia leise, ohne auf sein Selbstlob einzugehen. »Was eigentlich nur bedeuten kann, dass es sich in seinem Besitz befindet.«
»Ja, das dachte ich in diesem Moment auch. Aber möglicherweise hat ihn auch nur die Panik gepackt wegen

des ganzen Zeugs, das er ihr geschrieben hat. Wer weiß, vielleicht waren da ja auch Drohungen dabei und er hat sich gedacht, dass wir ihm das übel nehmen könnten.«
»Aber abzuhauen ist ja dann doch der größte Unfug, denke ich. Und irgendwie war der Typ mir sowieso vom ersten Moment an unsympathisch. Ich mochte diese braungebrannten amerikanischen Surf-Sunnyboys noch nie.«
Hain nickte, griff zum Telefon und forderte die Unterstützung der Spurensicherung an. Als er das erledigt hatte, trat er wieder auf die Terrasse. Pia folgte ihm.
»Aber schnell war er, das musst du zugeben«, bemerkte sie.
»Ja. Und dass einer den Schlüssel für die Wohnzimmertür von außen stecken hat, ist auch mehr als ungewöhnlich.«
»Vielleicht hatte er ja jemanden eingesperrt in seinem Wohnzimmer?«
»Und was ist mit der Terrassentür?«, wollte der Hauptkommissar wissen.
Pia trat ein paar Schritte zurück und betrachtete die wuchtige Schiebetür.
»Auch mit einem furchtbar sicheren, fetten Schloss versehen.«
»Dann ist deine Theorie vielleicht gar nicht so weit hergeholt.«
Um die überraschend kurze Zeit bis zum Eintreffen der Spurensicherung sinnvoll zu nutzen, unterzogen Pia und Thilo die gesamte Wohnung einer oberflächlichen Untersuchung. Dabei konnten sie jedoch bis auf etwas Altarähnliches mit allerlei Devotionalien und Bildern

von Lisa Werner in Millners Schlafzimmer nichts von Bedeutung finden.
»Dieser Vogel ist doch komplett gaga«, bemerkte Pia angewidert, als sie sich noch einmal vor dem Lisa-Werner-Schrein aufgestellt hatte. »Hier liegt tatsächlich ein Slip, den sie vermutlich mal getragen haben dürfte.«
»Hast du die Haare gesehen, die auf der kleinen Glasplatte liegen?«
Sie schüttelte den Kopf und beugte sich nach vorn.
»Pfui Teufel, das ist ja ekelhaft«, murmelte die Kommissarin, als sie das kleine Ensemble der haarigen Geschmacklosigkeit entdeckt hatte.
»Ich finde den Slip deutlich schlimmer«, meinte Hain, der neben sie getreten war. »Aber ich bin noch nicht komplett davon überzeugt, dass er unser Täter ist.«
»Wie kommst du denn auf das schmale Brett? Oder besser, was bräuchtest du denn noch? Er wollte uns den Chatverlauf nicht zugänglich machen, der ihn hätte entlasten können, und ist dann stiften gegangen. Für mich ist die Sache damit aber sowas von klar, Thilo.«
»Ja, das kann man so sehen. Aber ich habe ihm ins Gesicht geschaut, als du ihm erklärt hast, wie es um sie steht. Und hatte dabei wirklich das Gefühl, dass ihn das angefasst hat; dass er sich sofort um sie kümmern wollte.«
»Am Arsch, Thilo. Wenn der sich um Lisa Werner kümmern will, dann höchstens, um ihr endgültig das Licht auszublasen.«
Hain legte seiner Kollegin sanft die Hand auf den Arm.
»Ich bin ganz bei dir, Pia, ehrlich. Er ist unser Hauptverdächtiger und das bleibt er auch. Ich wollte dir aber

eben auch meinen Eindruck von ihm in diesem Moment schildern. Und das muss gehen.«

Sie nickte.

»Das geht auch, klar. Aber du musst leider akzeptieren, dass wir in diesem Punkt komplett unterschiedlicher Meinung sind. Ich denke nämlich, dass er der Schlüssel zu diesem ganzen Scheiß …«

Sie brach ab, weil in diesem Moment der Trupp der Spurensicherung anrückte. Hain gab ihnen einen kurzen Abriss der Ereignisse und bat sie dann, auf alles zu achten, was auf die Anwesenheit einer weiteren Person neben Millner hinwies. Danach verabschieden sie sich, gingen nach unten und stiegen in den Mazda.

»Wir haben uns vorhin da oben nicht gerade mit Ruhm bekleckert«, bemerkte Hain, während er den Schlüssel ins Schloss fummelte. »Lass uns das einfach nicht an die große Glocke hängen, in Ordnung?«

»Was das angeht, bin ich komplett bei dir, Boss. Die Tatsche, dass dieser Irre uns größtmöglich geleimt hat, reicht mir gänzlich.«

»Dann lassen wir es für heute gut sein, Pia. Die Fahndung läuft und bestenfalls werden ihn die Kollegen im Laufe der Nacht erwischen. Die Badelatschen, du weißt schon. Und den ganzen Schreibkram können wir genauso gut auch morgen früh noch machen. Also überstelle ich die werdende Mutter jetzt in die Obhut des Kindsvaters und begebe mich dann selbst in die Arme meiner Frau. Vermutlich werde ich im Verlauf der Nacht ein bisschen weinen müssen ob der gerade erlebten Demütigung, aber die Beste von allen kennt das ja mittlerwei-

le und hält für solche Fälle immer eine Portion Trost sowie eine Palette Papiertaschentücher bereit.«
»An dir ist tatsächlich ein Poet verloren gegangen, Thilo. Kein guter Poet, das nicht, aber immerhin ein Poet.«

15

Fabio Gambetta parkte seinen Wagen auf dem großen, staubigen Parkplatz, stieg aus und trat im Schein dunkelrot erleuchteter Herzen auf den Eingang zu. Noch bevor er klingeln konnte, wurde die Tür geöffnet und ein Schrank von Kerl grinste ihn an.
»Hallo, Fabio. Hab schon gehört, dass du ein Date mit dem Boss hast.«
Der blonde Italiener lachte.
»Mensch, Arno, du wirst auch immer breiter. Willst du nicht irgendwann mal aufhören mit diesem ewigen Gewichte stemmen?«
»So lang meine Schnalle drauf steht, läuft es so weiter. Und wenn sie es mal nicht mehr leiden kann, dann eben nicht mehr.«
Nun lachten beide, legten nach Rockermanier die Hände ineinander und der Türsteher gab den Weg frei. Gambetta gab ihm noch einen Klaps auf den rechten Oberarm und schob sich an ihm vorbei. Den Weg zu Björn Sattlers Büro kannte er, denn er war ihn schon viele Male gegangen.
»Fabio, alte Socke«, wurde er vom Eigentümer von Kassels ältestem und größten Bordell begrüßt, »von dir habe ich ja ewig nichts gehört. Freut mich umso mehr, dass du dich mal wieder bei mir gemeldet hast.«

Auch er begrüßte seinen Gast mit ineinandergelegten Daumen, wie es in diesen Kreisen üblich war. Fabio Gambetta war diese Attitüde zwar zuwider, doch es wäre ihm nie in den Sinn gekommen, das nach außen dringen zu lassen.
»Ja, ich hatte tatsächlich auch kein bisschen Sehnsucht nach dir.«
Sattler lachte laut auf und wies auf eine Gruppe von Ledersesseln.
»Setz dich. Willst du was trinken, Aushilfsspaghetti?«
»Ja, ein Bier wäre großartig.«
»Also, was willst du von mir?«, fragte der Hausherr seinen Gast, nachdem er beide mit Flaschenbier versorgt hatte. »Wie kann ich dir helfen? Du suchst doch garantiert nicht meine Gesellschaft, um mit mir die letzten Börsenkurse zu besprechen oder meine beschissenen Umsätze.«
»Beschissene Umsätze? Läuft es nicht gut?«
»Nicht gut wäre geprahlt. Ich sag' dir, eines Tages macht dieses Internet mich noch komplett fertig, Fabio.«
»Aber es ist doch Documenta. Das waren doch immer richtig fette Jahre, wenn die gelaufen ist.«
»Pah«, winkte Sattler ab. »Sind doch nur Schlitzaugen mit zugenähten Taschen in der Stadt. Oder irgendwelche blutleeren Kunstärsche, die sich lieber einen runterholen, als ein paar Euro bei einem netten Mädchen zu lassen. Nee, wir merken hier absolut nichts davon, dass Documenta ist.«
»Ja, die Zeiten ändern sich, Björn. Aber immerhin betrifft es ja keinen Armen. Wenn du heute oder morgen

endgültig in deine Finca nach Mallorca übersiedelst, dann musst du dir wenigstens keine materiellen Sorgen machen.«
»Ach, du hast leicht reden. Immerhin musst du nicht für sieben Kinder Alimente abdrücken.«
»Sieben?«, fragte Gambetta ungläubig zurück. »Mein letzter Sachstand ist fünf.«
»Ja, die letzten Jahre waren geprägt von Liebe und Fortpflanzung. Und wie du weißt, kann ich das Ficken mit Gummi auf den Tod nicht leiden. Also kann praktisch jeder Schuss mit einem Volltreffer enden.«
»Immerhin bezahlst du für die Blagen. Ich kenne einen Haufen Kerle, die das ganz anders handhaben.«
»Solche Arschlöcher kenne ich leider auch. Aber wenn du, wie ich, ohne Vater aufwachsen musstest, der dann noch nicht mal eine Kopeke abgedrückt hat, dann siehst du das wohl etwas anders. Ich bezahle für alle meine Kinder.«
»Aber sehen willst du sie trotzdem nicht, oder hat sich daran auch etwas geändert?«
»Nein. Aber wie sollte man sich das denn auch vorstellen? Wir treffen uns hier zum Kindergeburtstag und wenn die Jungs 18 werden, gibts den ersten Dreier gratis? Das geht nicht. Glücklicherweise sehen das die Mädels genauso.«
»Schön.«
»Und wie ist es bei dir, Kollege? Noch immer nicht den Richtigen gefunden. Deinen Mister Right?«
Sattler sprach auf Gambettas Homosexualität an, von der er als einer von sehr wenigen Menschen auf der Welt wusste.

»Nein, da ist niemand in Sicht, Björn. Und wenn mir wirklich mal einer über den Weg laufen würde, dann wäre da immer noch meine Familie. Du weißt das, wir haben schließlich dutzende Male darüber gesprochen. Ich dürfte eher eine Schwarze mit nach Hause bringen, obwohl das auch mehr als verpönt ist, als einen netten Kerl. Da gehen die Uhren in Kalabrien leider immer noch ganz schön nach.«

»Und das tut mir leid für dich, ganz ehrlich. Vielleicht, weil du die einzige Schwuchtel bist, die ich vollständig respektiere, ich weiß es nicht. Aber dir würde ich die große Liebe gönnen.«

»Das weiß ich zu schätzen, mein Freund.«

Nun trank auch Gambetta einen Schluck von seinem Bier.

»Aber du hast natürlich recht, ich bin nicht nur hier, um mich mit dir über deine miesen Umsätze oder deine Kinder oder meine Suche nach Mister Right zu unterhalten. Ich habe ein paar Fragen zu einer Frau.«

»Holla, das erstaunt mich jetzt aber. Willst du am Ende doch noch ins richtige Team wechseln?«

»Nein, garantiert nicht. Es geht um die Frau, die dem Schönheitsdoc den Schwanz abgebissen hat.«

»Dieses Miststück, oder? Tut so, als würde sie ihn mit dem Mund in den siebten Himmel schicken und beißt dann einfach zu. Ekelhaft. Aber immerhin haben sie die Bitch ja gefunden«

»Sie haben sie? Seit wann denn?«

»Das ist alles noch topsecret, weil sich die Bullen ein wenig um die Tussi sorgen. Sie liegt im Krankenhaus und es geht ihr wohl richtig mies, aber immerhin lebt sie. Und das ist mehr als bei dem armen Schwein, das sie mit einem Biss in den Schwanz umgebracht hat.«

»Was heißt das, *es geht ihr mies*? Macht sie einen auf Psycho, oder was?«

»Nein, nein. So wie ich es verstanden habe, hat ihr wohl jemand ziemlich zugesetzt. Ihr Kopf ist ziemlich hinüber und ob sie durchkommt, ist nicht sicher.«

»Wer war das denn?«

»Das wüssten die Bullen vermutlich auch gern.«

»Und? Weißt du mehr als die?«

»Nein, wirklich nicht. Außerdem habe ich andere Sorgen, als mir Gedanken um dieses miese Stück zu machen.«

Er trank den Rest der Flasche in einem Zug aus.

»Aber warum interessierst du dich für sie? Was hast du für Aktien in dem Deal?«

»Eigentlich gar keine. Es gibt aber einen, der würde gern mehr über sie erfahren. Scheint irgendwie eine Familiensache zu sein.«

»Eine Familiensache? Am Ende vielleicht sogar eine *italienische* Familiensache? Dann wäre es vermutlich besser für sie, wenn sie die Augen nicht mehr aufmachen würde, oder?«

»So weit will ich nicht gehen, Björn. Aber es gibt außer dir schon noch einen Haufen Männer, Italiener, die ihr Verhalten als ziemlich mies ansehen. Und dieser Schönheitschirurg war ja wohl auch irgendwie Italiener, wenn auch kein ganz richtiger.«

»Keine Ahnung. Ich schicke meine Mädchen nach Polen, wenn mir ihre Titten zu klein sind. Ist billig und gut. Diese deutschen Idioten denken immer, dass man aus den Dingern kleine Kunstwerke machen muss, dabei sollen sie einfach nur größer werden und sonst nichts.«

»Weißt du, in welchem Krankenhaus sie liegt?«, wollte Gambetta wissen.

Sattler schüttelte den Kopf.

»Kostet mich aber nur einen Anruf, wenn es dich interessiert.«

Sein Gast grinste.

»Es würde mich schon interessieren, ja.«

16

Thilo Hain hatte seine Kollegin zu Hause abgeliefert und saß 15 Minuten später mit einem Glas Rotwein am Tisch in der gemütlichen Küche seines Hauses. Carla war, was er komplett vergessen hatte, mit einer Freundin ins Open-Air-Kino gegangen und die Jungs hatten ein Fußballspiel. Er wollte gerade unter die Dusche gehen, als sein Telefon den Eingang einer Mail vermeldete. Der Kommissar überlegte einen Moment, ob er sie sich ansehen sollte und entschied sich dafür. Sie kam von Bellinis Praxis und beinhaltete im Anhang die Liste, um die Pia und er gebeten hatten.

Wow, da gab es aber doch eine ganze Menge Ärger, dachte er nach dem ersten Überfliegen. Die Nummern vor den Namen endeten erst bei 38; so viele Patienten hatte Jana Schudt, Bellinis Praxismanagerin, ausgemacht, die offenbar mit den Leistungen des Chirurgen nicht zu einhundert Prozent zufrieden gewesen waren. Darunter befanden sich insgesamt sieben Männer. Beim letzten Namen lachte der Hauptkommissar laut auf, griff zum Telefon und wählte die Nummer seiner Kollegin.

»Ich rede nur mit dir«, begann Pia das Gespräch völlig emotionslos, »wenn entweder in genau diesem Moment ein Meteorit auf die Erde zurast, der jegliches Leben im

Handumdrehen auslöscht oder du im Lotto gewonnen hast und mich zur Hälfte am Gewinn beteiligen willst. Was ich auch noch gelten lassen würde, ist, dass die Kollegen den irren Ami auf seinem Motorrad gefasst haben und du ihn auf der Stelle mit mir gemeinsam zu verhören gedenkst. Alle anderen Gründe sehe ich nicht im Mindesten als gravierend genug an, mir ihretwegen meinen wohlverdienten Feierabend von dir torpedieren zu lassen.«

»Ich will dir gar nicht den Feierabend torpedieren, Pia. Ich will dir nur einen der Namen von der Liste vorlesen, die ich gerade aus Bellinis Praxis gemailt bekommen habe.«

»Welche Liste?«, fragte die Kommissarin irritiert nach.

»Na, die Liste mit den Kunden, die mit seinen Leistungen nicht zufrieden gewesen sind. Wir hatten die Praxismanagerin darum gebeten.«

»Ach, klar, die hatte ich überhaupt nicht mehr auf dem Schirm. Aber erzähl, welcher von den darauf stehenden Namen ist so bedeutsam, dass du mich deswegen jetzt noch anrufst?«

»Norbert Plassert.«

»*Norbert Plassert*? Der war Kunde bei unserem Schönheitschirurgen? Dann hat uns dieser Scheißkerl also heute Nachmittag glatt und eiskalt ins Gesicht gelogen.«

»Genau das. Für heute lassen wir ihn noch in Ruhe, aber gleich morgen früh gehe ich noch mal bei Gericht vorbei und lege dort unsere neuen Erkenntnisse vor. Vielleicht kommt ja dann doch noch was bezüglich eines Durchsuchungsbeschlusses heraus.«

»Das wäre klasse. Wie viele Kerle stehen denn sonst noch auf der Liste, die mit Bellinis Arbeit nicht zufrieden waren?«
»Inklusive Plassert sieben. Und zweiunddreißig Frauen.«
»Aber der bekloppte Ami ist nicht dabei, oder?«
»Nein, der nicht. Und jetzt wünsche ich dir einen schönen Feierabend, Pia. Und falls ich tatsächlich mal einen fetten Lottogewinn einstreichen sollte, was mich wundern würde, weil ich gar nicht spiele, dann sperre ich sofort deinen Kontakt auf allen meinen Geräten und lasse die Hunde von der Kette, sobald du dich unserem Grundstück näherst.«
Die Kommissarin stöhnte deutlich hörbar auf.
»Ich dich auch, Thilo. Schlaf gut.«
Damit beendete die Kommissarin das Gespräch und wandte sich wieder ihrem Mann zu.
»Jetzt war dieser Versicherungsheini doch Kunde bei dem Schönheitschirurgen«, brummte sie.
Direkt nach ihrer Ankunft zu Hause hatte Dominik sie mit einem frisch gemachten Butterbrot und einer selbst zubereiteten Limonade beglückt. Und Pia hatte, während sie sich mit Freude über das kleine Abendbrot hergemacht hatte, die Ereignisse ihres Arbeitstages mit ihm geteilt.
»Der, der euch gesagt hat, dass er ihn nicht kennen würde?«
»Ja, genau der.«
»Das hebt ihn ja im Verdächtigenranking gleich ein paar Plätze nach oben, oder?«

»Klar. Aber es kann nur entweder der irre Ami *oder* dieser Plassert was mit der Sache zu tun haben. Dass die beiden irgendwie darin verwickelt sind, halte ich für ausgeschlossen.«

»Und woher wisst ihr jetzt auf einmal, dass er ein Kunde des Chirurgen war?«

Pia erzählte ihm von der Aufstellung, um die sie die Praxismanagerin gebeten hatten.

»Unzufriedene Kunden beim Schönheitschirurgen«, sinnierte Dominik. »Hört man auch nicht jeden Tag was von.«

»Ja, das stimmt. Und wenn ich dir jetzt noch sage, dass einige davon Männer gewesen sind, dann solltest du dir als Soziologe deine Gedanken dazu machen.«

»Was sollte denn einem Soziologen daran zu denken geben? Männer sind genauso eitel und selbstverliebt wie Frauen, haben allerdings keinen Busen, an dem sie herumschnippeln lassen könnten. Schon deshalb werden diese Ärzte immer mehr mit Frauen zu tun haben als mit Männern.«

Er reckte sich ein wenig von der Couch hoch und fasste mit der rechten Hand an seine Pobacke.

»Ich habe natürlich auch schon öfter mal darüber nachgedacht, mir die Arschbacken ein bisschen straffen zu lassen.«

Pia schluckte den letzten Bissen des Brotes hinunter, wischte sich die Hände am Küchentuch ab, trank die Limonade aus, stieß laut auf und grinste ihn an.

»Das kannst du natürlich ins Auge fassen, klar. Aber vermutlich hätte diese *Verschönerung* nicht lange Bestand, weil ich dir in diesem Fall garantiert eine Kugel in jede Arschbacke jagen würde, damit sich diese blöden Kissen am besten bis zu den Füßen verteilen.«

»Du meinst damit aber auch, dass ich es nicht nötig habe, oder?«

Die Kommissarin folgte seinem Arm und zwickte ihn herzhaft in den Hintern.

»Wenn du mich so fragst, dann war das Fleisch da hinten schon mal deutlich fester. Vielleicht solltest du wieder öfter laufen gehen.«

»Ja, das mache ich. Wenn unser Baby erst da ist, werde ich der schnellste Jogger mit Kinderwagen in der ganzen Aue sein, verlass dich drauf.«

Sie zog die Hand zurück und sah ihn mit gerunzelter Stirn an.

»Nur damit ich es richtig verstehe: Du willst also erst nach meiner Niederkunft wieder laufen und bis dahin mit mir zusammen einfach nur sehr, sehr schwanger sein?«

»Das ist der Plan, ja. Und vielleicht habe ich bis dahin ja auch meine Dissertation abgeschlossen. Die bindet nämlich, auch wenn es dir nicht so vorkommen sollte, eine ganze Menge meiner Zeit.«

»Uuh, *die bindet eine ganze Menge Zeit*. Du meinst aber nicht die Zeit, die du in der Hängematte auf dem Balkon verbringst, oder?«

»Auch wenn du das nie verstehen wirst, liebste Pia, aber auch in dieser Zeit arbeite ich. Zwar mit geschlossenen Augen, aber ich arbeite.«

Sie lachte laut auf.

»Du hast doch einfach nur das Glück, aus einem äußerst wohlhabenden Elternhaus zu stammen und es dir

mit deinem üppigen Familienerbe gut gehen lassen zu können. Aber mit geschlossenen Augen arbeiten, das kannst du sonst jemandem erzählen, Domi.«
»Ja, wir haben keine Kohlesorgen, da kann ich dir nicht widersprechen. Aber meine Diss ist mir wirklich wichtig und ich will mich auch nicht auf der von meiner Familie verdienten Kohle ausruhen. Das haben wir nun oft genug besprochen.«
»Ja, ich weiß, natürlich. Aber der gut versorgte Erbe hat es nun einmal leichter als jemand, der ohne diesen Startvorteil ins Leben gehen muss.«
Dominik nahm seine Frau in den Arm und küsste sie zärtlich auf den Mund.
»Wie wäre es, wenn du endlich akzeptieren würdest, dass ich nichts dazu kann, dass meine Eltern ziemlich reich gewesen sind? Und dass ich mit dieser Kohle ja keinen Unsinn treibe, sondern einfach unsere kleine oder jetzt größer werdende Familie gut durchs Leben bringen möchte?«
»Das versuche ich, Dominik, und zwar von dem Moment an, als ich davon erfahren habe. Aber wenn du, wie ich, in ganz kleinen Verhältnissen aufgewachsen bist, dann fällt dir das nun mal nicht so leicht.«
Nun lachte Dominik laut los.
»Dann lass mich dir doch einfach dabei helfen. Lass uns diese Tatsache als Vorteil für uns nutzen und nicht darüber streiten, wie nachteilig die Kohle ist.«
»Ich will doch gar nicht mit dir darüber streiten. Das haben wir ja glücklicherweise seit dieser blöden Gütergemeinschaft hinter uns, auf der du so vehement bestanden hast.«

Pia sprach von einer für sie sehr belastenden Zeit kurz vor ihrer Heirat, als sie von Dominik darum gebeten worden war, einen Ehevertrag mit ihm zu schließen. In diesem Ehevertrag, dem sie nach langer Ablehnung schließlich knautschend zugestimmt hatte, wurde die Gütergemeinschaft der beiden vereinbart. Was nichts anderes bedeutete, als dass Pia nach einer möglichen Scheidung genau die Hälfte von Dominiks in die Ehe eingebrachten Werten zustand. Sie hatte das nicht verstanden, aber Dominik wollte unbedingt, dass alles, was sie besaßen, auch offiziell *ihnen beiden* gehörte.
»Und *so* blöd war das am Ende gar nicht, das hast du mittlerweile selbst schon öfter zugegeben. Es ist halt viel schöner, wenn wir von unserem gemeinsamen Geld reden, über das wir verfügen können.«
Sie sah ihn länger an und fing dann an zu grinsen.
»Ja?«, fragte er.
»Mir deinen Reichtum angeeignet zu haben, macht das Geldausgeben natürlich um einiges leichter. Und manchmal denke ich schon auch darüber nach, dass es schön wäre, wenn wir in einem kleinen, eigenen Haus leben würden. Nichts Großes, wirklich nicht, aber ein Haus mit einem kleinen Garten drumherum, wo unsere Kinder aufwachsen, das wäre echt klasse.«
»Unsere *Kinder*? Du peilst aber nicht gleich die Produktion einer ganzen Fußballmannschaft an, oder?«
Pia kringelte sich in ihn ein und holte tief Luft.
»Wer weiß das schon? Im Augenblick fühle ich mich jedenfalls, als würde mich auch ein halbes Dutzend nicht aus der Bahn werfen.«
»Heilige Scheiße«, murmelte Dominik.

17

Lino und Salvatore Basile hatten die letzten Gäste aus dem Restaurant verabschiedet. Der Sohn stand hinter dem Tresen und polierte Weingläser, während der Alte sich darum bemühte, den Herd wieder in einen vorzeigbaren Zustand zu versetzen. Während des gesamten Abends hatten die beiden sich nicht ein einziges Mal mit dem Thema Franco beschäftigt; es war, als würde es eine unausgesprochene Übereinkunft geben, das Schicksal des Freundes nicht zu besprechen. Nun aber stellte Salvatore das letzte Glas in die Vitrine, legte das Handtuch zur Seite und betrat mit langsamen, geradezu bedächtig wirkenden Schritten die Küche.

»Du weißt mittlerweile sicher auch, wie Franco sterben musste, Papa?«, begann er vorsichtig.

»Ja, Salvatore, ich habe es gehört. Und es hat mich noch wütender gemacht, als ich ohnehin schon gewesen bin.«

»Mich auch. Und ich bekomme das Bild einfach nicht mehr aus dem Kopf, wie er da gelegen haben muss. Wie er genau gewusst haben muss, dass er langsam, aber sicher verbluten wird, weil ihm diese Frau den … abgebissen hat. Und ich kann einfach nicht verstehen, warum sie das gemacht hat. Franco und ich haben so oft über sie gesprochen und du hast sie ja auch gesehen, wenn auch nur dieses eine Mal. Sie sah doch absolut nicht aus wie eine Frau, die so etwas tut, oder?«

»Du kannst nun mal den Menschen immer nur bis zur Stirn sehen, Sohn, und nicht dahinter. Vielleicht ist sie ja krank im Kopf oder so etwas, ich weiß es nicht. Was ich aber weiß, ist, dass sie Franco umgebracht hat. Daran gibt es nicht den geringsten Zweifel.«

»Ja.«

Der junge Basile zögerte.

»Was du gesagt hast, Papa, dass sie dafür bezahlen muss, wenn sie es gewesen ist, darüber habe ich lange nachgedacht; und bin zu dem Entschluss gekommen, dass du damit recht hast. Sie muss bestraft werden für das, was sie Franco angetan hat. Und diese Bestrafung darf nicht Gefängnis sein oder so etwas, sondern Auge um Auge, Zahn um Zahn. Wenn sie Franco tötet, noch dazu auf diese Art tötet, dann hat sie kein Recht mehr weiterzuleben.«

Lino Basile hob den Kopf und bedachte seinen Sohn mit einem langen, durchdringenden Blick.

»Wie schnell man seine Meinung doch ändern kann, wenn einem die Grausamkeit einer Tat bewusst wird. Wenn man glaubt, es nicht aushalten zu können, was dem Freund angetan wurde. Wenn man nicht mehr und nicht weniger will als pure, nackte Rache; das genau verbirgt sich nämlich hinter dem Auge und dem Zahn.«

»Ich weiß. Aber ich will nicht mit dir darüber diskutieren, Papa. Ich will einfach nur Gerechtigkeit.«

»Du nennst es jetzt noch Gerechtigkeit, weil es für dich dann leichter auszuhalten ist, aber wenn wir ehrlich sind, reden wir von kaltblütigem Mord. Kaltblütigem

Mord, der aber nun einmal Teil des Lebens ist. Diese Lisa hat gemordet und wird deswegen jetzt selbst ermordet. So war das bei uns in Kalabrien, seit ich denken kann, und ich wollte es ganz sicher hinter mir lassen. Aber wie du selbst siehst, kann man nicht alles einfach geschehen lassen und die Füße dabei stillhalten. Dazu sind wir zu sehr Menschen, mit allem Guten und allem Schlechten, das die Menschen nun einmal ausmacht.«
Es entstand eine längere Pause, bevor Lino weiter sprach.
»Du weißt, dass Lisa gefunden wurde, oder?«
»Nein, woher denn?«
»Ich habe es auf der Fahrt hierher im Auto gehört. Sie ist schwer verletzt und liegt im Krankenhaus.«
»Wollte sie sich umbringen?«
»Das haben sie nicht gesagt. Es war nur die Rede davon, dass sie irgendwo in der Stadt festgenommen und ins Krankenhaus gebracht wurde.«
»Mehr nicht? Auch nicht, in welches Krankenhaus?«
»Nein, mehr nicht.«
Wieder eine Pause.
»Heißt das«, begann Salvatore schließlich, »dass du schon …, dass du …?«
»Frag mich einfach nicht danach, Salva. Frag nichts, das ist besser für uns alle.«

Zur gleichen Zeit, als dieses Gespräch stattfand, trat Fabio Gambetta, also jener Mann, nach dem Salvatore Basile seinen Vater nicht fragen sollte, eine halb gerauchte Zigarettenkippe aus und setzte sich wieder auf den Fahrersitz seines Autos. Er hatte etwa 150 Meter unterhalb des Haupteingangs zum Elisabeth-Krankenhaus geparkt und beobachtete ebenso konzentriert wie interessiert, was sich dort abspielte. Zu sehen waren vier Übertragungswagen mit aufgerichteten Satellitenschüsseln auf den Dächern, mehrere vor dem Eingang herumstehende Kamerateams sowie ein gutes Dutzend Frauen und Männer mit Mikrofonen in den Händen. Der in diesem Moment kurz bei ihm aufpoppende, komplett abwegige Gedanke, dass all diese Menschen nur auf ihn warteten, um nach der Exekution von Lisa Werner ein Interview mit ihm führen zu können, elektrisierte und, ja, erregte ihn. Er würde den Reportern gern darüber berichten, wie es sich anfühlt, einem Menschen beim qualvollen Sterben zuzusehen. Zu beobachten, wie sich um den Schritt des mit größter Verzweiflung kämpfenden herum ein nasser Fleck bildet. Festzustellen, wie höchst unterschiedlich die Gesichter nach Eintritt des Todes doch aussahen. Manche seiner Opfer hatten nach dem letzten Atemzug einen geradezu dankbaren, gütigen Gesichtsausdruck gehabt, andere dagegen sahen verbissen und gequält aus. In diesem Fall jetzt, im Fall von Lisa Werner, war er sich sicher, dass sie einfach nur tot wäre, denn sie war die erste Frau, deren Leben er beenden würde. Und er hatte definitiv keine Lust, in weit aufgerissene, hilflose Frauenaugen zu sehen, die dem Tod näher waren als dem Leben und tonlos um Gnade wimmerten.

Als er, kurz nachdem er Björn Sattlers Bordell verlassen hatte, vor dem Krankenhaus stoppte, war er noch genervt gewesen von der dort versammelten Medien-

meute. Doch mit der Zeit des Beobachtens war ihm klar geworden, dass sich durch sie auch Vorteile für sein Vorhaben ergeben konnten. Viele Menschen, in deren Mitte ein Mann wie er bequem untertauchen und damit unsichtbar werden konnte. Einzig den vielen Kameraobjektiven musste er konsequent aus dem Weg gehen, um nicht irgendwann im Mittelpunkt einer unangenehmen Fragerunde zu stehen.
Der grobe Plan, wie er zu Lisa Werners Zimmer vordringen und ihrem Leben ein Ende bereiten würde, war in seinem Kopf recht schnell ausgearbeitet. Die Details würde er sich im weiteren Verlauf der Nacht überlegen, die zur Umsetzung notwendigen Utensilien im Verlauf des folgenden Vormittags besorgen. Sein Äußeres würde, wie schon so oft in seinem Leben, mit dem aktuellen nicht das Geringste mehr zu tun haben und fast ausnahmslos niemand, nicht einmal die treuesten Stammgäste im Restaurant, würden ihn in seiner Verkleidung erkennen. Oder wären gar in der Lage, ihn als jenen Fabio Gambetta zu identifizieren, der ihnen dort ebenso charmant wie höflich und zuvorkommend begegnete.
Mit diesem Gedanken im Kopf beugte der Mafioso sich leicht nach vorn und wollte gerade den Startknopf drücken, als er erschrocken hochfuhr und nach links starrte, wo jemand laut an die Seitenscheibe geklopft hatte.
»Würden sie bitte mal die Scheibe öffnen?«, kam es gedämpft von draußen, wo zwei uniformierte Polizeibeamte leicht versetzt hintereinander standen und auf ihn herunterblickten.
Gambetta holte tief Luft, fing an zu lächeln und drückte auf den Taster für die elektrische Scheibe.

»Guten Abend«, sagte er freundlich. »Was gibt es denn, meine Herren?«
»Darf ich fragen, was Sie hier machen?«, wollte der direkt an der Tür stehende Beamte von ihm wissen.
»Natürlich dürfen Sie das, Herr Wachtmeister. Ich möchte meine Freundin vom Dienst abholen. Sie musste Überstunden machen und will um diese Uhrzeit nicht mehr mit der Straßenbahn fahren, also stehe ich hier und hoffe, dass sie jeden Moment auftaucht.«
Er wies mit der linken Hand auf den Haupteingang.
»Normalerweise parke ich dort vorn, aber da scheint offenbar ein VIP erwartet zu werden. Deshalb habe ich es vorgezogen, meinen Wagen hier abzustellen.«
»Sie kommen aber nicht aus Kassel, wenn ich das Kennzeichen Ihres Wagens richtig deute, oder?«
Gambetta lachte leise.
»Nein, da haben Sie völlig recht. Ich bin aus dem Sauerland und sehe meine Freundin deshalb leider auch nicht regelmäßig. Wenn sie Dienst hat, muss ich eigentlich immer arbeiten und wenn ich einmal freihabe, wie jetzt, dann wird sie zu Überstunden verdonnert. Aber so ist das Leben nun einmal, man kann es sich nicht aussuchen.«
Die Polizisten tauschten einen kurzen Blick aus.
»Gut«, meinte der neben seinen Kollegen getretenen zweite Beamte, »dann bitte noch kurz die Fahrzeugpapiere und Ihren Führerschein.«
»Ist das notwendig? Ich möchte auf keinen Fall meine Freundin verpassen.«
»Es ist deshalb notwendig«, erwiderte der Polizist freundlich, aber bestimmt, »weil bei Ihrem Fahrzeug

die Frist zur Hauptuntersuchung bereits um mehr als zwei Monate überzogen ist.«
»Oje«, machte Gambetta schuldbewusst. »Wirklich? Das ist mir dann leider komplett durchgerutscht.«
Er beugte sich nach rechts, öffnete das Handschuhfach und reichte die Zulassung des Wagens nach draußen. Danach zog er seinen Führerschein aus der Brieftasche und hielte ihn ebenfalls aus dem Fenster.
»Das war keine Absicht und wie Sie sehen, ist der Wagen gerade einmal drei Jahre alt. Die anstehende Hauptuntersuchung dürfte deshalb auch keine unüberwindbare Hürde darstellen, ganz im Gegenteil.«
»Darum geht es nicht, Herr … Gambetta«, meinte der Beamte und betrachtete die Dokumente im Licht einer leicht versetzt stehenden Straßenlaterne. »Es ist nämlich egal, ob es sich um einen fast neuen Wagen oder einen schon etwas angejahrten handelt. Der Gesetzgeber fordert die vorgeschriebene Untersuchung genauso wie die Einhaltung der zugehörigen Termine.«
»Völlig klar«, stimmte Fabio Gambetta ihm zu. »Es war auch, wie gesagt, absolut keine Absicht von mir.«
»Auch das ändert nichts an der Tatsache, dass die Überschreitung des Termins zur Hauptuntersuchung um mehr als zwei Monate mit einem Verwarnungsgeld von 15 Euro belegt ist. Sie werden also vom Regierungspräsidium hören.«
Der Uniformierte reichte die Papiere zurück in den Wagen.
»Und holen Sie die Hauptuntersuchung möglichst schnell nach, damit Sie nicht noch mehr Ärger bekommen. In Ordnung?«

»Natürlich. Ich werde gleich morgen früh zu einer Prüfstelle fahren und es machen lassen.«
Der Polizist nickte.
»Das klingt vernünftig. Hoffen wir mal, dass Ihre Freundin Sie nicht mehr allzu lange warten lässt. Und einen schönen Abend noch.«
»Danke, Herr Wachtmeister, und auch einen schönen Abend für Sie und Ihren Kollegen.«
Die beiden Polizisten gingen davon, während Gambetta am liebsten vor Wut ins Lenkrad gebissen hätte. Auf der einen Seite war er wütend auf sich selbst, weil er es tatsächlich versäumt hatte, sich um die anstehende Hauptuntersuchung zu kümmern. Und das, obwohl ihn das Autohaus schon vor einigen Monaten per freundlichem Brief auf den Termin aufmerksam gemacht hatte. Auf der anderen Seite machte ihn das Verhalten der beiden Polizisten wütend, die offenbar nichts Besseres zu tun hatten, als nach kürzlich abgelaufenen TÜV-Stempeln an geparkten Autos Ausschau zu halten. Aber die mit Abstand größte Wut empfand er darüber, dass er den beiden seinen Führerschein hatte vorzeigen müssen. Solche eigentlich nicht erwähnenswerten Petitessen, das wusste er als nur die absolute Perfektion duldender Mensch genau, konnten sich irgendwann bitter rächen. Und Fabio Gambetta wollte einfach nicht, dass sich in seinem Leben irgendetwas bitter rächen würde.

18

Am Morgen des folgenden Tages saßen Pia Ritter, Thilo Hain, Jürgen Lehmann, Sascha Berim und Philip Sommer in einem der Besprechungszimmer von K11. Die beiden jungen Kollegen hatten im Fall des verbrannten Laubenpiepers mittlerweile belegen können, dass es sich beim Tod des Mannes eindeutig um einen Unfall gehandelt hatte und waren am Morgen zu der kleinen Ermittlungsgruppe gestoßen. Der Leitende Hauptkommissar unterrichtete seine Kollegen über die Ereignisse vom Vorabend in Miles Millners Wohnung.
»Wow«, feixte Lehmann, »da habt ihr ja noch richtig Spaß gehabt gestern Abend. Dass uns einer als Mopedfahrer mit Badeschlappen an den Füßen und im T-Shirt durch die Lappen geht, kommt ja nun auch nicht jeden Tag vor.«
»Ja, Lemmi, du hast absolut recht mit deiner Ironie«, gab Pia Ritter mit einem Schulterzucken zurück. »Wir haben mit ihr gerechnet und wir halten sie jetzt aus.«
»He, das war doch nicht böse gemeint, Pia. Ich wollte damit nur sagen, dass wir in unserem Job nie sagen können, alles schon einmal erlebt zu haben.«
»Und die Fahndung nach ihm ist erfolglos geblieben bis jetzt?«, wollte Sascha Berim wissen.
Hain nickte.

»Ja. Er ist wie vom Erdboden verschluckt. Ich habe vorhin noch mit den Kollegen in Düsseldorf telefoniert, die sind wahrscheinlich schon an seinem vorherigen Domizil und suchen auch dort nach ihm. Vielleicht weiß ja seine Frau auch etwas, das uns weiterhilft. Eine Ferienwohnung oder Ähnliches.«
»Hat die Spurensicherung sich bei dir gemeldet?«
»Da war ich natürlich auch schon, klar. Es gibt zwar ein paar DNA-Spuren, doch ob die uns weiterbringen, ist die Frage. Den merkwürdigen Schrein haben sie ins Labor gebracht, aber auch da sieht es nicht sehr vielversprechend aus. Ansonsten handelt es sich um nicht mehr und nicht weniger als eine vor kurzer Zeit renovierte Wohnung ohne jegliche Hinweise darauf, dass Lisa Werner jemals dort gewesen sein könnte.«
»Es wäre ja auch komplett irre, wenn er die Frau dort festgehalten hätte«, warf Lehmann ein. »Außerdem ist das Haus viel zu weit von ihrem Auffindeort am Auedamm weg; diese Entfernung hätte sie mit den von euch geschilderten Verletzungen niemals hinter sich bringen können.«
»Da dürftest du leider recht haben, Lemmi«, stimmte Hain ihm zu und wies auf zwei vor ihm liegende Ausfertigungen des Durchsuchungsbeschlusses für Norbert Plasserts Wohnhaus sowie dessen Büro bei der Versicherung. Außerdem hatte er für alle Kollegen eine Kopie der Liste gemacht, die ihm Jana Schudt, Bellinis Praxismanagerin, gemailt hatte.
»Es ist schon merkwürdig«, schüttelte Jürgen Lehmann erstaunt den Kopf, nachdem Hain deren Inhalt kurz erläutert hatte, »dass dieser Plassert euch so dummdreist

ins Gesicht lügt. Immerhin kann er sich doch denken, dass wir uns die Kundenliste von Bellini ganz genau anschauen.«

»Ja. Das haben sowohl der Richter als auch der Staatsanwalt genauso gesehen und uns deshalb mit diesem schönen Dokument hier ausgestattet.«

»Wird der Staatsanwalt bei der Durchsuchung dabei sein?«, fragte Pia.

»Nein, leider nicht.«

»Shit. Dann müssen wir uns ja noch um einen städtischen Beamten bemühen.«

»Nein, das habe ich schon erledigt. Frau Wimmer steht Gewehr bei Fuß und begleitet uns auch dieses Mal sehr gern.«

Das Thema der beiden war §105 der Strafprozessordnung, nach der bei einer Durchsuchung von Wohnräumen, sofern weder ein Staatsanwalt noch ein Richter anwesend sind, wenn möglich, entweder ein Gemeindebeamter oder zwei Gemeindemitarbeiter als Zeugen anwesend sein sollen.

»Und was genau ist unser Durchsuchungsgrund? *Wonach* suchen wir?«

»Primär nach Lisa Werners Mobiltelefon. Außerdem natürlich nach allem, was irgendwie in Zusammenhang mit ihr und den von uns bearbeiteten Taten stehen könnte.«

»Datenträger? EDV?«, wollte Philip Sommer wissen.

»Nehmen wir alles mit, solang es sich um sein persönliches Eigentum handelt. Was heißt, dass alles, worauf Versicherung steht, Tabu für uns ist.«

»Wie teilen wir uns auf?«, hakte der junge Oberkommissar nach.
»Sascha und du bei der Versicherung, wir anderen in seinem Wohnhaus. Aber ihr beiden haltet erst mal einfach die Stellung und sorgt dafür, dass nichts weggeschafft wird. Sobald wir das Haus erledigt haben, kommen wir zu euch und nehmen uns gemeinsam sein Büro vor. Ist das in Ordnung?«
Die beiden nickten.
»Und geht bitte erst rein, wenn wir schon angefangen haben. Das könnte uns nämlich den Vorteil bescheren, dass Plassert in seinem Haus auftaucht und ihr bei der Versicherung eure Ruhe vor ihm habt.«
»Gute Idee«, stimmte Sommer zu.
»Dann los jetzt«, brummte der Leitende Hauptkommissar, reichte den beiden eine Ausfertigung des Durchsuchungsbeschlusses und stand auf.
Es dauerte etwas mehr als eine halbe Stunde, bis die drei vor Plasserts mondäner Villa im Stadtteil Wilhelmshöhe angekommen waren. Senta Wimmer, die Mitarbeiterin der Stadt Kassel, erwartete sie bereits an dem großen Edelstahltor vor dem Grundstück. Links und rechts davon türmten sich mit grauen Steinen befüllte Gabionen auf, die dem ganzen Anwesen einen Hauch von Guantanamo verliehen.
»Sie halten sich einfach im Hintergrund, Frau Wimmer, wie immer.«
»Natürlich«, erwiderte die Mitarbeiterin des Standesamtes und trat ein paar Schritte zur Seite.
Hain klingelte.
»Ja, bitte«, ertönte kurz darauf die Stimme einer Frau.

Hain stellte sich vor und schilderte kurz sein mit der Aufforderung verbundenes Anliegen, das Tor sofort und ohne Verzögerung zu öffnen.
Sie kam dem nach und tauchte im selben Augenblick an der Haustür auf. Es handelte sich um eine höchstens 1,50 Meter große Asiatin mit sehr bunter Bekleidung und merkwürdig geformten Schuhen, deren Spitzen nach oben wiesen.
»Frau Plassert?«, wollte Pia von ihr wissen.
»Yes, ich bin Frau Plassert.«
Sie hatte eine witzige Aussprache, die ein wenig an Pidgeonenglisch erinnerte.
»Ist Ihr Mann zu Hause, Frau Plassert?«
»No. Mann ist bei die Arbeit. Arbeiten.«
Hain hielt ihr den Durchsuchungsbeschluss hin, obwohl er der festen Überzeugung war, dass sie nichts von dem verstehen konnte, was darauf stand.
»Wir sind von der Polizei. Und das hier ist ein richterlicher Beschluss, der uns berechtigt, dieses Haus hier zu durchsuchen. Haben Sie das verstanden?«
Die Frau schüttelte den Kopf.
»Nein, ich nix verstehen. Muss meine Mann anrufen.«
»Ja, machen Sie das bitte. Es wäre gut, wenn er hierherkommen könnte.«
Sie zog ein Telefon aus der Hosentasche und drückte eine Kurzwahltaste. Als der Anruf angenommen wurde, startete sie einen Redeschwall in englischer Sprache. Kurz darauf hielt sie dem Kommissar das Telefon hin.
»Ja, Hain.«
»Was fällt Ihnen ein, mein Haus zu belagern?«, schrie Plassert aufgebracht. »Sie rühren auf gar keinen Fall ir-

gendetwas an, bis mein Anwalt und ich vor Ort sind. Und ich verbiete Ihnen, auch nur ein einziges Wort mit meiner Frau zu sprechen. Ist das klar?«
Hain nahm das Gerät vom Ohr, drückte die rote Taste und reichte es zurück an Frau Plassert.
»Scheint so, als sei Ihr Mann gerade in einem Funkloch«, sagte er ruhig und betrat ohne ein weiteres Wort das Haus. Pia Ritter, Jürgen Lehmann und zum guten Schluss auch Frau Wimmer folgten ihm. Die Dame des Hauses blieb zunächst ein wenig unschlüssig vor der Tür stehen, setzte sich dann jedoch ebenfalls in Bewegung.
»Pia, übernimmst du den ersten Stock? Lemmi und ich fangen hier unten an.«
»Klar«, erwiderte die Kommissarin und trat auf die Treppe zu. Frau Plassert sah sie fragend an und folgte ihr auf ein aufmunterndes Nicken.
Oben angekommen, verschaffte sie sich zunächst einen Eindruck über die Aufteilung der Räume. Es gab zwei Schlafzimmer, zwei Bäder, einen Fitnessraum und einen Hauswirtschaftsbereich.
»Wollen sie mir erklären«, wandte die Oberkommissarin sich an Frau Plassert, »wie und von wem die Räume genutzt werden?«
Die hatte die Frage offenbar verstanden, wandte den Blick jedoch ab und starrte Richtung Boden. Pia trat ganz nah an sie heran und legte ihr sanft die Hand auf die Schulter.
»Sie müssen keine Angst haben, Frau Plassert. Wir wollen überhaupt nichts von Ihnen. Was wir hier machen, richtet sich allein gegen Ihren Mann.«

Während die Polizistin sprach, hatte Frau Plassert zu weinen begonnen. Tonlos liefen ihr dicke Tränen über das Gesicht.
»Ich weiß, dass Sie schwanger sind. Und wir möchten Sie auf keinen Fall in irgendeiner Weise aufregen, das verspreche ich Ihnen.«
Nun hob die kleine Asiatin den Kopf und sah Pia Ritter fragend an.
»Schwanger? Pregnant? Me?«
»Ja. Ihr Mann hat uns davon erzählt.«
»Aber … ich nicht schwanger. Kein Baby!«
»Sie haben noch kein Kind, das ist richtig«, deutete die Kommissarin auf den Bauch der Frau. »Aber bald bekommen Sie doch ein Baby. *Your Husband told us, that you are pregnant.*«
»No, no, not pregnant. I am really *not* pregnant!«
»Das gibts doch gar nicht«, murmelte Pia, sah sich um und schob die kleine Frau vor sich her in Richtung des Fitnesszimmers. Dort setzte sie sich auf die Kante eines Rudergerätes und platzierte Plasserts Frau schräg gegenüber auf einer Hantelbank.
»You are not pregnant? Nicht schwanger?«
Kopfschütteln.
»But you are Mr. Plasserts wife? Sie sind wirklich seine Frau?«
Ein schüchternes, zögerliches Nicken.
»Können Sie mir erklären, warum Ihr Mann dann so etwas erzählt?«
Schulterzucken.

Pia wies mit einer drehenden Bewegung des rechten Arms auf die beiden Schlafzimmer und die separaten Badezimmer, die sie gesehen hatte.
»Sie schlafen und leben komplett getrennt, wie es scheint?«
Wieder ein Nicken.
Es schien, als würde Frau Plassert die Polizistin recht gut verstehen, wenn sie deutsch mit ihr sprach.
»Und Sie sprechen und verstehen Deutsch sehr viel besser, als Sie vorgeben?«
Eine kurze Pause, dann ein von einem langen Atemzug untermaltes Nicken.
»Und warum tun Sie das?«
»Meine Mann will das so. Er nicht wollen, dass ich mit andere Leute sprechen.«
»Und warum?«
Schulterzucken.
»Sie verstehen sicher, dass dieses Verhalten auf mich befremdlich wirkt; dass es mich sehr erstaunt.«
Kopfnicken.
»Es ist die Teil von eine Deal, den ich mit meine Mann habe. Aber darüber darf ich nicht mit Ihnen reden. Darf mit niemand darüber reden.«
»Ein Deal? Das klingt ja ziemlich abenteuerlich.«
»Ja. Aber bitte, nicht fragen, sonst ich bekomme sehr viele, große Probleme. Muss dann vielleicht …«
Sie brach ab, weil aus dem Erdgeschoss die polternde Stimme von Norbert Plassert nach oben drang, der offenbar erstens auf Hain einredete und zweitens Ausschau nach seiner Frau hielt.

»Keine Angst«, flüsterte Pia, stand auf, griff nach ihrer rechten Hand, drückte sie sanft und steckte ihr eine Visitenkarte zu.
»Ich bin für Sie da, was immer Ihr Mann auch von Ihnen wollen oder verlangen sollte.«
Wieder begannen dicke Tränen über das Gesicht von Frau Plassert zu laufen, worauf Pia den Druck auf ihre Hand leicht erhöhte und ihr zuversichtlich zunickte. Die Geste verpuffte jedoch, weil Plassert im selben Moment in der Tür auftauchte und die kleine Frau anfunkelte.
»Du gehst sofort auf dein Zimmer. Los. Und ich verbiete dir, mit irgendjemandem zu sprechen. Das musst du nicht und das wirst du auch nicht.«
Pia hatte schon Luft geholt und wollte gerade zu einer Replik ansetzen, doch ein kurzer Blick von Frau Plassert ließ sie verstummen.
»Go! Now!«
Nun tauchte Dr. Herbst, Plasserts Rechtsanwalt, neben dem Versicherungsmanager auf.
»Kann ich dich kurz sprechen, Norbert?«
»Warum? Was ist denn?«
Herbsts Blick ließ erahnen, dass er ihm die Details seines Anliegens eher unter vier Augen darlegen wollte.
»Gleich. Ich muss erst dafür sorgen, dass Mary auf ihrem Zimmer verschwindet und sich nicht mit diesen Leuten unterhält.«
Wie auf Kommando stand die Frau auf und verließ mit gesenktem Kopf das Zimmer.
»Können wir nicht irgendwas gegen diese dreiste Aktion unternehmen?«, blaffte Plassert den Juristen an.
»Auch das würde ich gern mit dir allein besprechen.«

Der Versicherungsmanager drehte sich um und ging, gefolgt von Dr. Herbert, davon.
Pia setzte sich auf den Platz auf der Hantelbank, auf dem eben noch Mary Plassert gesessen hatte, und dachte einen Moment über das höchst fragwürdige Verhalten des Versicherungsmanagers nach. Dann jedoch hob sie den Kopf, weil die kleine Frau wieder in der Tür aufgetaucht war. Der Zeigefinger der rechten Hand lag auf ihren Lippen, wohl um der Polizistin zu signalisieren, dass sie ruhig sein sollte. In ihrer linken Hand befand sich ein Briefumschlag, den sie Pia reichte und danach sofort wieder verschwand.
Die Kommissarin konnte mit der Situation einen Augenblick lang nichts anfangen, öffnete dann jedoch ein wenig zögerlich den Umschlag, in dem sich etwa ein Dutzend Farbbilder befanden. Sie sah sie durch, betrachtete sie ein weiteres Mal, schob sie zurück in den Umschlag und ging ins Erdgeschoss, wo Plassert lautstark von seinen Bürgerrechten und den Menschenrechten im Allgemeinen und der heutigen Polizeiwillkür schwadronierte. Dr. Herbst stand neben ihm und versuchte ebenso hilflos wie erfolglos, auf ihn einzureden und ihn zu beruhigen.
»Thilo, kann ich dich kurz sprechen?«
»Klar, ich komme.«
Die beiden gingen nach draußen, wo Pia ihrem Kollegen den Umschlag in die Hand drückte. Auch Hain sah die Fotos zweimal durch und dann seine Kollegin fragend an.
»Wo hast du die gefunden?«
»Nirgendwo. Hat mir seine Frau in die Hand gedrückt.«

»Echt? Dann muss sie aber einen richtigen Hals auf ihn haben.«
»Was ich verstehen kann, weil er sie behandelt wie ein Stück Scheiße.«
»Und was machen wir jetzt, Pia?«
»Wir gehen rein und konfrontieren ihn damit. Dann muss er ja irgendwie Butter bei die Fische geben.«
»Das könnte für seine Frau übel ausgehen. Wer weiß, wie lange die erst verheiratet sind?«
»Das überlass mal mir. Ich kümmere mich schon um sie.«
»Na gut. Dann lass uns sehen, was er dazu zu sagen hat.«
Sie betraten wieder das Haus, riefen Lehmann hinzu und gingen langsam auf Plassert und dessen Rechtsanwalt zu. Die Tirade des Versicherungsmannes hatte noch immer kein Ende gefunden. Er schien sich, ganz im Gegenteil, immer weiter in Rage zu reden.
»Herr Plassert«, begann Hain völlig ruhig, »wir würden die Durchsuchung an dieser Stelle zunächst gern unterbrechen, wenn Sie uns für ein Gespräch zur Verfügung stehen.«
»Ein Gespräch? Was sollte ich denn mit Ihnen zu besprechen haben? Ich werde mit Ihnen kein Gespräch führen. Und ich werde erst Ruhe geben, wenn Sie mein Haus verlassen haben.«
»Bitte, Norbert«, mischte Dr. Herbst sich mahnend ein, »ich denke, das ist in diesem Moment ein wirkliches Entgegenkommen der Beamten. Vielleicht sollten wir …«
»Ich werde nicht mit denen reden und basta!«

Der Rechtsanwalt holte tief Luft.
»Und ich werde augenblicklich das Mandat niederlegen und jegliche Beziehung zu dir abbrechen«, erwiderte Herbst laut, »wenn du dich nicht endlich wie ein erwachsener Mensch benimmst. Denn das, was du hier veranstaltest, ist einfach nur als kindisch zu bezeichnen. Du kannst dich darauf verlassen, dass alles, was die Beamten mit dir besprechen wollen, von mir sowohl auf juristische Zulässigkeit als auch auf inhaltliche Bedeutung überprüft wird. Dir kann also nicht viel mehr geschehen, als dass diese Hausdurchsuchung sehr viel schneller abgeschlossen ist, als das zu erwarten war.«
Er bedachte die Polizisten mit einem fragenden Blick.
»Das ist doch richtig, meine Damen und Herren, oder?«
»Möglicherweise, ja«, gab Pia Ritter zurück.
»Also, was willst du machen?«, wollte Herbst von seinem Mandanten wissen, der eine Weile nachdachte.
»Gut, von mir aus. Aber wenn mir die Sache nicht gefällt, breche ich sofort ab.«
»Das können wir so machen«, bestätigte Hain.
Damit wies Plassert auf den Esstisch und setzte sich.
»Wenn Sie bitte für den Moment draußen warten würden, Frau Wimmer«, bat Hain die städtische Beamtin, die nickte und sich wortlos zurückzog.
»Also, was wollen Sie mit mir besprechen«, brummte der Hausherr noch immer sehr angefasst, als alle saßen.
Hain zog den Briefumschlag aus der Innentasche seines Sakkos, entnahm ihm ein Foto und schob es so in die Mitte des Tisches, dass Plassert und der Anwalt die Details gut sehen konnten.

»Wo haben Sie das her?«, schrie der Manager erregt, als er erkannt hatte, was ihm da vorgelegt worden war. »Das ist Privateigentum, das dürfen Sie überhaupt nicht verwenden. Sie dürfen sich das garantiert noch nicht einmal ansehen!«
»Doch, das dürfen wir, Herr Plassert. Und wenn Sie uns, und nur uns hier im Raum, die Aufnahmen erklären und uns vielleicht sogar noch ein Alibi liefern für die Zeit, nach der wir Sie befragt haben, dann werden wir Sie vermutlich gar nicht mehr behelligen müssen.«
Dr. Herbst, der wie gebannt auf das Foto starrte, schluckte.
»Das …«, murmelte er, um dann jedoch abzubrechen.
»Herr Plassert?«, hakte Pia nach, als der keine Anstalten machte, sich zu äußern. »Wir leben im 21. Jahrhundert, Homosexualität ist Teil unserer Lebenswirklichkeit geworden. Und es ist nicht mehr notwendig, sich dafür zu schämen oder sie zu verstecken.«
Plassert holte tief Luft, vergrub sein Gesicht in den Händen und schwieg; er gab auch in den nächsten 30 Sekunden nicht einen einzigen Ton von sich. Dann ließ er die Arme sinken, wischte sich ein paar Tränen aus den Augen und hob schließlich den Kopf.
»Bei Ihnen vielleicht nicht, Frau Kommissarin«, sagte er fast flüsternd, nachdem er seine Hände wieder auf dem Tisch abgelegt hatte. »Wo ich herkomme, allerdings schon.«
»Wie darf ich das verstehen?«
»Meine Familie würde *niemals*, *niemals*, *niemals* tolerieren oder gar akzeptieren, dass ich schwul bin. Mein Vater ist Brigadegeneral bei der Luftwaffe gewesen,

zwei meiner Brüder sind als Offiziere aktiv. Ich habe von klein auf eingetrichtert bekommen, dass *Homos* Untermenschen seien, auf die man spucken muss. Dass *Schwuchteln* es nicht wert sind, überhaupt am Leben zu sein.«

»Und deshalb veranstalten Sie diesen ganzen Mummenschanz mit Ehefrau und Pseudoschwangerschaft und kultivieren dieses nicht gerade sympathische Casanova-Image? Das kann doch alles nicht sein.«

»Doch, das kann sehr wohl sein. Und denken Sie bitte nicht, dass mir dieses Leben leicht fallen oder ich es mögen würde. Ich hasse es, ich hasse es jeden Tag, aber es geht einfach nicht anders. Ich kann meiner Familie die Wahrheit nicht antun, so schwer das für mich auch sein mag.«

»Und Ihre Frau?«, wollte Hain wissen. »Wie es sich für uns darstellt, wusste und weiß sie über diesen Teil Ihres Lebens Bescheid.«

Plassert nickte.

»Natürlich weiß Mary über alles Bescheid. Das ist Teil unseres Deals.«

»Darf ich etwas mehr über diesen *Deal* erfahren?«, fragte Pia.

Erneut schwieg der Versicherungsmanager wieder eine Weile und starrte dabei auf einen imaginären Punkt irgendwo an der Wand.

»Mary lebt hier in Deutschland ein zwar relativ bescheidenes, aber sorgenfreies Leben. Im Gegenzug muss sie sich mir gegenüber für gewisse Leistungen zur Verfügung stellen.«

»Was darf ich mir unter diesen *Leistungen* vorstellen?«

»Weihnachtliche und sonstige Besuche bei meiner Familie. Jubiläen, Beerdigungen, all diese Dinge. Eine bürgerliche Fassade, auch hier in Kassel natürlich, wenn Sie so wollen.«

»Und wie«, hakte die Kommissarin nach, »sind Sie auf die abenteuerliche Idee gekommen, Ihrer Frau nun auch noch eine Schwangerschaft anzudichten? Sie hat mir gegenüber nämlich deutlich erklärt, nicht schwanger zu sein.«

»Meine Familie, speziell meine Mutter, liegt mir seit Jahren mit diesem Thema in den Ohren und hat auch Mary gegenüber immer wieder nachgefragt. Das hat mich auf die Idee gebracht.«

»Und wo hätten Sie das Kind hernehmen wollen? Irgendwann wäre die ganze Schimäre doch zwangsläufig aufgeflogen, wenn Sie und Ihre Frau kein Kind hätten vorzeigen können.«

»Nein, nein, das habe ich …, das hatte ich alles schon ganz konkret und minutiös durchgeplant. Mary hätte in zwei Monaten eine Fehlgeburt erlitten, die ihr auch die Möglichkeit einer weiteren Schwangerschaft genommen hätte. Bedauernswert, aber leider nicht zu ändern.«

Er dachte erneut eine Weile nach.

»Und wenn ich es recht überlege, dann werde ich aller Wahrscheinlichkeit nach auch an diesem Plan festhalten. Sie und Ihre Kollegen haben mir absolute Diskretion zugesagt, Herr Dr. Herbst ist mein Anwalt und unterliegt ohnehin der absoluten Schweigepflicht. Was also sollte mich hindern, mein durch und durch verlogenes und nach Meinung meiner Familie, wenn sie denn

davon wüsste, höchst verachtenswertes Leben fortzusetzen?«
»Sie selbst könnten sich daran hindern«, erwiderte die Kommissarin leise. »Sie könnten sich outen, aus Ihrem eigenen Schatten treten und ein glückliches und erfülltes Leben führen.«
Plassert bedachte die Kommissarin mit einem mitleidigen Blick.
»Ja, das klingt verlockend, Frau Kommissarin. Aber es funktioniert leider nicht. Denn es gibt einen Faktor, über den ich wirklich nicht gern spreche, den ich allerdings jetzt ins Spiel bringen muss.«
»Und der wäre?«
»Meine Familie ist sehr wohlhabend. Überaus wohlhabend, um präzise zu sein. Wir wurden nach dem Zweiten Weltkrieg von den Russen um unsere Güter im Osten gebracht und haben sie nach der Wende zurückerhalten. Auf mich wartet also ein beträchtliches Erbe, das ich nie erhielte, würde ich Ihrem Vorschlag folgen. Und so verrückt, oder nennen Sie es von mir aus auch dumm, bin ich nun einmal nicht, darauf zu verzichten. Ich sehe dieses Geld tatsächlich als Schmerzensgeld an, das mir meine Familie bezahlen muss, damit ich sie in diesen ganzen Jahren ausgehalten habe.«
»Aber bleiben dabei nicht Ihre Lebensqualität und Ihr persönliches Glück komplett auf der Strecke?«
»Doch, natürlich. Aber ich habe mir meine … schwule Ecke so eingerichtet, dass ich damit relativ gut klarkomme. Und wer weiß, vielleicht werde ich eines fernen Tages meine Lebensqualität und mein persönliches

Glück über das materielle Wohl stellen. Aber im Augenblick bin ich ganz und gar nicht bereit dazu.«
»Was uns zu Ihrem Alibi für die fragliche Zeit bringt«, mischte sich nun Jürgen Lehmann ein. »Gibt es eins?«
»Natürlich gibt es das. Ich war, wie die allermeisten Tage auch, nach der Arbeit bei meinem Partner in dessen Haus und habe dort auch, wie meistens, die Nacht verbracht.«
Lehmann zückte einen kleinen Notizblock mitsamt Stift und sah Plassert erwartungsvoll an. Der holte tief Luft und beugte sich nach vorn.
»Wenn ich Ihnen den Namen gebe, muss ich mich absolut darauf verlassen können, dass er nicht morgen in der Zeitung steht. Ist das definitiv, klar und verbindlich zugesagt?«
Die Stimme des Managers war jetzt wieder deutlich und fordernd.
»Kann ich mich zu einhundert Prozent darauf verlassen, dass niemand den Namen erfährt, Herr Kommissar?«
»Von uns wird ihn niemand erfahren.«
»Gut.«
Plassert wandte den Blick in Richtung seines Anwalts und hielt ihm die rechte Hand hin.
»Wenn du uns dann jetzt bitte entschuldigen würdest, Mirko. Wie du siehst, brauche ich im Augenblick keinen rechtlichen Beistand. Danke für dein Kommen und für deine Unterstützung.«
Dr. Herbst hob eine Augenbraue und sah seinen Mandanten verärgert an.
»Wenn du meinst. Dann gehe ich jetzt.«

»Ja, mach das. Ich melde mich bei dir, wenn ich etwas benötigen sollte.«
Der Rechtsanwalt erhob sich, ignorierte die noch immer hingehaltene Rechte Plasserts und verließ wortlos den Raum. Nachdem die Tür recht heftig ins Schloss geworfen worden war, ließ Plassert sich wieder in seinen Stuhl fallen.
»Veit Hanstein«, sagte er mit Blick auf Lehmann. Der Kommissar betrachtete ein wenig abwesend das leere Blatt seines Blocks, legte die Stirn in Falten und sah zu Plassert.
»Sie meinen aber nicht *den* Veit Hanstein?«
»Doch, genau den meine ich. Und Sie werden sicher verstehen, dass mit diesem Namen ein paar … Besonderheiten verbunden sind, um die ich Sie bitten muss.«
»Die da wären?«, wollte Thilo Hain wissen.
»Sie werden jetzt nicht losmarschieren und Herrn Hanstein in möglicherweise ungebührlicher Art und Weise belästigen. Sie warten, bis er Kontakt mit Ihnen aufnimmt. Das wird innerhalb der nächsten vier bis spätestens sechs Stunden geschehen, denn er hat heute einen prall gefüllten Terminkalender. Sie werden nicht bei ihm zu Hause erscheinen, sondern er bei Ihnen auf dem Revier. Und es wird niemand, und damit meine ich *absolut niemand*, über die näheren Einzelheiten seines Erscheinens ins Benehmen gesetzt. Das gilt ebenso für Ihre Untergebenen wie Ihre Vorgesetzten und auch für die Mitarbeiter der Staatsanwaltschaft. Und darüber werden weder er noch ich mit Ihnen verhandeln.«
»Wow, wow, wow«, knurrte Hain. »Für jemanden, der vor ein paar Minuten noch mit Tränen in den Augen

hier rumgesessen hat, ist Ihre Forderungsliste ziemlich umfangreich.«

»Das mag schon sein, Herr Kommissar. Aber die exponierte Stellung von Veit Hanstein duldet absolut keine andere Herangehensweise.«

»Wir haben es Ihnen zugesagt und wir werden uns an diese Zusage halten«, erklärte Pia und reichte ihm ihre Visitenkarte. »Herr Hanstein macht innerhalb der nächsten sechs Stunden einen Termin mit uns aus und bestätigt Ihre Aussage, dass Sie beide die Nacht miteinander verbracht haben. Damit ist die Sache für uns erledigt. In Ordnung?«

»Absolut, ja.«

»Gut. Wie geht es mit Ihrer Frau weiter?«

»Wie soll es mit Mary schon weitergehen? Wir spielen weiterhin der Welt das glückliche Ehepaar vor und haben nur ein paar Mitwisser mehr, die unser kleines, schmutziges Geheimnis kennen.«

»Ich würde Ihr Verhalten Ihrer Frau gegenüber nicht gerade als zuvorkommend beschreiben, Herr Plassert. Deshalb werde ich auch Ihre Frau zu einem Termin aufs Präsidium einbestellen. Aber nicht, um sie in irgendeiner Art zu vernehmen, sondern ich möchte sie mit den Grundlagen des deutschen Scheidungsrechts vertraut machen. Um ihr beider … Verhältnis ein klein wenig in die dringend benötigte Balance zu bringen.«

»Was bilden Sie sich ein?«, herrschte Plassert die Kommissarin an. »Sie denken wohl, weil …«

»Die Frage ist doch eher«, wurde er barsch von Pia Ritter unterbrochen, »was *Sie* sich einbilden. Sie halten sich Ihre Frau wie einen dienstbaren Geist, über den Sie

verfügen zu können glauben wie über eine Sklavin. Das geht nach meinem Verständnis von Humanität nicht. Und kommen Sie mir jetzt bloß nicht mit irgendwelchen *Deals*, die Sie mit Ihrer Frau am Laufen haben, denn die können auch unter Berücksichtigung von Freundlichkeit und Liebenswürdigkeit funktionieren.«
Damit erhob sie sich und stapfte Richtung Ausgang. Ihre Wut und ihre Empörung über Plasserts Umgang mit seiner Frau war nicht nur an ihren Worten abzulesen, sondern auch an ihrem Gesichtsausdruck und ihrer Haltung.
Ihre beiden Kollegen standen ebenfalls auf und gingen Richtung Tür. Als Lehmann schon auf dem Flur war, drehte Hain sich noch einmal um und sah Norbert Plassert frostig an.
»Wundern Sie sich eigentlich gar nicht, dass wir mit einem Durchsuchungsbeschluss in Ihrem Haus aufgetaucht sind?«
»Es ist vermutlich Ihr gutes Recht, so etwas zu machen. Immerhin haben Sie ja einen Richter gefunden, der sein Plazet dazu gegeben hat.«
»Das mag sein. Ich hatte vorher schon einmal versucht, den Beschluss zu bekommen, da war dem Richter die Beweislage aber noch zu dürftig.«
Plassert sah den Polizisten beunruhigt an.
»Und was hat dann den Ausschlag dazu gegeben, dass er es doch ermöglicht hat?«
»Ihre Lüge.«
Sofort schoss dem Versicherungsmanager wieder das Blut in den Kopf und er holte tief Luft, doch Hain kam einem weiteren emotionalen Ausbruch zuvor.

»Sie sollten«, meinte er emotionslos, »einfach davon absehen, die Polizei in Kleinigkeiten zu belügen. Kleinigkeiten wie zum Beispiel der, dass Sie sehr wohl Kunde von Dr. Bellini waren und ihn demzufolge auch gekannt haben. Und es müsste Ihnen doch eigentlich klar gewesen sein, dass wir bei der Überprüfung seiner Patientenkartei auf Ihren Namen stoßen würden.«
Plassert zögerte.
»Ja, das war wohl nicht sehr clever. Aber die Lebenslüge in jeder denkbaren Ausprägung ist nun einmal elementarer Bestandteil meiner Existenz. Und dass ein Mann wie ich sich die Schlupflider richten lässt, darüber redet er nun mal nicht so gern.«
Nun brauchte Hain eine Weile, bis er antwortete.
»Ich will mich wirklich nicht zu sehr einmischen, aber vielleicht wäre es gut, wenn Sie Ihr gesamtes Leben mal ein bisschen auf die Reihe kriegen würden, Herr Plassert. Irgendwie wirkt es nämlich auf mich, als sei ihr gesamtes Dasein eine einzige Baustelle.«
»Wenn Sie wüssten, wie oft ich mir das schon vorgenommen habe und wie oft ich letzten Endes daran gescheitert bin, dann würden Sie vermutlich nicht so obergescheit daherreden.«
»Ja, vermutlich«, murmelte Hain, drehte sich um und verließ das Haus.
»Gute Brandrede, Pia«, meinte er, als er vor dem Haus bei seinen beiden Kollegen angekommen war. Senta Wimmer stand mit dem Telefon am Ohr auf der anderen Straßenseite. »Nur befürchte ich, dass sie nicht das bewirkt, was du zu erreichen hoffst.«

»Das ist mir scheißegal, Thilo. Ich will nur nicht, dass in der heutigen Zeit jemand einen anderen Menschen so behandelt, wie er das vorhin in meinem Beisein mit ihr gemacht hat.«
»Und er will ganz sicher vermeiden«, warf Jürgen Lehmann ein, »dass es bei uns vielleicht jemand doch nicht so genau nimmt mit der Diskretion. Also denke ich, dass Pias Position ihm gegenüber gar nicht so schlecht ist und er sein Verhalten seiner Frau gegenüber durchaus überdenken könnte.«
»Dann hoffen wir das mal«, erwiderte Hain ein wenig skeptisch. »Aber mindestens ebenso interessant wie dieser Punkt ist der Name seines Partners. Wenn es bei Jauch die Millionenfrage wäre, ob der Kerl schwul ist, müsste ich, ohne einen einzigen Euro gewonnen zu haben, nach Hause fahren.«
»Ja, die Erwähnung dieses Namens hat mich auch ein klein bisschen aus der Bahn geworfen.«
»Und es wäre seiner weiteren Parteikarriere und seinem politischen Aufstieg vielleicht doch nicht so förderlich«, gluckste Pia, »wenn der selbst ernannte Law-and-Order-Verfechter Veit Hanstein als schwul geoutet würde.«
»Zumal er schon das eine oder andere Mal nicht sehr wohlwollend über gleichgeschlechtliche Partnerschaften gesprochen hat, wenn ich mich recht erinnere.«
»Du erinnerst dich absolut recht, lieber Thilo. Und auch wenn sich innerhalb seiner AFD die eine oder andere Spitzenfrau als Lesbe geoutet hat, so handelt es sich bei dieser Partei doch um eine im Kern zutiefst homophobe Truppe. Und deshalb dürfte es Herrn Hanstein absolut

nicht gefallen, wenn seine sexuellen Präferenzen öffentlich werden würden.«
»Wie auch immer«, warf Lehmann ein, »es scheint ja keinen Zweifel daran zu geben, dass Plassert als Täter nicht infrage kommt. Oder sehe ich das falsch?«
»Bis zu Hansteins Aussage«, erwiderte Hain, »bleibt natürlich ein gewisser Restzweifel, aber alles in allem glaube ich ihm, dass er mit der Sache nichts zu tun hat. Und jetzt rufe ich erst mal Philip und Sascha an und sage ihnen, dass sie bei der Versicherung abziehen können.«
»Klasse Idee«, meinte Pia. »Die beiden stehen sich sicher schon die Beine in den Bauch.«
Die Kommissarin legte die Stirn in Falten und schüttelte den Kopf.
»Und trotzdem ist es schade, dass Plassert aller Wahrscheinlichkeit nach als Täter ausfällt. Aber das wäre vermutlich auch zu einfach und zu naheliegend gewesen.«
»Da bin ich ganz bei dir«, erwiderte Hain, während er zu seinem Telefon griff und Sascha Berims Kurzwahltaste drückte. »Aber wir haben ja immer noch unseren Motorradfahrer in Badeschlappen und T-Shirt. Und der ist gerade eben auf der Liste der dringend Tatverdächtigen auf Position eins vorgerückt.«
Eine Dreiviertelstunde nach ihrem Abschied von Plassert saßen die drei Kripobeamten in ihrem Büro zusammen und besprachen ihr weiteres Vorgehen. Sascha Berim und Philip Sommer waren ebenfalls auf dem Weg zum Präsidium, hatten nach der enervierend langen

Wartezeit bei der Versicherung aber noch auf einem Imbiss bestanden.

»Ich übernehme die Kerle«, verkündete Pia Ritter mit Blick auf die vor ihr liegende Liste mit den Datensätzen derjenigen Kunden von Dr. Bellini, bei denen es zu Reklamationen oder auch etwas gröberen Unstimmigkeiten gekommen war.

»Das wollte eigentlich ich machen«, entgegnete Jürgen Lehmann grinsend. »Weil es ja nicht so viele sind.«

»Den Gedanken vergisst du am besten gleich wieder, Lemmi. Ihr die Frauen, ich die Männer.«

»Ich klinke mich mal aus und schaue«, warf Thilo Hain ein, »ob ich vielleicht noch irgendetwas Zielführendes über Miles Millner herausfinden kann. Die Kollegen in Düsseldorf haben seine Ehefrau nicht angetroffen und versuchen gerade herauszufinden, ob und wo sie arbeitet. Wer von euch was und wen von der Liste beackert, ist mir komplett egal, es muss einfach nur gemacht werden. Ich glaube zwar nicht, dass es uns entscheidend voranbringt, aber es ist immerhin ein Ansatzpunkt.«

»Ach, Lemmi«, gurrte die Kommissarin, »du weißt doch, was ich bei den Männern für einen Schlag habe. Und ich weiß genau, wie du bei den Frauen ankommst. Also …«

Lehmann kratzte sich am Ohr.

»Ich hätte drei Möglichkeiten für dich, du Vamp«, sagte er. »Willst du sie hören?«

Pia nickte, wobei ihr ein Lächeln über das Gesicht huschte.

»Die Erste: Willst du mir auf den Sack gehen?«

»Weiter.«

»Die Zweite: Geh mir nicht auf den Sack.«
»Auch nicht erstrebenswert.«
»Dann bleibt noch: Hör auf, mir auf den Sack zu gehen.«
Aus ihrem Lächeln wurde ein schallendes Lachen.
»Ich entscheide mich für Variante vier und die Kerle. Aber danke für deine Angebote.«
»Undankbares Gör«, brummte Lehmann und fing ebenfalls an zu lachen.
»Wo das jetzt geklärt ist«, ließ Hain die beiden wissen, »fahre ich los zu Millners Wohnung. Vielleicht haben wir ja gestern Abend in der Hektik tatsächlich etwas übersehen.«
»Und ich fange mit dem ersten Kandidaten auf meiner Herrenliste an.«
»Wenn ihr doch endlich alle weg wärt«, murmelte Lehmann und begrüßte kurz darauf die Kollegen Sommer und Bering, die ins Büro zurückkehrten.
Pia saß derweil an ihrem Schreibtisch und verglich die Adressen der Bellini-Patienten mit den aktuellen Einträgen des Einwohnermeldeamtes. Wie es aussah, hatte sich bei keinem der Männer etwas verändert. Im nächsten Schritt kontrollierte sie, ob irgendwelche Ermittlungsverfahren anhängig waren, aber auch in diesem Punkt waren alle Ergebnis negativ. Ebenfalls negativ war allerdings, dass sie seit dem Beginn ihrer Recherche mit einer ständig wachsenden Übelkeit zu kämpfen hatte. Sie trank Wasser, schluckte, holte tief und tiefer Luft, aber nichts wollte etwas bewirken. Und dann kam tatsächlich der Moment, als sie es gerade so noch bis

zur Toilette schaffte. Bei ihrer Rückkehr wurde sie von ihren drei Kollegen besorgt angesehen.
»Herrje, du siehst ja mal richtig scheiße aus, Pia«, meinte Philip Sommer. »Hast du was Falsches gegessen?«
»Nein, das ist es nicht. Ich habe vielmehr die Befürchtung, dass mir das in den nächsten Monaten noch öfter widerfahren wird.«
Jürgen Lehmann war der Erste, der verstanden hatte, was sich hinter der Aussage der Kommissarin verbarg.
»Echt, Pia? Du bist schwanger?«
»Wie sieht es denn aus?«, erwiderte sie, schluckte, würgte und rannte erneut aus dem Zimmer.

Im exakt gleichen Augenblick, in dem Pia zum zweiten Mal Richtung Toilette davon stürmte, brach Thilo Hain das zwischen Rahmen und Eingangstür angebrachte Siegel und betrat Miles Millners Wohnung. Im gleißenden Schein der Mittagssonne wirkte das Penthouse noch deutlich größer als am Abend zuvor. Der Kommissar ging zunächst eine Runde durch alle Räume, um sicher zu sein, dass er allein in der Wohnung war. Das intakte Siegel ließ zwar darauf schließen, aber hundertprozentige Sicherheit verhieß es nicht. Nachdem er seinen Rundgang beendet hatte, ließ er sich auf die ausladende Ledercouch fallen und sah eine Weile einfach nur aus dem Fenster. Dann stand er wieder auf und ging hinaus auf die Terrasse. Dort gab es nicht viel zu sehen; entweder war Millners Einzug noch zu frisch, oder der Mathematiker hielt nichts von Erholung im Freien. Also ließ er die Freifläche hinter sich und betrat kurz darauf jenen Raum, den man nach landläufiger Meinung als *privates Büro* bezeichnen würde. Hier sah es, ganz anders als in den anderen Räumen, nach noch nicht abgeschlossenen Einzugsbemühungen aus. Offenbar hatte Millner es für eine gute Idee gehalten, alle noch nicht ausgepackten Umzugskisten dort zu parken. Hain sah die Beschriftungen auf den Kartons durch und blieb an einem hängen, auf dem in großen Lettern ***LISA*** zu lesen war. Er stellte zwei andere zur Seite, zog das Objekt seiner Begierde nach vorn und öffnete die beiden Laschen.

Im Gegensatz zu vielen anderen Zeitgenossen war der Versicherungsmathematiker offenbar ein Anhänger der analogen Fotografie, wie der Hauptkommissar schon am Vorabend überrascht festgestellt hatte. In einem Schrank waren Pia und er nämlich auf mehrere ältere, jedoch topp gepflegte Kameras gestoßen. Darunter zwei Leica M6, eine Canon AE1 und, als Krönung, sogar eine Hasselblad. In jenem Karton, in den Hain nun sah, bewahrte er, wie es schien, das Lisa-Werner-Elaborat dieser Marotte auf.

In dem Karton befanden sich etwa 15 Taschenfotoalben mit jeweils ungefähr 200 Bildern. Hain zog den obersten heraus und fing an zu blättern. Es gab tatsächlich fast ausschließlich Fotos mit Lisa Werner als Motiv. Und da es sich ausnahmslos um analoge Fotografien handelte, waren nur ganz vereinzelt Selfies dabei, die Millner von sich und seiner damaligen Freundin gemacht hatte. Die nächsten beiden Alben, die der Polizist durchsah, waren wohl während eines Urlaubs irgendwo in den Bergen entstanden. Dann ein Skiurlaub. Den

dann folgenden legte Hain recht schnell wieder beiseite, denn er enthielt eine ganze Reihe von Nacktaufnahmen der jungen Frau, die gerade im Elisabeth-Krankenhaus um ihr Leben kämpfte. Es erschien ihm unter diesen Umständen alles andere als angemessen, sich diese Fotos anzusehen.
Ein wenig traurig legte er die ganzen Alben wieder zurück, verschloss die Kiste und stellte sie wieder an ihren angestammten Platz. Mehrere andere der Umzugskartons enthielten ganze Arsenale einer früheren Reise Millners nach Australien und Neuseeland und Hain war sehr erstaunt, dass der Mann einen noch deutlich dunkleren Hautteint bekommen konnte als jenen, den Pia und er am Tag zuvor an ihm gesehen hatten.
Der Kommissar wollte gerade die Reise in Millners fotografische Vergangenheit beenden, als er auf einer weiteren Kiste die Aufschrift MIX/WASTAGE entdeckte. Neugierig zog er den Karton hervor und öffnete ihn. Es befanden sich mehrere Alben darin, die meisten waren alt und sahen abgewetzt aus. Eines, das den neuesten Eindruck auf ihn machte, hob er aus dem Karton und klappte es auf. Das erste Foto zeigte Miles Millner wie vermutlich immer in seinem Leben braun gebrannt und mit einer Frau im Arm. Der tropisch wirkende Hintergrund und die Farbe des Meeres ließ den Kommissar auf eine Karibikinsel tippen. Nahezu der gesamte Inhalt des Albums war wohl auf dieser Reise entstanden, nur auf den letzten drei Seiten waren Fotos, die andere Motive zeigten.
Eines davon war offenbar bei der Übergabe des Motorrads entstanden, mit dem Millner geflüchtet war. Dar-

auf prostete der Amerikaner vier anderen Männern zu, die alle feist grinsten, muskelbepackt waren und in ihren schwarzen Rockerkutten ziemlich martialisch aussahen.
Hain riss das Bild aus dem Album, ging damit zur Terrasse und betrachtete es im Sonnenlicht so genau wie möglich.
»Bingo«, murmelte er ein paar Sekunden später. »Das könnte doch mal ein Hinweis sein, der uns weiterbringt.«
Zurück in Millners Büro zog er sich den Drehstuhl vom Schreibtisch heran, platzierte ihn in der Mitte des Raumes und überlegte, ob er sich weiter dem Fotoarchiv widmen sollte. Allerdings war ihm die Lust auf Millners gesammelte Erinnerungen irgendwie vergangen. Außerdem hatte er etwas in der Hand, das eine gute Ausgangsbasis für ihre weiteren Ermittlungen darstellen konnte. Also ließ er den Blick noch einmal kreisen, holte ein paarmal tief Luft und wollte gerade aufstehen, als sein Blick auf den Schreibtisch fiel. Oder besser gesagt auf die Schreibtisch*platte*. Was seine Aufmerksamkeit erregte, war ein dünnes Brett unterhalb der eigentlichen Platte, dessen Vorderkante ebenfalls schwarz lackiert war. Und aus dessen Tiefe, so schien es zumindest, er soeben das kurze Aufflackern einer grünen LED wahrgenommen hatte.
Der Hauptkommissar rollte mitsamt des Stuhls an den Tisch, beugte sich nach vorn und betrachtete die aus der Nähe merkwürdig laienhaft wirkende Konstruktion.
Das Holzbrettchen war mit deutlich zu großen, grobschlächtig anmutenden Winkeln an der Schreibtisch-

platte befestigt und zwischen den beiden blinkte im Sekundenrhythmus die grüne LED. Hain schob seine beiden Hände flach in den Schlitz und tastete. Dann vergrößerte er den Abstand, klemmte das Objekt seiner Begierde zwischen die Zeigefinger und zog die Arme zurück. Zum Vorschein kam ein Ultrabook; sehr dünn, sehr warm und vermutlich auch sehr teuer. Am hinteren linken Ende war es per Kabel am Strom angeschlossen. Hain zog das Gerät vorsichtig komplett aus dem Zwischenraum, räumte ein paar auf dem Schreibtisch liegende Motorradzeitschriften zur Seite und stellte es ab. Nachdem er den Deckel geöffnet und einen Blick auf das Display geworfen hatte, pfiff er leise durch die Zähne und konnte kaum glauben, was er da sah.

»Scheiß die Wand an, Millner, was bist du nur für ein mieser, dreckiger Stalker.«

19

»Hallo, heiß geliebte Mutter unseres ungeborenen Nachwuchses«, flötete Dominik, als er das kleine Wohnzimmer betrat, küsste die mit angezogenen Beinen und jeder Menge Papieren auf dem Schoß sitzende Pia auf den Mund und richtete sich wieder auf.
»Schwachkopf«, erwiderte die Kommissarin lachend. »Wie kommt es denn, dass du schon zu Hause bist? Ich dachte, du gehst heute zu der Veranstaltung mit diesem tollen Professor aus den Staaten.«
»Die musste leider ausfallen. Der Arme hat sich beim Radfahren auf die Schnauze gelegt und dabei das Schlüsselbein gebrochen. Wie es aussieht, wird es mindestens zwei Wochen dauern, bis er seinen Vortrag nachholen kann.«
»Das ist ja schade; du hattest dich doch ziemlich darauf gefreut, oder?«
»Ja, klar. Aber es ist nun mal nicht zu ändern. Immerhin kann ich deshalb später noch mit meinen Jungs eine Runde Kicken. Die haben sich echt gefreut, als ich mich gemeldet und doch mein Erscheinen angekündigt habe.«
Er küsste sie erneut und ging dann Richtung Küche.
»Ich hole mir ein Glas Wasser. Willst du auch eins?«

»Nein, vielen Dank. Ich muss so viel und so oft Pipi, dass ich mich frage, wo das ganze Zeug überhaupt herkommt.«
»Was machst du da eigentlich?«, wollte Dominik wissen, nachdem er sich mit einem großen, gefüllten Glas neben ihr niedergelassen hatte.
Pia hob den Kopf und sah ihren Mann vorwurfsvoll an.
»Willst du nicht erst mal wissen, warum ich die Arbeit hier auf dem Sofa verrichte und nicht in meinem Büro?«
»Na ja, ich dachte, das würde in der Frage mitschwingen«, erwiderte Dominik schuldbewusst.
»Hm«, machte die Kommissarin, räumte die gesamten Papiere zur Seite und schmiegte sich an ihn.
»Ich hatte heute zum ersten Mal richtige Kotzattacken. Das *Übelkeit* zu nennen, ist für mich die Untertreibung des Jahrhunderts. Und deshalb habe ich mich dazu entschlossen, nicht dauernd im Präsidium aufs Klo zu rennen, sondern hier in meiner gewohnten Umgebung.«
»Wow, das tut mir echt leid. Geht es jetzt wieder?«
»Ja, passt schon. Wurde halt abgelöst von diesem unbeschreiblichen Harndrang.«
Er nahm sie zärtlich in den Arm und streichelte ihr sanft über den Rücken.
»Kann ich, außer diesen Streicheleinheiten, irgendwas tun, um dir das Leben etwas leichter zu machen?«
»Klar. Du könntest der erste Mann in der Menschheitsgeschichte sein, der das Kinderkriegen übernimmt. Und, wo wir gerade dabei sind, das Stillen am besten gleich mit.«
»Klar, mache ich. Sonst noch was?«

»Nein. Damit wären meine dringendsten Wünsche schon abgearbeitet.«
Sie machte sich von ihm los.
»Und jetzt muss ich mal wieder aufs Klo, sonst habe ich Angst, dass es zum ersten schwangerschaftsbasierten Flüssigkeitsunfall in unserem Haushalt kommt.«
»Dann los. Soll ich dich begleiten?«
»Nein, jetzt noch nicht. Aber bei der Geburt solltest du mir schon die Hand halten, sonst kriege ich das niemals auf dir Reihe. Ich befinde mich nämlich jetzt schon ganz nah am Rand des Nervenzusammenbruchs.«
Als Pia von der Toilette zurückkam, war Dominik in die Papiere vertieft, die sie vor seinem Eintreffen bearbeitet hatte.
»Und das sind alles Männer, die sich bei diesem Schönheitsheini unters Messer gelegt haben?«, wollte er erstaunt wissen.
»Zunächst mal sind das interne Polizeidokumente, in denen deine Augen gerade mal überhaupt nichts verloren haben«, grinste Pia ihn an. »Aber wenn du schon mal dabei bist, den Datenschutz mit Füßen zu treten, dann ja. Diese Kerle haben sich vom verblichenen Dr. Bellini operieren lassen, waren mit dem Ergebnis unzufrieden und haben ihre Enttäuschung darüber wohl auch ziemlich deutlich formuliert.«
»Und was haben sie machen lassen?«
»Das geht aus dem Datensatz, den wir von der Praxis bekommen haben, nicht hervor, wobei mir das auch ziemlich egal ist. Mir geht es nur darum, dass es Männer sind, die mehr oder weniger wütend auf Bellini waren.«

»Und? Hast du den Täter schon dingfest gemacht?«
»Nein. Aber das wäre nach den paar Stunden, seit denen ich mich damit beschäftige, vermutlich auch etwas viel verlangt, oder? Und einer, ein junger Mann, fällt auf jeden Fall schon mal raus, weil er tot ist. Wie ich herausgefunden habe, hat er sich das Leben genommen, aber eine ganze Weile nach der Operation, sodass es da keinen direkten Zusammenhang geben dürfte.«
»Tragisch, oder?«
»Definitiv, ja. Ich werde trotzdem morgen mal mit den Hinterbliebenen sprechen, aber eigentlich mehr, weil mich sein Schicksal interessiert.«
»Gute Idee. Gab es heute sonst noch etwas in deinem aufregenden Kriminalerleben, das mich interessieren sollte?«
»Jede Menge, liebster Dominik. Aber genau darüber darf ich leider nicht mit dir sprechen. Datenschutz und Persönlichkeitsrechte, du weißt schon.«
»Och nö. Immer dieser verdammte Datenschutz und die blöden Persönlichkeitsrechte.«
Dieses Spiel war bei den beiden seit Langem zu einem beliebten Ritual geworden. Dominik gab den Neugierigen, Pia berief sich auf den Datenschutz und die Persönlichkeitsrechte *der Verbrecher*, um dann irgendwann doch mit ihm über die Details ihres meist überaus langweiligen Tagesablaufs zu sprechen. Das Paar hatte herausgefunden, dass diese Form der sozialen Hygiene den Tag perfekt abrundete und Pia nicht mit belastenden Gedanken im Kopf ins Bett gehen musste.
Deshalb erzählte sie ihm nun auch von den Ereignissen im Hause Plassert, war dabei noch immer aufgebracht

über die Art, wie der Versicherungsmanager mit seiner Frau umging und hatte doch so etwas wie Mitleid für den Mann übrig, der es nicht schaffte, aus seiner Haut zu kommen.
»Ja, das ist ein zwar nicht mehr so häufig wie früher anzutreffendes, aber doch immer noch zu beobachtendes Verhalten«, bemerkte Dominik, als sie ihren kleinen Vortrag beendet hatte. »Und aus Sicht des Soziologen natürlich höchst interessant. Denn dabei stellt sich natürlich die Frage, inwieweit Familie oder Familienverbände Einfluss auf das Leben des Einzelnen nehmen.«
Er schob den Stapel mit den Papieren aus Bellinis Praxis zur Seite und reckte sich. Dann jedoch verharrte er einen Moment und griff erneut zu den Unterlagen.
»Was ist los?«, wollte Pia wissen.
Dominik dachte eine Weile nach.
»Ich hatte gerade einen Gedanken, aber der ist vermutlich so abwegig, dass ich ihn am besten gleich wieder aus meinem Hirn streiche.«
»Und um was für einen *abwegigen Gedanken* handelt es sich?«, hakte Pia nach.
Wieder dachte ihr Mann ein paar Augenblicke nach.
»Hast du schon mal was von Männern gehört, die sich *Incels* nennen?«
»Nein. Wer oder was soll das sein?«
»Tja«, sinnierte Dominik, »das lässt sich leider nicht mit ein paar einzelnen Sätzen erklären. Und ich weiß nicht, ob ich dich mit diesem zugegeben ziemlich unappetitlichen Thema heute noch belasten will.«
Die Kommissarin grinste ihren Mann an.

»Du weißt schon, wie man jemanden neugierig macht, mein Lieber.«
»Echt? Das hat mir vor dir noch niemand gesagt«, grinste er zurück und stand auf. »Aber gut, wenn du willst, erzähle ich dir etwas über diesen Schlag Männer. Vorher hole ich mir aber noch ein Glas Wein, denn komplett nüchtern hält man das nur bedingt aus.«
»Und was ist mit mir?«, rief sie ihm hinterher.
»Du darfst schwanger sein, das muss reichen.«
»Schreibt man das I N C E L?«, wollte sie mit dem Tablet in der Hand wissen, als er wieder neben ihr saß.
»Genau, ja. Aber jetzt legst du das Ding und die Wikipedia zur Seite und hörst erst mal dem Experten zu, in Ordnung?«
»Ist ja schon gut«, brummte sie und folgte seiner Anweisung.
»Gut. Also diese Incels sind eine Gruppe von Männern, meistens jüngere, die unfreiwillig enthaltsam leben. Oder leben müssen, das kann jeder selbst entscheiden. Sie machen in der Hauptsache allerdings *die Frauen* für diesen Zustand verantwortlich, die nichts mit ihnen zu tun haben wollen.«
Er nippte an seinem Wein.
»Und ich will das jetzt auch gar nicht so auswalzen, weil ich, wie zuvor erwähnt, nicht daran glauben kann, dass es einen Zusammenhang zwischen dieser Gruppe und deinem Fall gibt. Aber als ich eben darüber nachgedacht habe, dass es Männer gibt, die zum Schönheitschirurgen gehen, ist mir ein Interview mit einem Arzt aus der Schweiz eingefallen, der in einer Doku mal zu diesem Thema befragt wurde. Wenn ich mich recht er-

innere, ging es dabei in der Hauptsache darum, dass die davon überzeugt sind, ihre Chancenlosigkeit beim anderen Geschlecht läge einzig und allein daran, dass ihre Kinnlade nicht dem klassischen weiblichen Schönheitsanspruch entspricht.«

»Ihre Kinnlade?«, fragte Pia. »Was hat das denn mit ihrer Kinnlade zu tun?«

Dominik hob den rechten Arm und wies auf sein Kinn.

»Nach deren Meinung, und natürlich auch nach meiner, bist du deshalb vom ersten Moment an auf mich abgefahren, weil ich ein überaus männliches, prägnantes Kinn mit mir herumtrage. Das hat mich als Sexualpartner für dich attraktiv gemacht.«

Pia schüttelte den Kopf.

»Mal abgesehen davon, dass *du* schwerpunktmäßig auf *mich* abgefahren bist und ich eigentlich gar nichts von dir wissen wollte, habe ich dir fast ausschließlich auf den Arsch geschaut. Der ist ganz süß, aber dein Kinn hat mich so was von überhaupt nicht interessiert.«

»Ha!«, rief Dominik. »Das *glaubst* du, aber die Wahrheit ist natürlich eine ganz andere.«

»Du hast vermutlich recht«, gähnte die Polizistin, »deine *Incels* dürften nicht die Bohne mit meinem Fall zu tun haben. Deshalb sollten wir das Thema, wie du selbst schon vorgeschlagen hast, nicht allzu doll breittreten.«

»Schon richtig«, stimmte er ihr mit einem Kopfnicken zu. »Aber was, wenn einer oder von mir aus auch mehrere dieser Männer sich beim gemeuchelten Dr. Schönheit das Kinn richten ließen? Und sich das von ihnen sehnsüchtig erwartete Ergebnis, nämlich, dass ihnen die

Frauen von dem Tag an praktisch die Bude einrennen, nicht eingestellt hat?«

»Ich komme immer noch nicht klar mit deinem Kinngedöns, Domi. Was sollte das alles mit dem Kinn des Mannes zu tun haben?«

Dominik stöhnte auf.

»Das Kinn ist nur ein Zeichen. Ein Synonym.«

»Aber du sagst doch, dass sie mit ihrem nach ihrer Meinung *unzureichenden Kinn* ihren Misserfolg bei Frauen begründen. Und das will mir einfach nicht in den Kopf.«

Wieder nahm er einen Schluck Wein.

»Lass uns die Sache einfach mal ein wenig abkürzen, Pia. Wenn du Lust hast, dann liest du ein paar Veröffentlichungen über die Szene, vielleicht erklärt dir das ja mehr, als ich es jetzt kann. Außerdem ist meine Beschäftigung mit dem Thema schon ein paar Jahre her und sie war auch nicht besonders intensiv. Und wenn du meinst, dass es was für dich ist und wenn dann vielleicht der eine oder andere von diesen Kandidaten hier sich das Kinn hat machen lassen, dann kannst du dich ja eingehender damit beschäftigen.«

»Ist das jetzt der berühmte Dominik-Prenzel-Trotz?«, wollte sie wissen, wobei ihr ein Lächeln über die Mundwinkel huschte.

»Nein, wo denkst du hin?«, erwiderte Dominik eine Spur zu schnell. »Ich bin der festen Überzeugung, dass da eigentlich nichts dran sein kann und brauche deshalb auch nicht trotzig zu sein. Wobei ich natürlich schon den absurden Vorwurf, jemals in meinem Leben trotzig gewesen zu sein, weit von mir weise. Ich bin nämlich ein überaus reflektierter Wissenschaftler, der an der Tür zur Promotion klopft und dessen größte Tragik es ist, dass ausgerechnet in seinem Fachgebiet kein Nobelpreis verliehen wird.«

»Ach du Scheiße«, murmelte Pia. »Ich hoffe mal für dich und damit natürlich auch für mich, dass das nicht noch schlimmer wird.«

20

Fabio Gambetta hatte sich alle für die Durchführung seines Plans notwendigen Utensilien innerhalb von drei Stunden besorgt. In der Nacht zuvor war er in einem Budget-Hotel mit Kartenzahlung per Automat am Rand der Stadt abgestiegen, wobei er penibel darauf geachtet hatte, dass keine der Überwachungskameras sein Gesicht zu sehen bekam. Die von ihm benutzte Kreditkarte war sauber, aber nicht zu ihm zurückzuverfolgen. Und als er für die Besorgungen am Mittag das Haus verlassen hatte, war er ebenso allen anderen Gästen wie auch den Mitarbeitern aus dem Weg gegangen. Das wäre allerdings gar nicht notwendig gewesen, weil er sein Aussehen im Verlauf der Nacht komplett verändert hatte. Die Haare waren nun dunkelbraun, er trug einen dichten Vollbart in der gleichen Farbe und eine Hipster-Brille mit dickem, schwarzem Rand. Bekleidet war er mit einem Holzfällerhemd, Jeans und dicken Wanderschuhen aus Leder. Auf dem Kopf trug er ein Basecap mit ausladendem Schild und dem weltbekannten Logo der New-York-Yankees. Und sollte er ein weiteres Mal von der Polizei überprüft werden, dann wäre er der Kunstprofessor John Dodd aus Omaha in Nebraska, der mit starkem amerikanischem Akzent zu den Beamten sprechen würde.

Aber dazu würde es, davon war er zu einhundert Prozent überzeugt, nicht kommen.
Auch bei seiner Rückkehr ins Hotel hatte er sein Gesicht mit Erfolg aus den Blickwinkeln der Kameras herausgehalten, am Check-In-Automaten eine weitere Nacht bezahlt und sich schließlich auf das erstaunlich bequeme Bett geworfen, um noch eine Weile zu ruhen.
Nun waren alle eingekauften Dinge in einem Rucksack verstaut, den er sich über die Schulter warf, und machte sich auf den Weg. Einen genau festgelegten, ausgefeilten Plan hatte er nicht, den hatte er eigentlich niemals. Er wusste, was er erreichen wollte und er wusste, wie er es erreichen würde. Der Rest war die von ihm so überaus geschätzte Improvisation.
»Guten Tag«, hatte der Mann in den grauen Arbeitsklamotten, der ihm auf dem Weg in die Tiefgarage des Elisabeth-Krankenhauses begegnete, gesagt.
»Hi«, hatte Fabio Gambetta kurz zurückgegeben und dabei darauf geachtet, dass der Andere sein Gesicht nicht zu sehen bekam.
Dann war er an den parkenden Autos vorbei ins Innere des Gebäudes gegangen, hatte nach einer Toilette gesucht, sich dort umgezogen und alle weiteren Vorbereitungen getroffen. Nun war er ein Patient mit Schlafanzug, Bademantel und schlurfendem, kraftlosem Gang. An seiner linken Hand trug er eine Venenverweilkanüle, das rechte Auge samt Stirnseite lag unter einem dicken Verband. Über der dazugehörigen Gesichtshälfte waren deutlich Reste von braun gefärbtem Desinfektionsmittel zu erkennen.

»Hallo«, begrüßte Gambetta die beiden Männer und die Frau, die auf einer kleinen Terrasse saßen und rauchten. »Kann ich mich zu Ihnen gesellen? Ich muss ganz dringend eine rauchen.«
»Klar, komm ruhig näher«, erwiderte die Frau munter. »Und sag ruhig du, hier draußen sind wir nämlich immer alle per du.«
Die Männer nickten, einer bot Gambetta sogar eine Zigarette an. Der lehnte dankend ab und kramte eine deutlich mildere Sorte aus seiner Bademanteltasche.
»Na, was haben sie denn mit dir veranstaltet?«, wollte die Frau wissen. »Grauer Star, oder was?«
»Nee«, gab Gambetta lächelnd und mit Blick auf die qualmende Zigarette in seiner rechten Hand zurück. »Hab was im Kopf. Ist aber zum Glück kein Tumor.«
»Dann ist ja gut.«
Die vier rauchten schweigend, bis Gambetta nach einem tiefen Zug in die Runde sah.
»Ganz schön viel Polizei hier, oder? Und erst die vielen Reporter. Man könnte fast meinen, dass eine richtig berühmte Person hier eingecheckt hat.«
Einer der Männer schüttelte den Kopf.
»Nein. Sie haben doch diese Frau hier eingeliefert, die dem Doktor sein bestes Stück abgebissen hat.«
»Was?«, rief Gambetta perplex. »Eine Frau hat … warum macht man denn so was?«
»Sag mal, guckst du kein Fernsehen? Oder bist du gar nicht im Internet? Da redet doch die ganze Stadt drüber.«
»Nee, ich darf im Moment weder was lesen noch fernsehen. Und Radio ist nichts für mich, weil die immer so

komische Musik spielen. Außerdem habe ich sowieso die Lesebrille für das linke Auge zu Hause vergessen.«
»So jung«, brummte der andere Mann, »und schon so schlechte Augen.«
»Ja. Als Kind hatte ich eine Brille, wegen der mich alle gehänselt haben. Aber vor ein paar Jahren habe ich mir die Augen lasern lassen und seitdem brauche ich die Brille nur noch zum Lesen.«
»Ja, hat meine Tochter auch machen lassen. Die arme hatte ganz schön viele Probleme, bis endlich alles in Ordnung war.«
»Echt? Das tut mir leid. Bei mir hat alles reibungslos geklappt.«
»Haste wohl Glück gehabt.«
Gambetta nickte.
»Ja, vermutlich. Aber warum ist die Frau denn hier im Krankenhaus, wenn sie doch einem Kerl den Pimmel abgebissen hat? Hat sie sich dran verschluckt, oder was?«
Die drei lachten leise.
»Nein, verschluckt hat sie sich wohl nicht an seinem Ding. Aber irgendjemand hat sie wohl ziemlich derbe zugerichtet hinterher. So viel, wie ich gehört habe, weiß die Polizei aber noch gar nicht, wie das alles zusammenpasst.«
»Wie gehts denn dem Typen? Der muss ja jetzt wohl ohne seinen Dödel auskommen, oder was?«
Die Frau schüttelte den Kopf, während sie ihre Zigarette ausdrückte.
»Nein, der ist tot. Verblutet. Stand jedenfalls so in der Zeitung.«

»Ach du Scheiße«, murmelte Gambetta betroffen. »So einen Tod wünscht man ja seinem ärgsten Feind nicht.«
»Ja. Da kann man nur hoffen, dass die letzten Minuten bis dahin wenigstens schön gewesen sind.«
Wieder lachten die drei.
»Und weil die hier im Krankenhaus liegt, ist so viel Polizei unterwegs?«
»Klar. Die haben wahrscheinlich Angst, dass sie abhaut.«
»Wo liegt die denn?«
»Im vierten Stock, auf Station H4. Aber man kommt nicht mal in ihre Nähe, weil sie den ganzen Tag von einem Polizisten bewacht wird.«
»Ach, das ist ja interessant«, murmelte Gambetta und ging Richtung Eingang. »Und jetzt will ich lieber wieder ins Bett. Ich hätte nämlich nicht gedacht, dass die erste Zigarette nach der OP so reinhaut. Danke für eure nette Gesellschaft, wir sehen uns bestimmt mal wieder.«
»Ja, machs gut«, sagte die Frau und griff zu ihrer Zigarettenschachtel, um sich eine weitere Fluppe in den Mund zu stecken.
Gambetta schlurfte langsam auf den Lift zu, wandte sich am Ende des Flurs jedoch nach links und betrat das Treppenhaus. Dort ging er zwei Etagen nach unten und stand kurz darauf vor einer Tür mit der Aufschrift *Magazin.* Er sah sich unauffällig um, drückte die Klinke herunter und verschwand in dem Lagerraum. Keine Minute darauf hatte er den Rucksack unter dem letzten Treppenabsatz versteckt und war wieder auf dem Weg nach oben, doch diesmal benutzte der Killer den Fahr-

stuhl, weil er einen Infusionsständer neben sich herschob. An dessen oberem Ende war ein Beutel eingeklinkt, von dem ein dünner, transparenter Schlauch zur Kanüle an seiner linken Hand führte.
Im Fahrstuhl drückte Gambetta auf den Knopf für die vierte Etage, lehnte sich mit dem Rücken an die hintere Edelstahlwand und stellte zufrieden fest, dass so etwas wie Vorfreude in ihm aufstieg.
Das gedämpfte akustische Zeichen, das mit der Ankunft des Lifts verbunden war, ließ ihn sich abstoßen und auf die Türen zugehen, die im selben Augenblick auseinander glitten.
Station G4 stand in nicht sehr großen Lettern über der Milchglastür, auf die Fabio Gambetta nun blickte. Er nickte zwei Männern zu, die sich an ihm vorbeidrängten und den Lift bestiegen, trottete schwer atmend, mit schleppenden Schritten und dem leise quietschenden Infusionsständer an seiner linken Hand, nach rechts und stand etwa 20 Sekunden später vor einer weiteren Milchglastür. Über der konnte er in der gleichen Schrift und der gleichen Größe *Station H4* lesen. Der Italiener mit den urdeutschen Wurzeln schloss die Augen, atmete tief ein, behielt die Luft eine Weile in seinen Lungen und ließ sie wieder entweichen. Dann öffnete er die Augen und zog den rechten Flügel der Tür auf.
Der Uniformierte, der mit einem Magazin in den Händen etwa 12 Meter von ihm entfernt auf dem Flur saß, hob kurz den Kopf, taxierte den rasselnd atmenden Mann mit dem Infusionsständer an seiner linken Seite und senkte den Blick wieder. Es schien gerade so, als würde er dem Besucher keine Bedeutung beimessen.

Gambetta näherte sich ihm weiterhin mit langsamen Schritten, immer darauf bedacht, den Kopf ein wenig gesenkt zu halten. Als er noch etwa drei Meter von dem jungen Beamten entfernt war, blieb er stehen, fing an zu husten und verkrampfte seinen Oberkörper dabei. Mit einem knarzenden Stöhnen stellte er sich kerzengerade aufrecht und fasste sich an den Rücken. Dort griff er mit der rechten Hand durch den Schlitz, den er für diesen Zweck an der Stelle angebracht hatte und als die Hand wieder zum Vorschein kam, lag eine kleine Pistole mit einem Schalldämpfer vor der Mündung darin. Die Bewegung mit der Waffe verlief so flüssig, dass der Polizist die Bedrohung erst im letzten Moment wahrnahm. Das war allerdings genau der Moment zu spät. Das Projektil, dessen Austrittsgeräusch aus dem Lauf nicht lauter als das Platzen einer Knallerbse war, trat ihm unter dem linken Auge in den Kopf ein und blieb einen halben Millimeter neben seiner Wirbelsäule stecken. Gambetta bewegte sich katzenartig nach vorn, fing den zur Seite taumelnden Oberkörper ab und legte ihn über die beiden nebeneinander stehenden Stühle. Dann wandte er sich nach rechts und drückte die Klinke der vom Flur abgehenden Tür nach unten.
Ein Arsenal an medizinischen Apparaten und Monitoren. Und ein Mann.
Zurück.
Die Tür links von der Stuhlreihe.
Wieder viele Apparate und Monitore. Und eine Frau, deren Gesicht mehr zu erahnen als zu erkennen war. Der Killer betrat mit langsamen, federnden Schritten den abgedunkelten Raum. Und nahm plötzlich eine

weitere Frau wahr, die mit erstaunten Augen auf die noch leicht rauchende Waffe starrte, und deren Blick sich dann direkt auf sein Gesicht heftete.

21

Pia Ritter stand von der Toilette auf, spülte, wunderte sich erneut kopfschüttelnd über die abenteuerliche Menge, die sie gerade gelassen hatte und ging langsam zu ihrem Schreibtisch. Dominik war mit seinen alten Freunden und Studienkollegen auf dem Bolzplatz, ihr war wieder ein wenig übel, und dazu war ihr dieses komische Wort nicht mehr aus dem Kopf gegangen, mit dem ihr Mann sie konfrontiert hatte.
Sie fuhr den Computer hoch, wählte die Seite der Wikipedia und gab es ein.

Incel

(Kofferwort aus involuntary, dem englischen Wort für ‚unfreiwillig', und celibate, dem englischen Wort für ‚sexuell enthaltsam', wörtlich: zölibatär) ist die Selbstbezeichnung einer in den USA entstandenen Internet-Subkultur von heterosexuellen Männern, die nach Eigenaussage unfreiwillig keinen Geschlechtsverkehr bzw. keine romantische Beziehung haben und der Ideologie einer hegemonialen Männlichkeit anhängen. Von Incels ausgedrückte Überzeugungen und Gefühle sind geprägt von Mysogynie (Frauenfeindlichkeit), dem Anspruch, ein Recht auf Sex zu haben, Selbstmitleid und

in Teilen der Billigung und Anwendung von Gewalt gegen Frauen und gegen sexuell aktive Männer.

»Hm«, machte sie und las weiter.

Geschichte
Der Ausdruck ‚Incel' war ursprünglich rein deskriptiv und geht zurück auf eine kanadische Studentin, die 1997 mit der Online-Selbsthilfegruppe „Alana's Involuntary Celibacy Project" schüchternen Menschen aller sexuellen Orientierungen ein Forum geben wollte. Nachdem sie es im Jahr 2000 verlassen hatte, entwickelte es sich zu einem Hassforum heterosexueller Männer, die den Terminus als Selbstbezeichnung übernahmen. Nur noch selten wird in der Gegenwart das Kofferwort Incel als Synonym für „unfreiwillig ohne eine intime Beziehung und ohne sexuelle Betätigung Lebende(r)" benutzt.
Der ideologische Ursprung der heutigen, frauenfeindlich ausgerichteten Incel-Subkultur wird in Boards wie 4chan gesehen, dort insbesondere im Subboard „ROBOT 9001" und „politically incorrect".

Der Geschlechterforscherin Franziska Schutzbach zufolge arbeite die Szene in den USA zunehmend mit rechtsnationalen Bewegungen zusammen, die sich dort vor allem in der Alt-Right-Bewegung formieren. Laut dem Southern Poverty Law Center ist Frauenfeindlichkeit mehr und mehr zur „Einstiegsdroge für Extremisten" geworden. Auch Elliot Rodger, den Amokläufer von Isla Vista, rechnet es aufgrund seiner Misogynie und Abneigung gegen interrassische Paare der Alt-Right zu.

(Geplante) Anschläge

In den Fokus der Medien geriet die Incel-Szene erst nach der Amokfahrt in Toronto 2018, bei der 10 Menschen ums Leben kamen. Der Attentäter war ein bekennendes Mitglied der Incel-Subkultur. Er hatte zuvor auf Facebook von der „Incel Rebellion" geschrieben und auf den Täter des Amoklaufs von Isla Vista verwiesen, der von Teilen der Incel-Community als Held gefeiert wird. Im November 2018 drang ein 40-jähriger Mann in ein Yoga-Studio in Florida ein und erschoss zwei Frauen, bevor er sich selbst tötete. In Youtube-Videos hatte er sich als „Incel" bezeichnet sich dazu bekannt, Sympathisant des Täters von Isla Vista zu sein, sowie Hass auf Frauen und rechtsextreme Ansichten geäußert. Auch Stephan B., der am 9. Oktober 2019 ein Attentat auf eine Synagoge und einen Döner-Imbiss in Halle (Saale) beging, hat laut NDR Bezüge zur „Incel"-Ideologie. Während seiner Tat hörte er ein Lied, das der „Incel"-Szene gewidmet ist und sich auf die Amokfahrt von Toronto bezieht. Forscher zählten im April 2020 fast 50 Opfer von durch Incels begangenen Tötungsdelikten und insgesamt 90 Gewaltdelikte, die in Zusammenhang mit Incel-Ideologie stehen. Im Juli 2021 wurde in Ohio eine 21-jährige verdächtige Person festgenommen, die laut monatelanger Ermittlungen regelmäßig auf einschlägigen Seiten der Incel-Community postete und einen „Incel"-Terroranschlag geplant hatte. Die Person strebte dabei an, bis zu 3.000 Menschen zu töten und besaß illegal ein Maschinengewehr.

Eine Analyse, die die Attentäter aus dem Incel-Umfeld untersuchte, fand bei ihnen ein Gefühl der Hilfs- und Hoffnungslosigkeit, welches dabei mit Schwierigkeiten am Arbeitsmarkt, aber auch mit fehlenden sozialen Beziehungen und zum Teil familiären Problemen verbunden war; sie projizierten dieses Gefühl jedoch primär auf ihre Ablehnung durch Frauen. Kontrovers wird die Frage diskutiert, ob die von „Incel"-Anhängern begangenen Gewalttaten als Terrorismus eingestuft werden sollen. Während dies in Kanada der Fall ist, gibt es in den USA Vorbehalte gegen eine solche Einstufung. Kritik gegen eine solche Einstufung verweist darauf, dass die Gewalttaten und Befürwortung von Gewalt von einer kleinen Minderheit ausgehe, während in der Incel-Community vor allem psychische Probleme vorherrschend seinen, für deren Adressierung eine Einstufung als Terrorismus nicht hilfreich sei.

Ideologie

„Incels" betrachten sich oft als Männer dritter Klasse, die sich von Frauen sexuell und romantisch zurückgewiesen fühlen und jene hassen, die Sex haben. Sie glauben, dass sowohl Dating als auch die komplette soziale Hierarchie durch das äußere Erscheinungsbild determiniert wird (Lookismus). Man könne die Attraktivität angeblich an einer Skala, der sogenannten „sexual marketplace value", kurz „SMV", zu Deutsch „sexuel-

ler Marktwert", messen. An der Spitze stünden dabei die Männer, die von Frauen als besonders körperlich attraktiv empfunden würden, die sogenannten „Chads" oder „Alphas". Diese würden rund 20 Prozent der Männer ausmachen. Durchschnittlich attraktive und sexuell aktive Männer werden als „Normies" bezeichnet. Incels würden – bedingt durch ihr physisches Erscheinungsbild – ganz unten in der Hierarchie stehen. Frauen werden wiederum in „Stacies" (hyperfeminin, attraktiv) und nach Meinung der „Incels" weniger attraktive „Beckies" unterteilt. Unter Incels wird zudem unterstellt, besonders junge (und minderjährige) Frauen seien attraktiv und diese Attraktivität sei evolutionsbiologisch begründet. Nach Ansicht der „Incels" würden Frauen – ungeachtet ihrer eigenen Attraktivität – nur nach Partnerschaften mit den o. g. „Chads" streben (was in der Ideologie als „Hypergamie" bezeichnet wird). Dating-Apps würden diese Tendenz verstärken. Sie selbst hätten daher keine Chance, eine Partnerschaft mit einer Frau zu begründen. Diese nihilistische Einstellung bezeichnen sie selbst als „Blackpill". Dabei gehen sie davon aus, dass die Partnerwahl vor der sexuellen Revolution nach dem Prinzip des sogenannten „Looks-Matching" funktioniert habe, wonach Menschen Partner mit einer ähnlichen „Attraktivitätsstufe" gehabt hätten. Dieses Prinzip sei aber durch Feminismus bzw. die sexuellen Revolution aufgehoben worden, was nun zu einem Ungleichgewicht geführt habe.

Für diese Überzeugungen insbesondere hinsichtlich der behaupteten „Hypergamie" und Online-Dating zitieren Incels wissenschaftliche Erkenntnisse höchst selektiv und vernachlässigen Fakten, die nicht zu ihren Vorstellungen passen. Eine Datenauswertung durch Forscher an der Carnegie Mellon University lässt es zweifelhaft erscheinen, ob die behauptete Geschlechterdifferenz bei der Verteilung der Sexualkontakte – selbst nach Aufkommen von Dating-Apps – überhaupt existiert, was der Vorstellung von „Hypergamie" widerspreche. Ferner berufen sich die Anhänger der Communities auf vermeintliche Erkenntnisse der evolutionären Psychologie. Leif Edward Ottesen Kennair, Professor für diese Fachrichtung, weist die Vorstellungen der Incels jedoch als „naiven biologischen Determinismus" zurück, der auf einer „banalen Version der evolutionären Psychologie, die sonst nur von den Gegnern dieses Ansatzes vertreten wird" basiere.

Das geteilte Leid und geteilte Erfahrungen des Unglücklichseins spielen in den Communities eine zusammenhaltsstiftende Rolle, während das Gefühl gesellschaftlichen Ausgeschlossenseins auch zur Legitimation von Gewalt herangezogen wird. Die Ideologie der Incels beinhaltet auch Pläne zu einem Aufstand gegen das System („Beta Male Uprising"), in dessen Zuge bei Attentaten möglichst viele Frauen und sexuell aktive Menschen umgebracht werden sollen, wobei Gewalt nicht von allen Mitgliedern befürwortet, aber häufig zumindest toleriert wird.

Die Ideologie zeichnet sich durch einen starken Frauenhass aus. Frauen werden oft dehumanisierend als „Femoids“ oder „Female Humanoids“ bezeichnet (deutsch: „weibliche menschenähnliche Geschöpfe“). Frauen seien von Natur aus böse, oberflächlich, fortpflanzungsorientiert und narzisstisch. Ferner spielt Rassismus in der Incel-Ideologie eine Rolle, etwa in der Betonung der biologischen Minderwertigkeit nichtweißer Menschen oder in der vom Amokläufer von Isla Vista propagierten Vorstellung, er hätte als Weißer Anspruch auf Sex. Allerdings werfen Teile der Szene Frauen Rassismus vor, da diese, laut ihnen, nichtweiße Männer sexuell ablehnen würden.

Die junge Kommissarin streckte sich, schluckte gegen die erneut in ihr aufkommende Übelkeit an und schüttelte angewidert den Kopf.
»Es gibt auf dieser Welt eindeutig zu viel kranke Scheiße«, murmelte sie und trottete erneut zur Toilette. Nachdem sie sich wieder gesetzt hatte, ging sie auf die Seite *Amoklauf von Isla Vista*, auf den in dem Incel-Artikel verwiesen worden war.

Amoklauf von Isla Vista

Der Amoklauf von Isla Vista ereignete sich am 23. Mai 2014 in Isla Vista in der Nähe des Campus der University of California, Santa Barbara in Kalifornien. Ein 22-jähriger Täter tötete sechs Menschen und verletzte vierzehn andere Personen, bevor er sich mit einem Schuss in den Kopf selbst tötete.

Tathergang

Vorbereitung

Im September 2012 besuchte der Täter nach eigenen Angaben eine Schießanlage in Oxnard, Kalifornien, um das Schießen zu üben. Im November oder Dezember 2012 kaufte er seine erste Handfeuerwaffe, eine Glock 34, in einem örtlichen Waffengeschäft in Goleta. Er schrieb in seinem Manifest, dass er sich für die Glock 34 entschieden hatte, weil sie seinen Recherchen nach eine „effiziente und sehr zielgenaue Waffe" sei. Für den Kauf der Pistole verwendete er 700 USD des Geldes, das ihm Familienmitglieder für seine Universitätskurse gegeben hatten.

Im Frühling 2013 kaufte er in Oxnard eine zweite Waffe, eine SIG Sauer P226, für 1.100 USD. Diese sei von viel höherer Qualität als die Glock, schrieb er, und viel effizienter. Im Laufe des Jahres erwarb er eine dritte Waffe in Burbank sowie 400 Patronen. Die Kosten seien ihm gleichgültig, weil er über 5000 USD auf seinem Bankkonto für seinen „Tag der Abrechnung" zurückgelegt hatte.

Verlauf

Am Morgen des 23. Mai 2014 tötete der Täter drei Studenten der University of California, Santa Barbara in seiner Wohnung in der Seville Road in Isla Vista. Auf die drei Männer wurde nach Angaben des zuständigen County-Sheriffs mehrmals eingestochen. Die Polizei fand am Tatort neben einem Messer und zwei Macheten

auch einen Hammer, gab jedoch nicht bekannt, welche Waffe der Täter verwendet hatte. Zwei der drei Studenten waren seine Mitbewohner, das dritte Opfer war ein Besucher, der in der Wohnung übernachtet hatte.
Am Abend des selbigen Tages fuhr der Täter zum Haus der Studentinnenverbindung Alpha Phi nahe dem Campus der University of California in Santa Barbara. Als die Frauen auf sein minutenlanges Klopfen an der Tür nicht reagierten, schoss er auf Studentinnen der Verbindung Delta Delta Delta auf dem Gehweg in der Nähe des Verbindungshauses. Zwei Frauen wurden getötet und eine wurde verwundet. Danach verletzte der Täter auch einen Mann und eine Frau auf der Straße. Anschließend fuhr er in seinem Auto zwei Häuserblocks zum Feinkostgeschäft Isla Vista Deli Mart, wo er einen weiteren Studenten erschoss. Um näher an dem Bürgersteig zu sein, hielt sich der Täter auf der linken Spur und feuerte aus dem Auto auf zwei Fußgänger und verletzte beide. Er rammte einen Fahrradfahrer mit seinem Auto und feuerte weitere Schüsse auf Fußgänger. Vier Polizisten trafen am Ort ein, drei von ihnen lieferten sich mit dem Täter einen Schusswechsel. Rodger wurde in die Hüfte getroffen. Als er davonfuhr, rammte er einen zweiten Radfahrer und kollidierte dann mit mehreren geparkten Autos. In dem Auto nahm er sich dann mit einem Kopfschuss das Leben.

»Meine Fresse«, murmelte sie, »wo bin ich denn da hineingeraten?«
Und weil es einer ihrer unverrückbaren Grundsätze war, sich niemals ausschließlich auf die Inhalte der Wi-

kipedia zu verlassen, gab sie den Begriff in eine Suchmaschine ein. Vom Ergebnis überrascht zog die Polizistin die Augenbrauen hoch und schnalzte mit der Zunge. »Das wird ja immer besser.«
Sie las Berichte auf den Seiten des Norddeutschen Rundfunks, des Deutschlandfunks, des Deutschen Bundestages und einige weitere Publikationen. Irgendwann, als sie längst müde und erschöpft auf den Monitor starrte, bekam sie auch den Film zu sehen, von dem Dominik gesprochen hatte und in dem es primär um die Kinnpartie von Männern ging, die sich der Incel-Ideologie zugehörig fühlten. Das Fernsehteam hatte dem interviewten plastischen Chirurgen, offenbar einem Schweizer, Bilder von jungen Männern vorgelegt und ihn um seine Meinung dazu gebeten. Die einzige Stellungnahme des Mediziners war immer wieder ‚average' gewesen, also *durchschnittlich*. Die *nicht männliche Kinnpartie* bei den Männern war seiner Meinung nach nur in deren subjektiver Betrachtung vorhanden.
Wäre Pia in diesem Moment danach gefragt worden, ob ihre gerade wieder stärker werdende Übelkeit eher mit ihrer Schwangerschaft oder der Auseinandersetzung mit dem Thema Incel zu tun haben könnte, hätte sie sich nicht zu einer abschließenden Bewertung fähig gefühlt. Eine Tendenz allerdings lag nahe.
Sie schaltete den Computer aus und war gerade auf dem Weg ins Bad, als sich ihr Telefon meldete.
»Ja, Thilo, was gibts denn?«
»Komm am besten gleich zum Elisabeth-Krankenhaus, Pia. Hier brennt nämlich die Luft.«

22

Hätte Fabio Gambetta in dem Augenblick geschossen, in dem er die Frau wahrgenommen hatte, wäre er mit dem befriedigenden Gefühl, einen erstklassigen Job abgeliefert zu haben, vermutlich schon wieder auf dem Weg zurück ins Sauerland. Allerdings war er beim Anblick der etwa 50-jährigen Frau eine Winzigkeit lang unkonzentriert gewesen. Und sie hatte sofort wie eine Sirene angefangen zu schreien. Sein nächster Impuls war natürlich, ihr ein paar Kugeln in Körper und Kopf zu jagen. Er unterließ es aber, weil sie diesen Impuls wohl instinktiv wahrnahm, schlagartig verstummte und nur noch mit verzerrtem Gesicht auf die Mündung der Waffe starrte. Gleichzeitig ertönten vom Flur her aufgeregte Stimmen, untermalt von hektischen Schritten. Gambetta drehte sich um, richtete die Waffe auf die Tür und rannte hinaus. Dort war eine weiß gekleidete Krankenschwester gerade dabei, sich über den noch immer reglos über den Stühlen hängenden Polizisten zu beugen. Auch sie fing beim Anblick des Mannes mit der Waffe sofort an zu schreien. Hinter ihr drängten sich weitere Bedienstete des Hospitals aus einem Raum auf der rechten Seite und die Milchglastür in den Flur. Der Killer behielt die Waffe im Anschlag und stürmte weiter vorwärts. Die Menschen auf dem Flur schrien bei seinem Anblick auf; manche warfen sich auf den Boden, andere pressten ihr Gesicht gegen die Wand und verschränkten die Arme schützend hinter dem Kopf. Kurz darauf war der Italiener durch die Tür, hastete aufs Treppenhaus zu, verschwand darin und sprang, immer mehrere Stufen auf einmal nehmend, abwärts. Mit einer schnellen Bewegung schnappte er sich seinen unter der Treppe deponierten Rucksack und hastete weiter. Der Schweiß lief ihm in Strömen über das Gesicht, als er schließlich das Parkdeck erreicht hatte. Gambetta achtete nicht darauf, sondern rannte weiter. Irgendwo im Hintergrund nahm er die Sirenen von Polizeiwagen wahr, doch er schenkte ihnen keine Aufmerksamkeit. Was er sofort erreichen musste, war Entfernung zwischen sich und den Ort seines bisher größten Versagens zu bringen. Dem Ort seiner bisher größten Niederlage, das war schon jetzt klar.

Mit einem schnellen Rundumblick versicherte er sich, dass ihn niemand beobachtete, ließ sich vor einem großen SUV nieder und zog sich hastig um. Als Nächstes riss er den angeklebten Vollbart herunter und zog sich die Perücke vom Kopf. Zum Schluss stopfte er die ganzen Utensilien seiner Patienten-Scharade in den Rucksack und schleuderte ihn unter den Geländewagen. Dann richtete er sich auf, blickte erneut einmal im Kreis und ging schließlich mit langsamen, federnden Schritten auf die Ausfahrt zu. Dort bog er nach rechts ab und hatte kurz darauf das Rathaus und die sich anschließende Fußgängerzone erreicht. Hier waren wegen der Documenta im Gegensatz zu sonstigen Zeiten noch sehr viele Menschen unterwegs. Der Killer hoffte, unter den Ausstellungsbesuchern nicht aufzufallen, was ihm auch perfekt gelang, bis er den Friedrichsplatz in Sichtweite hatte. Dort standen vier Polizeiwagen mit zuckenden Blaulichtern auf den Straßenbahnschienen und es wimmelte von Beamten mit Splitterwesten und quer darüber liegenden Maschinenpistolen. Ein kurzer Blick zurück bestätigte seine Vermutung, dass auch das obere Ende der Flaniermeile mittlerweile abgesperrt war. Also bewegte er sich nach links, wo zwei etwa 50-jährige Frauen sich bemühten, die für sie offenbar kryptische Documenta-Broschüre zu entziffern.

»Kann ich Ihnen helfen?«, wollte er freundlich wissen.

»Wie bitte?«, fragte die kleinere der beiden schulterzuckend zurück, weil seine Worte vom Kreischen einer Polizeisirene übertönt worden waren. »Ich habe Sie nicht verstanden.«

»Ich habe gefragt«, rief er laut, »ob ich Ihnen vielleicht helfen kann. Sie sehen ein wenig verzweifelt aus, um ehrlich zu sein.«

»Ach nein, lassen Sie mal. Wir waren nur etwas unsicher, was den Weg zu unserem Hotel angeht, haben ihn aber gerade gefunden. Aber vielen Dank, Ihr Angebot ist sehr freundlich.«

»In welchem Hotel sind Sie denn?«, fragte Gambetta lächelnd.

Die Frau tauschte einen kurzen, fragenden Blick mit ihrer Begleiterin aus, die deutlich sichtbar den Kopf schüttelte.

»Nehmen Sie es nicht persönlich, aber wir brauchen keine Hilfe. Vielen Dank.«

»Ist ja schon gut«, brummte der Italiener leise, wandte sich ab und wollte den Nebeneingang eines Kaufhauses betreten. Von dort jedoch kamen ihm ebenfalls schwer bewaffnete Uniformierte entgegen, sodass ihn nichts anderes übrig blieb, als seinen Weg Richtung Friedrichsplatz fortzusetzen. Hier hatten die Polizeikräfte mittlerweile Sperren aufgebaut und ließen die sich davor stauenden Menschen nur einzeln und nach genauer Inaugenscheinnahme passieren. Gambetta sah sich immer wieder um, ob er vielleicht eine der anstehenden Frauen in ein Gespräch würde verwickeln können, aber es ergab sich nichts. Vor ihm drängte sich nur noch eine ängstlich auf die martialisch aussehenden Beamten starrende Gruppe Asiaten, dann war er an der Reihe.
»Guten Abend«, sprach er den Uniformierten mit starkem amerikanischem Akzent an und nickte dazu freundlich. »Was ist denn hier passiert?«
»Ihren Ausweis, bitte«, forderte der blau gekleidete Mann, ohne auf seine Höflichkeitsfloskeln einzugehen.
»Wow, das tut mir leid, den habe ich gar nicht dabei. Ich wollte nur ein paar Kleinigkeiten einkaufen und dachte natürlich nicht, dass ich ihn brauchen könnte.«
»Dann folgen Sie mir bitte.«
Gambetta, der noch immer stark schwitzte, lächelte in die Runde.
»Natürlich, kein Problem.«
Damit folgte er den beiden Beamten, die die Sperre geöffnet hatten und ihn an den Armen packten.
»Aber, aber, das ist doch wirklich nicht nötig«, protestierte der Killer leise und ließ sich widerstandslos weg-

führen. Dann jedoch fing er an zu röcheln, griff sich mit der rechten Hand an die linke Brustseite und sank kraftlos auf die Knie.
»He, was ist denn mit Ihnen?«, wollte der links von ihm gehende Polizist wissen. »Geht es Ihnen nicht gut?«
»Sieht für mich aus, als hätte er einen Herzkasper«, murmelte sein Kollege und ließ Gambettas Arm los. Mit dieser nur allzu menschlichen Reaktion hatte der Italiener gerechnet. Er griff zu seiner im Unterschenkelholster steckenden Pistole und gab in schneller Folge drei Schüsse ab. Zwei streckten den links von ihm stehenden Beamten nieder, der dritte traf dessen Kollegen mitten in die Brust. Dann sprang er auf und rannte im zickzack davon. An einem Modegeschäft vorbei, durch den Dunst eines asiatischen Schnellimbisses und kam schließlich am oberen Ende der kleinen Passage an. Dort wollte er gerade nach links abbiegen, als er mit einer jungen Frau auf einem Elektroroller kollidierte. Beide stürzten zu Boden, doch Gambetta hatte sich viel schneller gefangen, war blitzartig wieder auf den Beinen, griff sich den Lenker des Scooters und hob ihn auf. Im Wegfahren hörte er die Frau noch »He, das ist mein Scooter!« rufen, doch da war er schon knapp um die nächste Straßenecke.
Den Leihroller stellte er bei der nächstbesten Gelegenheit in eine Reihe weiterer dieser Gefährte ab und ging mit schnellen Schritten davon. Er wusste, dass er etwa einen halben Kilometer Luftlinie von einem sicheren Unterschlupf entfernt war, aber ob er es auch bis dahin schaffen würde, war definitiv nicht ausgemacht. Trotzdem ging er mit raumgreifenden Schritten ebenso

schnell wie unauffällig weiter. Etwa 30 Meter vor ihm bremste in diesem Moment ein Fahrradfahrer auf der Straße ab, weil er offenbar eine Bekannte oder Freundin getroffen hatte, die auf der gleichen Bürgersteigseite wie Gambetta ging, und lehnte sein Rad an einen dort aufgestellten Bauzaun. Dann nahm er seine Bekannte, die er vermutlich länger nicht gesehen hatte, stürmisch und innig in den Arm. Die Tatsache, dass der interessierte Beobachter der Szene sich auf das Rad schwang und mit kraftvollen Pedaltritten davon fuhr, bekamen die beiden erst mit, als es schon deutlich zu spät war. Ziemlich genau drei Minuten später ließ Gambetta das Fahrrad an einer Hauswand stehen und brachte die letzten 150 Meter des Wegs zu Fuß hinter sich. Vor dem Restaurant der Basiles zog er sich die Basecap so tief ins Gesicht wie nur möglich, betrat die Gaststätte durch den Biergarten und baute sich schließlich vor Lino Basile in dessen Küche auf.

»Guten Abend«, sagte er müde lächelnd. »Hätten Sie einen ruhigen Platz übrig für einen ganz besonderen Gast? Es kann auch einer in einem Lagerraum sein, ich bin heute nicht wählerisch.«

23

Pia hatte keine zehn Minuten gebraucht bis zum Krankenhaus. Dort brannte wirklich die Luft, so wie es ihr von Hain angekündigt worden war.
»Was ist passiert?«, wollte sie von ihrem Boss wissen, nachdem sie sich zu ihm in die Eingangshalle vorgekämpft hatte.
»Große Scheiße. Wir haben leider einen Kollegen verloren und wie es aussieht, sind zwei weitere am Friedrichsplatz verletzt worden. Einen davon hat es ziemlich übel erwischt.«
»Aber von wem denn, Thilo?«
»Von demjenigen, der offenbar versucht hat, Lisa Werner zu töten.«
»Und? Hat er …?«
»Nein, hat er nicht. Sie hatte wohl gerade Besuch von ihrer Mutter, was ihr das Leben gerettet haben könnte.«
Die junge Kommissarin schnaufte durch.
»Dann jetzt mal alles auf Anfang und Schritt für Schritt. Was genau ist hier passiert?«
Hain informierte seine Kollegin über jene Details, die er bereits wusste.
»Und was ist mit Lisa Werners Mutter? Hat die auch was abbekommen?«, wollte sie wissen, nachdem ihr Kollege seinen kurzen Vortrag beendet hatte.

»Nur einen kleinen Nervenzusammenbruch, wenn man das mit *nur* umschreiben will. Sie ist oben und wird behandelt.«
»Und über die Sache am Friedrichsplatz weißt du noch nicht mehr?«
»Nein, leider nicht. Einem der uniformierten Kollegen ist ein Mann merkwürdig vorgekommen, weshalb er ihn überprüfen wollte. Der Kerl hat allerdings sofort geschossen und ist dann stiften gegangen.«
»Und es ist sicher derjenige, der auch hier am Werk war?«
Hain bedachte seine Kollegin mit einem mitleidigen Blick.
»Wenn wir in New York in der Bronx leben würden, dann wäre ich mir da nicht so sicher, Pia. Aber da wir hier in Kassel zu Hause sind, kommen mir zwei Gewaltverbrechen inklusive Schusswaffengebrauch innerhalb von höchstens 15 Minuten doch eher zusammenhängend vor. Oder bist du anderer Ansicht?« »Nein, passt schon. Wie sieht es mit der Fahndung nach ihm aus?«
»Die Stadt ist komplett dicht. Da schafft es nicht mal die berühmte Maus raus, wie du bei deiner Anreise hierher festgestellt haben dürftest.«
»Ja, stimmt. Stadtauswärts sind fast keine Fahrzeuge unterwegs.«
»Wenn er also kein Entfesselungskünstler allererster Güteklasse ist, dann kriegen wir ihn.«
»Gibt es schon eine Beschreibung?«
Der Hauptkommissar nickte.

»Ich konnte kurz mit zwei Zeuginnen reden, die ihn immerhin recht deckungsgleich beschreiben konnten. Er war als Patient verkleidet und hat sich wohl auch genau so verhalten, inklusive angeklemmtem Infusionsständer, den er neben sich hergeschoben hat. Wir müssen also davon ausgehen, dass es jemand ist, der so etwas nicht zum ersten Mal gemacht hat. Der Täter vom Friedrichsplatz soll hingegen blonde, kurze Haare gehabt haben, bartlos und wie ein Hipster gekleidet gewesen sein. Also Holzfällerhemd und dicke Wanderschuhe und diesen ganzen Scheiß, mit dem die immer rumlaufen. Außerdem sagt der leichter verletzte Kollege, dass er mit englischem Akzent gesprochen hat. Könnte nach seiner Darstellung allerdings auch amerikanisches Englisch gewesen sein.«
»Du redest von einem Profi?«, zeigte Pia sich verwundert. »Das würde aber gar nicht zum bisherigen Verlauf der ganzen Geschichte passen.«
»Vielleicht hast du recht, vielleicht aber auch nicht«, erwiderte Hain, griff in die Innentasche seines Sakkos und reichte der Kollegin das Bild aus Miles Millners Fotoarsenal.
»Scheiße«, murmelte Pia mit Blick auf das Holzfällerhemd und die derben Lederstiefel, die der flüchtige amerikanische Mathematiker zum Zeitpunkt der Aufnahme trug. »Aber das würde immerhin seine überstürzte Abreise mehr als deutlich erklären.«
»Ja. Allerdings haben wohl alle Kollegen, die ihn gesehen haben, übereinstimmend erklärt, dass er blonde Haare hatte, einen eher hellen Teint und blaue Augen.

Was gegen die These sprechen würde, dass wir es hier tatsächlich mit Millner zu tun hatten.«
»Die Frage nach Fingerabdrücken da oben ist vermutlich noch zu voreilig, oder?«
»Die Spurensicherung ist an der Arbeit, aber erst seit ein paar Minuten. Und ich war erneut geradezu überwältigt davon, wie schnell die hier gewesen sind. Das ging vermutlich noch etwas schneller als bei Millner.«
»Wenigstens etwas.«
Die Kommissarin wies auf das immer noch in ihrer Hand liegende Foto.
»Sonst noch was bei ihm gefunden, das für uns von Bedeutung sein könnte?«
Er nickte.
»Dieses Arschloch hat Überwachungskameras in Lisa Werners Haus angebracht, mindestens vier. Ich hatte einen exklusiven Blick in ihre Küche, ihren Wohnraum, ihr Bad und ihr Schlafzimmer.«
»Wie jetzt? Wo hattest du diesen Blick? Oder besser, von wo?«
Hain erzählte ihr von dem versteckten Ultrabook.
»Der hat …? Was für ein mieses Dreckschwein. Allein dafür gehört er schon in den Knast.«
»Ja. Die Sache mit seiner krankhaften Eifersucht scheint wohl zu stimmen. Und was er uns erzählt hat von wegen *Versöhnung mit ihr* und diesen ganzen Schmonzes, das hat er sich aus den Fingern gesaugt.«
Die Kommissarin sah ihren Boss skeptisch an.
»Aber ob er deshalb so weit gehen und zum Mörder werden würde?«

»Das kann ich dir nicht sagen, Pia. Was ich dir aber sagen kann, ist, dass das Foto da in deiner Hand uns vielleicht einen Schritt weiter bringt.«
Sie betrachtete die Aufnahme erneut.
»Warum? Worauf willst du hinaus?«
»Die Kutten. Das sind alles Mitglieder der Black Crows. Und ich dachte mir, dass es bestimmt keine schlechte Idee ist, in deren ‚Vereinsheim' mal ein SEK vorbeizuschicken und nach dem Rechten sehen zu lassen. Vielleicht hat er sich ja in deren Höhle verkrochen.«
»Wow, ja, das stimmt. Hast du den Einsatz schon angeleiert?«
»Ja, läuft. Morgen früh um Punkt 06:00 Uhr klingeln die Jungs. Oder verschaffen sich sonst wie Zugang, das ist mir egal.«
»Und wie kommt es, dass du so schnell hier vor Ort gewesen bist? Du scheinst ja direkt nach der Flucht des Täters angekommen zu sein.«
»Stimmt. Ich bin gerade am Staatstheater vorbeigefahren, als ich am Funk von der Sache gehört habe. Manchmal ist es halt schon von Vorteil, in einem perfekt ausgestatteten Dienstwagen unterwegs zu sein.«
Sie nickte.
»Ich war übrigens auch nicht ganz untätig, seit ich vorzeitig das Präsidium verlassen habe.«
»Ja, Lemmi hat mir davon erzählt. Geht es wieder?«
»Passt schon. Allerdings bin ich auf eine mögliche Spur gestoßen, die jenseits aller rationalen Denkmuster stehen dürfte.«
»Echt? Lass hören.«

»Hast du schon mal von einer Gruppe gehört, die sich Incels nennt?«
Hain schüttelte den Kopf.
»Insels? Was soll das sein?«
»Nein, Thilo, nicht Insels. I N C E L. Mit C in der Mitte.«
Wieder schüttelte der Hauptkommissar den Kopf.
»Gut«, meinte Pia. »Dann gibst du mir jetzt fünf Minuten, in Ordnung?«
»Klar, fang an.«
Die Erklärung dauerte wegen der mehrmaligen Nachfragen von Hain zwar fast eine Viertelstunde, aber dann war Pia Ritter alles losgeworden, was sie über den neuen Ermittlungsansatz zu diesem Moment wusste.
»Klingt wirklich ziemlich schräg, wenn du mich fragst«, brachte der Leiter von K11 seine Skepsis deutlich zum Ausdruck.
»Das bestreite ich ja gar nicht. Ich würde allerdings schon gern mit all diesen Männern zumindest mal kurz sprechen, die auf der Liste stehen. Es sind übrigens nur noch fünf, denn einer von Ihnen hat sich letztes Jahr das Leben genommen, was aber wegen der zeitlichen Distanz nicht mit unserem Fall in Verbindung stehen dürfte. Seine Operation und die darauffolgenden Probleme mit Bellini sind nämlich deutlich länger her.«
»Gut, dann kümmerst du dich um diesen, zumindest ein klein wenig spooky wirkenden Ansatz. Was vermutlich auch heißt, dass du morgen früh nicht mit nach Bettenhausen kommst, wenn wir bei den Black Crows anklopfen lassen?«

»Nein, das schaffen du und die Kollegen auch ohne mich. Außerdem sind wir ja hier noch nicht fertig und wer weiß, wann ich überhaupt ins Bett komme; wenn ich denn heute Nacht überhaupt ins Bett komme.«
Die Kommissarin legte sich tatsächlich um 02:15 Uhr neben Dominik, der nur kurz aufschaute, seine Lippen zu einem Kuss spitzte und sofort wieder einschlief. Bis dahin hatte sie mehrere Zeugen des Anschlags im Krankenhaus befragt und auch ein kurzes Gespräch mit dem leichter verletzten Kollegen vom Friedrichsplatz geführt. Die Fahndung nach dem oder den Tätern, da war sie keinesfalls so sicher wie ihr Boss, lief auf Hochtouren und jeder Polizist, der sich auch nur halbwegs diensttauglich fühlte, war auf der Straße. Ein Kollege war getötet worden, zwei weitere verletzt und der Mörder lief noch immer frei herum. An nahezu jeder Straßenecke patrouillierten die Beamten mindestens paarweise, die Ausfahrt aus der Stadt sowohl mit dem Auto als auch den öffentlichen Verkehrsmitteln wurde strengstens überwacht und eigentlich konnte es nur noch eine Frage der Zeit sein, bis der oder die Täter dingfest gemacht wurden.
Gar nicht erfreut über die massiven Einschränkungen zeigten sich viele jener Menschen, die mit der Documenta in direktem oder auch weniger direktem Zusammenhang standen. Eine Intervention des Kasseler Oberbürgermeisters beim Polizeipräsidenten kurz nach Mitternacht bügelte der mit einem kurzen, aber alle Fragen beantwortenden Satz ab:
Ihre Documenta läuft nach meiner Wahrnehmung so beschissen, Herr Oberbürgermeister, dass es auf ein

paar Straßensperren und den Einsatz meiner Beamten, die immerhin nach einem Mörder suchen, nun wirklich nicht mehr ankommt.

24

»Nein, nein, das ist schon in Ordnung«, beschied Fabio Gambetta den beiden Basiles mit Blick auf den nicht besonders einladenden Weinkeller ihres Restaurants. »Ich brauche nur eine Isomatte und einen Schlafsack, um den Rest kümmere ich mich. Und natürlich brauche ich keinesfalls, dass sich irgendjemand mit wem auch immer über meinen aktuellen Aufenthaltsort austauscht.«
Er bedachte sowohl Lino als auch Salvatore Basile mit einem seiner durchdringenden, verstörenden Blicke. »Wir haben uns doch verstanden, oder?«
»Ja, natürlich«, gab der ältere Basile devot zurück. »Aber noch einmal, wir würden Sie auch mit zu einem von uns nach Hause nehmen, wo sie in einem Bett schlafen könnten. Ich habe sogar ein komplett eingerichtetes Gästezimmer.«
Wieder sendete Gambetta einen Blick aus, der jeglichen Widerspruch schon im Keim erstickte.
»Ich mag es nicht, wenn ich mich wiederholen muss. Ich mag es überhaupt nicht. Es ermüdet mich und es beleidigt meinen Intellekt. Also sollten Sie beide ab jetzt einfach das tun, was ich von Ihnen verlange, und kein Jota mehr. Ist das nun endlich bei Ihnen angekommen?«

Die beiden Kalabrier nickten schweigend. Ihr Auftreten hatte etwas von getadelten, erwischten Schuljungen.
»Dann besorgen Sie mir jetzt einen Schlafsack und eine Isomatte, los. Und danach will ich bis morgen Abend keinen von Ihnen beiden mehr sehen.«
Lino und Salvatore Basile verließen wortlos den Kellerraum, zogen die Tür hinter sich zu und gingen über die Treppe hinauf in den Gastraum.
»Wo sollen wir denn um diese Uhrzeit einen Schlafsack und eine Isomatte hernehmen?«, flüsterte Lino.
»Wenigstens das ist kein Problem, Papa«, versuchte sein Sohn ihn ein wenig zu beruhigen. »Eva hat beides noch von ihrem Mädelsurlaub im letzten Jahr bei uns im Keller stehen. Ich weiß zwar nicht, ob das von der Größe alles passt, aber er wird damit zurechtkommen müssen.«
Er sah seinen Vater ernst an.
»Meinst du, sein Auftauchen hier bei uns hängt mit den vielen Polizeiautos zusammen, die heute Abend in der Innenstadt unterwegs gewesen sind? Wenn ich aus dem Fenster gesehen habe oder draußen im Biergarten war, dann habe ich immer welche vorbeifahren sehen.«
»Ja, das habe ich auch. Ich werde jetzt nach Hause fahren und die Nachrichten anschalten, vielleicht wird ja über irgendetwas berichtet, was hier in Kassel passiert ist.«
»Hast du darüber nachgedacht, ihn zu fragen, ob er seinen … Auftrag … erledigt hat?«
Der alte Basile holte tief Luft, bevor er antwortete.
»Das hätte ich gern, Salvatore, aber ich hatte Angst. Ich hatte Angst, ihn irgendetwas zu fragen und ich habe

überhaupt Angst vor diesem Mann. Und denk jetzt bitte nicht, dass es mir leicht fällt, das einzugestehen, aber es ist so. Ich fürchte mich vor ihm.«

»Dafür musst du dich nicht schämen, Papa, wirklich nicht. Mir geht es nämlich ganz genauso. Die Welt, in der er lebt, ist glücklicherweise nicht die Welt, in der wir leben.«

»Aber ich habe den großen Fehler gemacht, uns wieder ganz nah an seine Welt heranzuführen. Das tut mir leid und ich hätte es auch nicht machen sollen. Aber hinterher ist man halt gern mal schlauer.«

»Ja. Aber auch wenn ich Angst vor ihm habe, so will ich trotzdem immer noch, dass diese Lisa für das bezahlen muss, was sie Franco angetan hat. Und vermutlich gibt es auf der ganzen Welt keinen, der mehr geeignet wäre, den Auftrag auszuführen, als dieser Mann.«

»Da hast du vermutlich recht. Aber ich habe kein gutes Gefühl, wenn ich daran denke, wie das alles weitergeht und wie es am Ende ausgehen wird. Im Moment fühle ich mich, als sei ich, seien wir beide auf einen Zug aufgesprungen, der mit vollem Tempo auf einen Abgrund zurast und dessen Bremsen kaputt sind. Und ich kann nur hoffen, dass sich das alles irgendwie noch zum Guten wendet.«

»Das wird es, Papa. Und jetzt fahre ich los und hole die Sachen. Ich bin in spätestens einer Viertelstunde wieder hier.«

»Ja, mach das, Salvatore. Ich bleibe hier und warte so lange, weil ich nicht möchte, dass du mit ihm allein bist.«

»Das ist lieb, vielen Dank.«

Kurz darauf hatte der junge Basile das Restaurant verlassen und war auf dem Weg zu seiner Wohnung. Lino sah seinem Auto nach, bis er um die nächste Ecke gebogen war, ging zum Weinregal und nahm eine Flasche vom besten Amarone heraus, den das Haus zu bieten hatte. Als er mit einem Glas davon vor der Theke saß und auf die rubinrote, betörende Farbe des Weins blickte, begannen dicke Tränen über sein Gesicht zu laufen.

25

Das ‚Vereinsheim' des Charters Kassel der Rockergruppe Black Crows im Stadtteil Bettenhausen war eine alte Industriehalle mit mehreren Nebengebäuden hinter dem alten Güterbahnhof. Das gesamte Areal wurde von einem etwa drei Meter hohen, blickdichten Zaun vor den Augen und dem Zutritt Unbefugter geschützt. Für ein SEK allerdings bedeutete diese Art von Hindernis eine eher vernachlässigbare Herausforderung. Das waren die drei blutrünstig wirkenden Hunde der Sorte American-Staffordshire-Terrier schon eher. Doch weil die Beamten mit einer derartigen *Schutzmacht* gerechnet hatten, waren auch mehrere Hundeabwehrbeamte Teil des Einsatzteams. So kam es, dass erstens keines der Tiere zu Schaden kam und zweitens keiner der SEK-Beamten ungewollt Kontakt mit ihnen hatte. Um genau 06:17 Uhr erteilte der Einsatzleiter über Funk den Beamten von K11 die Erlaubnis, das von seinen Leuten als vorläufig gesichert freigegebene Gelände zu betreten.
»Habt ihr ihn gefunden?«, wollte der Leitende Hauptkommissar von dem am Tor der großen Halle wartenden Mann wissen, der sich gerade die Sturmhaube vom Kopf zog und den Schweiß von der Stirn wischte.
»Wie es aussieht, nicht. Meine Leute haben vier Frauen schlafend in ihren Betten vorgefunden, die allerdings

wohl kein Deutsch sprechen. Könnte sein, dass es sich um die aktuelle Prostituiertenlieferung aus Osteuropa handelt, aber diese Frage müssen die Kollegen von der Sitte klären. Sie wurden, von wem auch immer, überaus professionell eingesperrt und wären ohne fremde Hilfe niemals aus dem Raum rausgekommen, in dem sie steckten.«

»Ist eigentlich schon jemand aus der Riege der Hausherren aufgetaucht?«

»Nein, die sind vermutlich noch auf der Suche nach einem Anwalt, der sie hierher begleitet. Wie man nach dem Mord an ihrem letzten hört, wollen die Herren Advokaten nicht mehr so viel mit ihnen zu tun haben.«

Die beiden Polizisten tauschten ein verstohlenes Grinsen aus.

»Ach ja«, setzte der Einsatzleiter hinzu, »der Drogenspürhund geht gerade ab wie irre. Könnte gut sein, dass der noch etwas findet.«

»Na immerhin. Dann wäre die ganze Sache wenigstens nicht komplett umsonst gewesen. Auch wenn wir das Primärziel nicht …«

Hain brach ab, weil an einem Seiteneingang des Gebäudes laute Stimmen ertönten. Der Einsatzleiter und er wandten die Köpfe in Richtung des Krachs und erblickten einen braungebrannten, schlanken Mann, der nur mit Unterhose bekleidet auf den Zaun zusteuerte und der Hain sehr bekannt vorkam. In seinem Schlepptau befanden sich vier SEK-Männer in voller Montur, die ihn verfolgten. Hinter der Gruppe tauchte auch noch Jürgen Lehmann auf, der das Tempo seiner Vorderleute allerdings nicht halten konnte.

»Ho, ho«, brummte deren Boss in Richtung Hain, »da waren wir wohl ein wenig zu pessimistisch.«
Der Unterhosenläufer hatte jetzt einen Teil des Geländes erreicht, auf dem alter Schotter aus den Gleisbetten des ehemaligen Bahnhofs verteilt worden war, was seinen nackten Füßen ganz offensichtlich überhaupt nicht bekam. Sein vorher als eher elegant zu bezeichnender Laufstil wurde unruhig, weil er versuchte, möglichst wenig Kontakt zum Boden zu haben. Die Schritte wurden länger und länger, sein Tritt zunehmend unsicher. Schließlich kam er ins Trudeln und überschlug sich mehrmals. Der Rest war gelebte SEK-Routine und nachdem seine oberflächlichen Sturzwunden versorgt waren, saß der amerikanische Mathematiker dem Kommissar gegenüber. Er trug mittlerweile das T-Shirt von seinem Fluchtabend, Shorts und Handschellen.
»So sieht man sich wieder, Herr Millner.«
»Ich will nicht mit Ihnen reden«, gab der Amerikaner in seinem eigentümlichen Akzent und recht trotzig zurück. »Lassen Sie mich in Ruhe.«
»Hm«, machte Hain. »Könnte sein, dass das nicht Ihre beste Idee ist.«
»Das ist mir total egal. Ich habe nichts verbrochen.«
»Echt? Und warum sind Sie dann vor mir und meiner Kollegin so überstürzt abgehauen?«
»Ich hatte Furcht vor Ihnen. Sie waren aggressiv für mich und gar nicht nett. Außerdem habe ich befürchtet, dass Sie gar nicht von die Polizei sind, sondern irgendwelche Gangster.«
Der Polizist lachte laut auf.

»Interessante These. Genau deshalb haben Sie bestimmt auch hier bei Ihren Freunden Unterschlupf gesucht und sind nicht zur Polizei gegangen, um unseren nach Ihrer Meinung *infamen Raubzug* anzuzeigen.«
Es entstand eine längere Pause.
»Habt Ihr einen Schnelltest für Schmauchspuren dabei?«, wandte Hain sich an einen der gerade die Arbeit aufnehmenden Kollegen der Spurensicherung.
»Keine Ahnung. Aber ich schau' mal nach. Braucht ja heutzutage eigentlich keiner mehr, die Dinger.«
»Danke.«
»Wo waren Sie gestern Abend zwischen 19:00 Uhr und 22:00 Uhr, Herr Millner?«, fragte der Kommissar anschließend den mit seinen Handschellen spielenden Amerikaner.
»Hier, wo sonst. Ich bin seit meine Ankunft nirgendwo anders mehr gewesen. Und dafür gibt es mindestens zwei Dutzend Zeugen. Natürlich auch für gestern Abend. Wir haben nämlich gefeiert eine tolle Party.«
In diesem Moment rief der Einsatzleiter nach Hain, der Millner bedeutete sitzenzubleiben und zu seinem Kollegen ging.
»Ja, was gibt es denn?«
Der SEK-Mann deutete auf ein braun eingeschlagenes Paket mit etwa 30x30 Zentimeter Kantenlänge und einer Höhe von vielleicht 20 Zentimetern.
»Wenn es nicht mit dem Teufel zugeht und der erste Test eine totale Platzpatrone war, dann ist das Kokain. Ziemlich reines Kokain, um genau zu sein.«
»Wow. Der Beifang wird ja langsam größer als der Rest.«

»Stimmt. Das Rauschgiftdezernat ist schon unterwegs, weil dieser Klotz beim besten Willen nicht mehr als Eigenbedarf durchgehen kann.«
»Da dürften bei den Kollegen die Sektkorken aber mal so richtig laut knallen. Schon gewogen?«
»Sechskommavier Kilo. Schöner Treffer.«
Hain lachte und wies auf Millner.
»Wo hat der Kerl eigentlich gesteckt?«
»In einem kleinen Raum ohne Tür. Wahrscheinlich wäre noch ein bisschen Zeit vergangen, bis wir ihn gefunden hätten, aber glücklicherweise war er ja doof genug, den Hasen in Unterwäsche zu geben.«
»Gefunden hättet ihr ihn aber schon noch, oder?«
Der Einsatzleiter grinste und schwieg.
»Ich nehme das einfach mal als ja und frage deshalb nicht weiter nach«, murmelte Hain und begab sich wieder zu dem noch immer mit seinen Handschellen beschäftigten Millner.
»Sie waren also nicht gestern Abend bei Lisa Werner im Krankenhaus?«, setzte der Kommissar die improvisierte Befragung fort.
»Was reden Sie denn da für eine Quatsch? Natürlich war ich da nicht!«
»Und eine Waffe haben Sie gestern Abend dann sicher auch nicht abgefeuert?«
Millners Gesicht wurde schlagartig von tausend Fragezeichen verziert.
»No, auch das natürlich nicht.«
»Einen habe ich noch gefunden, Thilo«, erklang es nun hinter dem Kommissar. Der drehte sich um und sah den Kollegen von der Spurensicherung triumphierend mit

einem Schmauch-Schnelltest in der rechten Hand wedeln.
»Ist das dein Mann?«, fragte er mit Blick auf Millner.
Hain nickte.
»Soll ich gleich anfangen?«
»Ja, mach mal.«
»Du weißt aber schon, warum wir die Dinger eigentlich gar nicht mehr verwenden, oder?«
»Ja, natürlich weiß ich das. Mir geht es auch eher darum, dass wir *keine* Anhaftungen bei ihm finden.«
Das Gespräch der beiden drehte sich um die gravierende Fehleranfälligkeit, wegen der die Tests auf Schmauchspuren seit ein paar Jahren mehr und mehr in Verruf geraten waren. Das FBI in den Vereinigten Staaten beispielsweise benutzte die früher zum Standardrepertoire der Beweiserhebung gehörende Methode schon seit vielen Jahren nicht mehr.
Der Kollege der Spurensicherung erklärte Miles Millner ruhig und sachlich den Test und warum er vorgenommen wurde.
»Ja, klar, machen Sie nur. Dann wird herauskommen, dass ich nicht mit eine Waffe geschossen habe.«
Genau dieses Ergebnis stand etwa fünf Minuten später nahezu zweifelsfrei fest. Nämlich, dass der amerikanische Mathematiker mit an Sicherheit grenzender Wahrscheinlichkeit nicht der Schütze vom Vorabend sein konnte.
»Wonderful«, frohlockte er und wies auf die Handschellen. »Dann gibt es ja keine Grund mehr, mich in diese Dinger hier festzuhalten.«

»Hm«, machte Hain. »Gar so einfach geht es dann leider doch nicht, Herr Millner.«
»Warum? Nur, weil ich auf meine Bike gesprungen und weggefahren bin? Mein Anwalt sagt mir, dass ich mir deswegen gar keine Sorgen machen muss.«
Hain grinste ihn an.
»Ja, was Anwälte immer so sagen. Wenn man danach geht, müssten wir eigentlich alle Verdächtigen immer sofort mit deren Auftauchen freilassen.«
»Ja, natürlich, in meine Fall ist das nur richtig.«
Der Polizist schüttelte traurig den Kopf.
»Selbst wenn man all das, was vorgestern Abend geschehen ist, mit ganz viel Wohlwollen betrachtet und das würde ich gern, glauben Sie mir das bitte, dann bleibt immer noch dieses merkwürdige Fernsehprogramm bei Ihnen zu Hause. Sie werden sicher verstehen, dass wir diese Art von … Privatfernsehen nicht gutheißen oder gar dulden können.«
Miles Millner verstand vermutlich nicht viel mehr als Bahnhof, zumindest ließ sein Gesichtsausdruck das annehmen.
»Aber ich zahle diese komische Gebühren doch. Ich kann Ihnen die Rechnung und die Konto … dings zeigen. Ich weiß gerade nicht, wie das genau heißt.«
»Kontoauszüge. Sie meinen Kontoauszüge.«
»Yeah, genau, das ist das Wort. Kontoauszuge.«
Hain erwiderte nichts, sondern sah den Amerikaner nur böse an.
»Ich meine nicht das allgemeine, öffentliche Fernsehprogramm, Herr Millner. Ich spreche von ihrem beschissenen Privatfernsehen. Von den Kameras, die Sie

in Lisa Werners Haus installiert haben und von dem Laptop, das ich in Ihrer Wohnung gefunden habe. Jenem Laptop, auf dem Sie sich ohne jegliche Scham vermutlich die intimsten Momente in Lisa Werners Leben angeschaut haben, das Sie nach der Trennung von der Frau nichts, aber auch gar nichts mehr anging.«

Millners Augen waren während Hains Ansprache immer größer geworden.

»Sie haben …?«

»Ja, das habe ich. Und deshalb lasse ich sie jetzt wegbringen. Ob Sie in Untersuchungshaft genommen werden, muss ein Richter entscheiden; wenn es nach mir ginge, würden Sie definitiv eine ganze Weile in einem Untersuchungsgefängnis schmoren.«

Millner schluckte.

»Aber das war doch nicht böse gemeint, Herr Kommissar. Die Sache mit die Kameras. Lisa ist so …«

Er brach ab, weil Hain aufgestanden war und auf ihn herabsah.

»Lassen Sie es, Herr Millner. Allem Anschein nach haben Sie nichts mit den Verbrechen zu tun, die meine Kollegen und ich aufzuklären versuchen. Und damit sind Sie für uns nur noch ein mieser, kleiner Stalker. Ich werde mir ersparen, Ihnen im Einzelnen zu erklären, was ich persönlich davon halte. Stalking ist allerdings ein schweres Verbrechen, das in Ihrem speziellen Fall hoffentlich sehr, sehr hart bestraft wird.«

Damit drehte er sich um und ging davon.

26

Etwa zu diesem Zeitpunkt verließ Pia Ritter das Haus und stieg in den Mazda. Die letzte halbe Stunde hatte sie damit verbracht, Dominik zu allem auszufragen, was er auch nur im Entferntesten über Incels wissen konnte. Irgendwann war ihr Mann, nicht ohne sie vorher auf seinen ehemaligen Professor Dr. Pavel Otter zu verweisen, der nach seinem Kenntnisstand eine Weile zu dem Themenkomplex geforscht hatte, aus reiner Verzweiflung unter die Dusche geflüchtet.

Pia war ihm zwar ins Bad gefolgt, aber lediglich, um noch einmal zu pinkeln. Dann hatte sie ihm einen Kuss auf den vom Shampoo schaumigen Mund gegeben und war gegangen.

Nun gab sie die erste der fünf Adressen, die sie an diesem Tag abzuarbeiten gedachte, ins Navigationsgerät ein, startete den Motor und fädelte sich in den morgendlichen Berufsverkehr ein.

Familie Wiegand stand auf dem bunten Namensschild aus Salzteig neben der Haustür, vor der die Kommissarin eine halbe Stunde später ankam und den Finger auf die Klingel legte. Noch im selben Augenblick wurde die Tür aufgezogen und eine etwa 40-jährige Frau blickte ihr freundlich entgegen.

»Ja, bitte, was kann ich für Sie tun?«

»Mein Name ist Ritter und ich bin Oberkommissarin bei der Kriminalpolizei hier in Kassel. Sie sind …?«
»Silke Wiegand. Was will denn die Kriminalpolizei von uns?«
»Vermutlich gar nichts, Frau Wiegand. Wir recherchieren in einem unserer Fälle, in dem wir auf den Namen Paul Wiegand gestoßen sind. Ihr Sohn?«
Die Frau schluckte.
»Ja, Paul ist mein … unser Sohn. Aber er hat doch nichts verbrochen, oder?«
»Nein, ganz bestimmt nicht. Ich möchte ihm nur ein paar Fragen zu dem angesprochenen Fall stellen. Als Zeuge natürlich.«
»Er ist aber gar nicht zu Hause. Er ist schon in der Uni.«
»Aha. Was studiert er denn?«
»Chemie. Er studiert Chemie.«
»Schön. Wann, meinen Sie, wird er denn wieder hier sein?«
Frau Wiegand dachte einen Moment nach.
»Heute Nachmittag, so gegen drei. Aber wahrscheinlich auch nur recht kurz, weil er wohl noch zum Sport geht. Er macht Bogenschießen.«
»Interessante Sportart. Wo betreibt er es denn?«
»Gar nicht weit von hier, auf der Bogensportanlage an den Ginsterwiesen. Sie liegt direkt zwischen der Fulda und der Autobahn; von da aus haben Sie das Gelände bestimmt schon mal gesehen.«
»Ja, stimmt«, antwortete Pia komplett wahrheitswidrig, weil sie nichts mit einer Bogensportanlage in der Nähe einer Autobahn anfangen konnte, aber das war jetzt un-

wichtig. Viel wichtiger und geradezu elektrisierend war für sie, dass die Anlage in der Nähe der Fulda lag.
»Ich bin um 15:00 Uhr noch mal hier und schaue, dass ich Ihren Sohn dann antreffe.«
»Gern. Soll ich ihm ausrichten, dass Sie da waren?«
»Das können Sie gern machen. Aber wenn Sie es vergessen, ist es auch nicht dramatisch.«
»Nein, das vergesse ich nicht. Und falls bei ihm etwas ausfallen sollte an der Uni und er früher hier sein sollte, sage ich ihm, dass Sie um diese Uhrzeit wiederkommen und mit ihm reden wollen. In Ordnung?«
»Ja, natürlich.«
Die Kommissarin reichte der Frau ihre Visitenkarte.
»Und falls alles schieflaufen sollte, was ja leider immer mal vorkommen kann, soll er mich ja einfach anrufen.«
»Ich gebe es weiter.«
Die Kommissarin bedankte und verabschiedete sich, fand noch auf dem Weg zum Auto die genaue Adresse des Bogensport-Clubs Kassel heraus und gab sie ins Navi ein.
Das von außen riesig wirkende Trainingsgelände lag bei ihrer Ankunft komplett verwaist da. Sie erkannte durch die dichten Büsche und den Maschendrahtzaun dahinter jede Menge braune, verbrannte Wiese, etwa zwei Dutzend in verschiedenen Entfernungen stehende Scheiben und drei nicht sehr große, gemauerte Gebäude. Das eine ordnete sie wegen der beiden gegenüberliegenden Zugänge als Toilettenhaus ein, das rechts davon war offenbar ein Geräteschuppen und das größte vermutlich so etwas wie das Vereinsheim.

Pia drückte sich durch die staubigen, knackenden Büsche, kletterte über den Zaun und stand schließlich auf dem Platz. Sie wischte sich den Schweiß von der Stirn, ging langsam auf das größte der drei Gebäude zu und blieb etwa zehn Meter davor stehen. Alles an dem Haus war gut gesichert, ja geradezu verbarrikadiert. Auch bei dem kleineren Gebäude daneben waren die beiden Fenster vergittert und die Tür wurde mithilfe eines massiven, quer liegenden Stahlriegels gegen unbefugtes Betreten gesichert. Die Polizistin wollte sich gerade dem Toilettentrakt zuwenden, als hinter ihr eine laute Stimme erklang.

»He, was machen Sie denn da? Sie sind doch überhaupt nicht dazu befugt, sich auf unserem Gelände herumzutreiben.«

Pia drehte sich in Richtung der Stimme und entdeckte vor dem Eingangstor einen etwa 55-jährigen Mann mit empörtem Gesichtsausdruck und Jagdhund an der Seite. Die Töle verharrte ebenso unruhig wie sprungbereit neben dem rechten Knie des Herrchens und vermittelte den Eindruck, die gewiss unbefugt eingedrungene Frau mit Begeisterung in Stücke reißen zu wollen.

»Nein, wirklich befugt bin ich nicht«, erwiderte die Kommissarin mit gehobener Stimme und hielt ihm dabei ihren Dienstausweis entgegen.

»Was soll das?«, blaffte der Mann sie an. »Auf die Entfernung kann ich mit dem, was Sie mir da hinhalten, nicht das Geringste anfangen.«

»Ich bin von der Polizei«, rief Pia. »Polizei!«

»Ach so«, meinte er, als sie sich ihm bis auf einen Meter genähert hatte. »Polizei. Aber das gibt Ihnen eigentlich ja auch nicht das Recht, sich hier einfach so Zugang zu verschaffen, oder?«

Damit hast du aber mal dermaßen recht, dachte Pia innerlich zerknirscht.

»Eigentlich nicht, da haben Sie recht«, stimmte sie ihm deshalb so freundlich wie möglich zu, während der Straftatbestand irgendeines Friedensbruchs einen immer breiteren Raum in ihrem Gehirn einzunehmen begann. »Ich wollte auch eigentlich hier nur eine Runde spazieren gehen«, log sie deshalb, »als ich einen Mann hinter den Gebäuden herumlaufen gesehen habe, der nicht so recht zu dem Gelände passen wollte. Und als er auf meinen Anruf hin weggelaufen ist, wollte ich nachsehen, ob er vielleicht einen Einbruch versucht oder ausgeführt hat.«

»Und? Hat er?«

»Nein, wie es aussieht, ist hier alles in Ordnung.«

Die Kommissarin betrachtete den Hund, der definitiv noch immer auf Beute aus war.

»Und Sie? Sind Sie Vereinsmitglied?«

»Ja«, sagte er. »Stellvertretender Vorsitzender und Schatzmeister. Und weil ich in der Nähe wohne, gehe ich so oft wie möglich mit meiner Asta hier spazieren. Sie haben nämlich recht, bei uns wird öfter mal eingebrochen.«

»Das tut mir leid«, erwiderte die Kommissarin.

Der Mann griff in die Hosentasche, kramte ein dickes Schlüsselbund hervor und öffnete das Schloss des Tores.

»Dann müssen Sie nicht noch mal über den Zaun«, meinte er väterlich. Und als der Hund zu knurren be-

gann, nachdem Pia neben ihn getreten war, erledigte er dieses Thema mit einem gezielten Blick und einer sparsamen Handbewegung.
»Ich habe Sie hier noch nie gesehen«, meinte er. »So oft gehen Sie vermutlich nicht spazieren?«
Die Polizistin lachte.
»Da haben Sie völlig recht. Der Weg wurde mir von einer Freundin empfohlen, ich bin zum ersten Mal hier.«
»Aber so richtig reizvoll ist es hier ja nicht, mit dem Autobahnkrach im Hintergrund.«
»Das habe ich auch gemerkt. Vermutlich gehe ich in Zukunft wieder meine ausgetretenen, mir vertrauten Pfade.«
Sie schob ihren Dienstausweis, den sie noch immer in der Hand gehalten hatte, in die Innentasche ihres Blazers.
»Es gibt hier also immer wieder mal Einbrüche, sagen Sie?«
»Na klar. Sie als Polizistin können sich doch sicher denken, dass eine so abgelegene Anlage geradezu prädestiniert ist, mal nachzuschauen, ob es vielleicht etwas zu holen gibt.«
»Aber hier ist doch eigentlich immer etwas los, oder? Ich meine Menschen, die trainieren.«
»In der Regel nicht früh am Morgen und schon gar nicht in der Nacht. Und das sind nun einmal die Zeiten, in denen diese Menschen aktiv werden.«
»Also ist hier täglich Betrieb?«
Der Mann nickte.
»In den Sommermonaten auf jeden Fall, ja. Im Winter, wenn die Tage kürzer werden und die Sicht in der Re-

gel auch nicht so gut ist, dann kommt manchmal wochenlang keiner hier auf der Anlage vorbei.«

»Und dann«, setzte sie hinzu, »also im Sommer, sind natürlich auch alle Häuser offen, nehme ich an.«

»Natürlich. Gerade während einer so stabilen Schönwetterphase wie gerade ist hier richtig Halligalli. Außerdem gibt es seit diesem Jahr eine Kooperation mit der Stadt Kassel und es findet hier ein Teil der Ferienspiele statt. Das ist zwar nicht im Interesse jedes Mitglieds, aber wir können doch froh sein über jeden neuen und möglichst auch noch jungen Menschen, der sich für den Bogensport interessiert und begeistert.«

»Dann drücke ich Ihnen mal die Daumen, dass es so kommen wird«, entgegnete die Kommissarin und nickte ihm zum Abschied zu. »Aber jetzt muss ich los, sonst denken meine Kollegen noch, ich würde heute gar nicht mehr zum Dienst erscheinen.«

»Und ich dachte, Sie hätten Urlaub. Zumindest wirken Sie so, als ob Sie Urlaub hätten.«

»Nein, leider nicht. Ich wollte nur mal zwei oder drei Überstunden abbummeln.«

»Na, dann einen schönen Arbeitstag noch.«

»Danke. Ihnen auch einen schönen Tag.«

»Ich bin Rentner«, brummte er, schob den Schlüssel ins Schloss und sperrte die Anlage wieder ab.

Als Pia wieder im Auto saß und mehr als froh war, dass ihr hirnloses Eindringen in die Bogenschießanlage keine unangenehmen Folgen nach sich ziehen würde, klingelte ihr Telefon.

»Ja, Thilo, was gibts?«

»Wir haben Millner. Aber er war es nicht.«

»Mist.«

Hain brauchte fünf Minuten, dann hatte er seiner Kollegin alles zur Razzia bei den Rockern berichtet.

»Und du wirst es kaum glauben, aber bis kurz vor unserem Abgang dort ist keiner von den Kuttenträgern aufgetaucht. Erst, als wir schon zusammengepackt hatten und am Gehen waren, ist ein Anwalt erschienen und hat uns bis auf Geschlechtskrankheiten mit allem gedroht, was ihm eingefallen ist. Wenn es nach ihm geht, sind wir spätestens in einer Woche alle unsere Jobs los. Oder falls es doch nicht gar so schlimm kommen sollte, müssen wir eben Streifendienst im hinterletzten hessischen Bergdorf schieben. Und gerade haben wir auch noch Besuch von einem ebenso wahrhaftigen wie wahrscheinlich schwulen AFD-Mann bekommen, aber der hat so arrogant und großspurig dahergeredet, dass ich ihn erst mal draußen auf dem Flur in die Warteposition geschickt habe. Mal sehen, wie lange ich ihn schmoren lassen kann. Die Details dazu erzähle ich dir später.«

»Darauf freue ich mich«, erwiderte die Kommissarin. Wo ist Millner jetzt?«

»Sitzt unten in einer Zelle und wartet darauf, dass sich der Haftrichter mit ihm beschäftigt. Wie läuft es bei dir?«

Pia berichtete ihm von den Ereignissen ihres Morgens. Die Episode Hausfriedensbruch hob sie sich für einen späteren Zeitpunkt auf.

»Dann machst du jetzt weiter mit deinen *Incels*?«

»Ja. Mein nächster Kandidat wohnt in Baunatal, da will ich gerade hin.«

»Viel Erfolg. Und pass schön auf mein Auto auf.«

»Mach' ich.«
Der *nächste Kandidat* hieß Leon Bussinger und öffnete selbst die Tür.
»Ja, was wollen Sie?«
Die Kommissarin hielt ihm ihren Dienstausweis entgegen und stellte sich vor.
»Ich komme wegen ein paar Auskünften, die ich mir von Ihnen erhoffe.«
Der käsig wirkende, höchstens 1,60 Meter große und von schwerer Akne geplagte junge Mann musterte seine Besucherin eingehend. Ein unbeteiligter Beobachter hätte allerdings auch zu dem Schluss kommen können, dass er sie taxierte.
»Was sollen das denn für Auskünfte sein?«
»Sind Sie Kaffeetrinker oder Teetrinker?«, fragte sie ihn gut gelaunt.
»Weder noch.«
»Es wäre trotzdem schön, wenn Sie mich kurz reinbitten würden, Herr Bussinger. Mein Fragenkatalog ist auch ganz schnell abgearbeitet.«
»Bei mir ist nicht aufgeräumt«, brummte er. »Also, was wollen Sie von mir?«
»Stimmt es, dass Sie sich vor etwa eineinhalb Jahren einer plastischen Operation unterzogen haben?«
Seine Augen suchten den Kontakt mit ihren, sein Mund blieb stumm.
»Ja, Herr Bussinger? Stimmt das?«
»Warum wollen Sie das wissen?«
»Weil der Arzt, der Sie operiert hat, das Opfer einer sehr schweren Straftat geworden ist. Außerdem gab es in diesem Zusammenhang weitere Verbrechen. Nun

führen wir rein routinemäßig Gespräche mit allen seinen Patienten.«

»Mit allen? Das müssen ganz schön viele sein.«

»Geht so. Aber wenn sich alle so bitten lassen wie Sie, dann dürfte es ziemlich lange dauern, bis wir mit der Liste fertig sind.«

»Nicht mein Problem.«

Pia schenkte ihm ein zuckersüßes Lächeln.

»Kommen Sie, Herr Bussinger, machen Sie ein bisschen mit. Dann bin ich schneller weg, als Sie ‚ich bin genervt' sagen können.«

»Ich bin genervt.«

Pia überlegte. Leon Bussinger war offenbar nicht der Typ, bei dem man mit gutem Willen und Freundlichkeit etwas erreichen konnte.

»Gut. Sie wollen meine Fragen nicht beantworten, ich hätte sie aber sehr gern beantwortet. Wie, denken Sie, wird das ausgehen?«

»Keine Ahnung. Sagen Sie es mir.«

»Es wird so ausgehen, dass ich auf der Stelle zwei Streifenwagen kommen lasse, wenn Sie partout nicht kooperieren wollen. Die Kollegen werden Ihnen Handschellen anlegen, Sie mitnehmen und auf die Wache bringen, wo Sie sich natürlich mit einem Rechtsbeistand besprechen dürfen. Es könnte allerdings sein, dass wir uns, weil wir uns ja in der Zwischenzeit einen Durchsuchungsbeschluss für Ihre Wohnung besorgt haben, mal ein bisschen in Ihrer überhaupt nicht aufgeräumten Behausung umsehen.«

Ihr Lächeln wurde noch ein wenig breiter.

»So könnte es laufen, denke ich.«

Der Mann im Türspalt sah die Polizistin eine Weile an.
»So nett bin ich lange nicht um was gebeten worden«, sagte er sarkastisch, drehte sich um und ging vor ihr her in die Wohnung.
»Was haben Sie bei Dr. Bellini machen lassen?«, fragte Pia, nachdem er sie durch seine picobello aufgeräumte Wohnung auf die kleine Terrasse geführt hatte.
»Nur eine Kleinigkeit. Die Nase, Sie wissen schon.«
»Nee, weiß ich nicht. Ich kenne mich da nicht so aus.«
Leon Bussinger hob den rechten Arm und wies mit dem Zeigefinger auf seine Nase.
»Die war vorher mindestens drei Zentimeter länger. Und das passte mir nicht. Das ist auch schon alles.«
»Und Sie sind zufrieden gewesen mit dem Ergebnis?«
»Geht so.«
»Darf ich fragen, was Sie bezahlen mussten?«
»Fragen dürfen Sie, eine Antwort kriegen Sie aber nicht. Das habe ich bisher niemandem erzählt und für Sie mache ich da auch keine Ausnahme.«
»Kein Problem. Mit Ihrem Kinn sind Sie aber immer zufrieden gewesen, oder?«
»Was soll denn mit meinem Kinn sein? Klar bin ich mit meinem Kinn zufrieden; steht ja auch nicht so weit nach vorn, wie es die verdammte Nase gemacht hat.«
Pia warf einen Blick in die Papiere, die sie vor sich liegen hatte.
»Haben Sie eine Freundin?«, wollte sie schließlich wissen.
Bussinger riss die Augen auf und funkelte die Kommissarin an.

»Ob ich eine …? Das geht Sie ja nun überhaupt nichts an, ob ich eine Freundin habe. Und überhaupt, warum wollen Sie das denn wissen? Was geht es denn die Polizei an, ob ich eine Freundin habe?«
»Schon gut, schon gut«, wiegelte Pia ab. »Sind alles nur Routinefragen.«
»Und meine Routineantwort ist, dass Sie jetzt besser gehen. Ich werde nämlich keine Ihrer Fragen mehr beantworten, egal ob Routine oder nicht.«
Die Polizistin kam seiner Aufforderung unmittelbar nach und stand auf.
»Eine Frage hätte ich noch, die aber keinen privaten oder persönlichen Charakter hat«, meinte sie auf dem Weg zur Haustür.
»Oh Mann, Sie nerven echt«, fluchte der junge Mann hinter ihr. »Aber bitte, wenn ich Sie dann los bin.«
»Sind Sie, versprochen. Wo waren Sie gestern Abend zwischen 20:00 Uhr und 23:00 Uhr?«
»Da habe ich hier am PC gezockt. Ich spiele für die e-Sport-Buds Kassel in der Hochschulliga.«
»Hochschulliga? Klingt spannend.«
»Ja. Und es gibt ungefähr 1500 Leute, die mir dabei zugesehen haben. Das sollte als Alibi für was auch immer wohl ausreichen, oder?«
»Ich werde es routinemäßig überprüfen. Und wenn Ihre Aussage richtig ist, woran ich keinen Zweifel habe, dann wird es reichen.«
»Dann sind wir uns ja einig.«
Das Letzte, was Pia Ritter von Leon Bussinger hörte, war die mit voller Wucht ins Schloss geworfene Haustür hinter ihr.

Kandidat Nummer 3 auf ihrer Liste war Severin von Olm. Der kam, wenn man seinen Wohnsitz als Referenz nahm, aus piekfeinem Elternhaus. Zumindest ließ die herrschaftliche, großzügige Stadtvilla, in der er wohnte, das vermuten. Auch dass die Tür von einer Bediensteten geöffnet wurde, die höflich nach dem Grund des Besuchs fragte, deutete darauf hin.

»Da werde ich besser mal nachfragen, ob der junge Herr von Olm im Haus ist«, ließ sie Pia Ritter wissen, nachdem die Kommissarin ihr Anliegen vorgetragen hatte und wies auf eine kleine Sitzgruppe in dem gut und gern als mittelgroße Halle durchgehenden Eingangsbereich. »Wenn Sie bitte so lang hier Platz nehmen möchten?«

Die Polizistin nickte und trat ein, blieb aber stehen.

»Herr von Olm ist noch in einem Telefongespräch und bittet Sie um einen Augenblick Geduld«, teilte die Frau ihr mit, nachdem sie ein paar Minuten später wieder aufgetaucht war. »Er wird sich aber um Sie kümmern, sobald er frei ist.«

Damit drehte sie sich um und verschwand durch eine große Doppeltür. Pia sah sich um und stellte fest, dass sich die Bewohner offenbar nicht entscheiden konnten, ob sie in einer eher modernen Umgebung leben wollten oder doch eher den Landhausstil bevorzugten. Irgendwie waren hier mehrere Wohnstile kombiniert worden, insgesamt aber wirkte alles eher lieblos zusammengeschustert. Teuer, das ja, aber irgendwie auch geschmacklos.

Als sich die Zeit des Wartens auf Severin Olm der

10-Minuten-Grenze näherte, entschied sich die Polizistin doch dazu, auf der erfrischend kühlen Ledergarnitur Platz zu nehmen. Allerdings dauerte es keine weitere Minute, bis ein groß gewachsener, hagerer junger Mann im dunkelblauen Zweireiher samt passender Weste erschien und sich als Severin von Olm vorstellte. Die Kommissarin reichte ihm ihre Visitenkarte.

»Oberkommissarin Pia Ritter«, las er laut vor. »Was kann ich denn für die Frau Oberkommissarin tun?«

»Ich habe ein paar Fragen zu einem Arzt, mit dem Sie nach meinen Informationen vor etwa einem Jahr zu tun hatten. Dr. Bellini.«

»Ja, Dr. Bellini. Was möchten Sie wissen?«

»Dr. Bellini wurde das Opfer einer Straftat, vermutlich haben Sie davon gehört. Wir versuchen, mit möglichst vielen seiner Patienten zu sprechen.«

»Also erstens habe ich leider gar nichts davon mitbekommen, dass er *das Opfer einer Straftat* geworden ist und zweitens hatte ich seit meiner OP keinen Kontakt mehr mit Herrn Dr. Bellini.«

»Dann dürften Sie also weder Nachrichten sehen, noch hören, noch lesen? Stimmt das?«

»Ich interessiere mich nicht für das, was da draußen in der Welt geschieht, Frau Kommissarin. Mir genügt das, was mein Leben betrifft.«

»Auch eine Einstellung«, gab die Polizistin lächelnd zurück. »Nach unseren Informationen waren Sie nicht hundertprozentig zufrieden mit dem Ergebnis der von Dr. Bellini durchgeführten Operation.«

»Das stimmt, ja. Es gab gewisse Differenzen in der Beurteilung des Operationserfolgs.«

»Darf ich fragen, was Sie bei Dr. Bellini haben machen lassen?«
Er sah auf die Kladde in Pias Hand.
»Geht das nicht aus der Patientenakte hervor, die sich ja, so vermute ich zumindest, in Ihrem Besitz befinden dürfte?«
»Wir haben keinen Einblick in die Patientenakten. Was wir aber haben, sind Hinweise auf Patienten, die mit dem Ergebnis der von Dr. Bellini durchgeführten Operationen nicht zufrieden waren.«
»Darf ich fragen, was Dr. Bellini widerfahren ist? Wenn ich Ihre Worte richtig deute, scheint es sich ja um ein schweres Verbrechen zu handeln.«
»Das kann man so sagen, ja. Er wurde ermordet.«
»Ermordet?«, wiederholte von Olm nach Ansicht von Pia eine Nuance zu theatralisch. »Das ist ja schrecklich.«
Die Kommissarin ließ sich ihre Skepsis ob seiner Darbietung nicht anmerken.
»Also, was war der Grund für Ihren operativen Eingriff.«
»Was würden Sie sagen, wenn ich darüber nicht sprechen möchte?«
»Vermutlich würde ich antworten, dass mir das relativ egal ist. Ich habe einen Mord aufzuklären, da sind mir Ihre persönlichen Befindlichkeiten oder von mir aus auch Ihre Scham relativ unwichtig.«
»Aber ich habe doch mit diesem Mord nichts zu tun. Oder sind Sie da anderer Meinung?«

»Sie können diese Spielchen lassen, Herr von Olm. Antworten Sie mir oder lassen Sie es, aber verschonen Sie mich mit solchem Unsinn.«
Der junge Mann fixierte die Polizistin eine Weile. Die hielt seinem bohrenden Blick ungerührt stand.
»Ich war mit der Performance meines Kinns nicht zufrieden.«
Pia ließ seine Worte ein wenig sacken, bevor sie ihre nächste Frage lancierte.
»Was hat Ihnen daran nicht gefallen?«
»Es erschien mir nicht … ausgeprägt genug. Ich meinte, dass meinem Gesicht eine stärker konturierte Kinnpartie besser stehen würde.«
»Aber das hat nicht funktioniert, oder?«
»Es gibt eine minimale Veränderung, die sich allerdings nicht mit der von Bellini getroffenen Prognose deckt. Insgesamt war der Aufwand deutlich zu groß für den erzielten Ertrag.«
»Wie meinen Sie das?«
»Solche Operationen und auch die Wochen danach sind sehr schmerzhaft. Wenn ich gewusst hätte, was mir an Leiden blüht, hätte ich mich niemals auf dieses Wagnis eingelassen.«
»Wie hat Dr. Bellini reagiert, als Sie ihn mit ihrer Kritik konfrontiert haben?«
Von Olm schnaubte auf.
»Wie soll er schon reagiert haben? Er hat mir den von mir unterschriebenen Vertrag unter die Nase gehalten und darauf verwiesen, dass es bei keiner seiner Operationen eine echte Erfolgsgarantie gäbe. So steht das natürlich auch in diesem Vertrag, aber wer liest den

schon, wenn er sich Hilfe von einem solchen … Quacksalber erwartet.«

»Wie ging es weiter?«

»Ich bin im Anschluss an die Nachsorge noch dreimal in der Praxis gewesen, um ihn mit seiner Unfähigkeit und seinem Versagen zu konfrontieren, doch das hat ihn überhaupt nicht interessiert. Und nach meinem dritten Besuch hat mir dann eine seiner … merkwürdigen Mitarbeiterinnen Hausverbot erteilt. Das war dann aber auch schon egal, weil ich mir darüber im Klaren war, dass es mit ihm nicht zu einer einvernehmlichen Lösung kommen würde.«

»Aber Sie waren natürlich immer noch sauer, nehme ich an.«

»Ich werde mich irgendwann in die Hände eines Kollegen von Bellini begeben, der sein Handwerk besser versteht. Oder *überhaupt* versteht. Damit sollte der Groll auf diesen Kurpfuscher erledigt sein.«

»Das heißt, Sie sind auch jetzt noch verärgert?«

»Die Zeit heilt Wunden, sagt man doch. Und ich habe jetzt auch schon länger nicht mehr an ihn und sein Unvermögen gedacht. Ich bemerke allerdings, dass Ihr Besuch hier bei mir gerade ein paar alte Wunden aufreißt.«

»Das tut mir leid.«

»Ach, Sie machen doch nur Ihren Job, nehme ich an. Es geht Ihnen ja nicht darum, mich persönlich fertig zu machen.«

»Absolut richtig.«

Die Kommissarin ließ ihren Blick durch den Eingangsbereich des Hauses kreisen.

»Sie leben in einem wunderschönen Haus, Herr von Olm. Darf ich fragen, was Sie beruflich machen?«
»Ich studiere.«
»Was?«
»Rechtswissenschaften.«
»Meines Wissens kann man das nicht hier in Kassel studieren, nicht wahr?«
»Nein. Ich studiere in Marburg.«
»Aber jetzt sind gerade Semesterferien?«
»Sehr richtig.«
»Und Sie stammen, wenn ich mir Ihre Lebensumstände hier in dieser Villa anschaue, aus einem recht wohlhabenden Elternhaus.«
»Das ist durchaus richtig, ja. Mein Vater ist ein sehr erfolgreicher Unternehmer in der Pharmabranche. VO-Pharma, Sie haben vermutlich schon davon gehört.«
Pia konnte sich nicht an ein Pharmaunternehmen mit diesem Namen erinnern, antwortete jedoch mit einem Kopfnicken.
»Darf ich fragen, wo Sie gestern Abend zwischen 20:00 Uhr und 23:00 Uhr gewesen sind, Herr von Olm?«
»Natürlich dürfen Sie das, Frau Kommissarin. Meine Eltern haben gestern ihren 26. Hochzeitstag gefeiert. Meine Schwester, ich und ein paar Freunde der Familie waren zu einem Souper im Restaurant des Hotels *Vier Jahreszeiten* in Hannover eingeladen. Hervorragende Küche, wie ich feststellen durfte, überaus zu empfehlen.«
»Wie viele Leute haben an diesem Essen teilgenommen?«
Er hob den Kopf und dachte eine Weile nach.

»Insgesamt waren wir sechzehn. Nein, warten Sie, die Horchlers sind ja noch verspätet dazugekommen, also waren wir achtzehn.«
»Wann waren Sie zurück in Kassel?«
»Überhaupt nicht. Wir haben natürlich in Hannover übernachtet.«
»Und wann sind Sie losgefahren?«
»Um 17:00 Uhr. Meine Schwester und ich mit ihrem Wagen, meine Eltern wurden von unserem Chauffeur gefahren.«
Pia Ritter tat so, als würde sie in ihren Papieren kramen.
»Kennen Sie eine Lisa Werner?«, fragte sic.
»Nein. Wer soll das sein?«
»Eine junge Frau, vermutlich die Freundin von Dr. Bellini.«
Severin von Olm sah erstaunt auf.
»*Vermutlich*? Man sollte schon wissen, wenn man eine Freundin hat, meine ich.«
»Ja, da haben Sie recht. Haben Sie denn eine Freundin, Herr von Olm?«
Er holte tief Luft, bevor er zu einer Antwort ansetzte.
»Ich tue mich grundsätzlich ein wenig schwer mit dem Begriff *Freundin*, Frau Kommissarin. Wenn man, wie ich, eines nicht sehr fernen Tages ein riesiges Vermögen erbt, dann ist man insgesamt sehr vorsichtig im Umgang mit Menschen. Dazu zählen natürlich auch Frauen.«
»Also haben Sie keine Freundin.«
»Das will ich damit nicht gesagt haben. Ich habe sehr wohl einige … weibliche Freunde, aber etwas Festes,

und darauf zielt Ihre Frage ja offenbar ab, ist derzeit nicht darunter.«

27

Salvatore Basile wollte an diesem Vormittag alles, aber nicht wach werden. Eva, seine Freundin, war in der Küche mit der Kaffeemaschine zugange und ihm dröhnte der Schädel, als würde ihn jemand von innen mit einem Presslufthammer bearbeiten.
Nachdem er in der Nacht zuvor Schlafsack und Isomatte bei ihrem Schlafgast im Weinkeller abgeliefert hatte, war er von seinem Vater noch gebeten worden, mit ihm ein Glas Wein zu trinken. Aus dem einen Glas wurden mehrere und als die beiden deutlich mehr als genug hatten, standen drei leere Amaroneflaschen auf dem Tresen. Nun bedauerte er jeden einzelnen Schluck, auch, weil er eher selten Alkohol trank und sein Organismus deshalb jedes Mal sehr heftig reagierte, wenn er zu viel davon konsumierte.
»Hier ist dein Espresso«, sagte Eva, die in diesem Moment mit einem kleinen Tablett in der Hand im Schlafzimmer auftauchte. »Ich habe ihn gleich doppelt gemacht, weil du so aussiehst, als bräuchtest du heute Morgen jede Menge Kaffee, um halbwegs vernünftig in den Tag zu kommen.«
»Das ist eine gute Idee, Eva. Vielen Dank.«
Er nippte, nippte erneut und kippte dann den Inhalt der Tasse hinunter.

»Wow, tut das gut.«
»Hast du schon gehört, was letzte Nacht in der Stadt los war, Salvatore?«
»Nein. Ich habe, seit wir gestern das Lokal geöffnet hatten, keine Nachrichten mehr gehört. Was ist denn passiert?«
»Es hat wohl jemand versucht, die Freundin von Franco umzubringen. Alles ist abgesperrt, aber sie haben den Täter bisher noch nicht gefasst.«
»Aber sie lebt doch, oder? Du hast ja gesagt, dass es jemand *versucht* hat.«
»Ja, sie lebt.«
»Und wo und wann hast du davon gehört?«
»Eben, als ich unter der Dusche stand, kam es im Radio. Und eigentlich müsstest du es in der letzten Nacht auch bemerkt haben, weil es ja wohl in der Stadt von Polizei nur so gewimmelt hat.«
»Das kann schon sein, aber Papa und ich hatten uns ein Taxi bestellt und haben eigentlich schon geschlafen, als wir eingestiegen sind.«
Er machte ein schuldbewusstes Gesicht.
»Vielleicht lag es aber auch an dem vielen Wein, den wir noch getrunken haben. Irgendwie ergab eine Flasche die andere und wir hatten uns auch jede Menge zu erzählen. Es war mal wieder ein richtig schöner Vater-Sohn-Abend, wie wir ihn früher öfter zelebriert haben.«
»Na ja, es war ja wohl eher ein Vater-Sohn-*Besäufnis*. Ich habe zwar nicht auf die Uhr geschaut, als du nach Hause gekommen bist, aber deine Fahne hat mich davon abgehalten, noch mal richtig wach werden zu wollen. Und kaum hast du im Bett gelegen, ging das

Geschnarche auch schon los. Irgendwie war mir da klar, dass ihr beide euch die Lichter ausgeschossen habt.«
Der Kalabrier sah auf die Uhr.
»Ich sollte mal bei ihm anrufen, aber vielleicht schläft er ja noch. Außerdem will ich mein Auto holen, ich muss nämlich noch in die Metro.«
»Ich könnte dich bringen. So viel Zeit habe ich noch, bevor ich zur Schicht muss.«
»Das wäre klasse.«
Er zögerte.
»Aber eigentlich bin ich davon ausgegangen, dass du Frühdienst hast und längst im Krankenhaus bist, wenn ich wach werde. Hast du deinen Dienst getauscht?«
»Ja. Eine Kollegin hat mich gefragt, ob wir tauschen können und es hat für mich gepasst. Was ja jetzt auch zur Folge hat, dass ich für meinen ziemlich angeschlagenen Freund die Kaffeefee spielen kann.«
Das war das Stichwort für ihn, ihr die Espressotasse hinzuhalten.
»Noch mal doppelt, bitte.«
»Wie geht es Lino denn?«, wollte Eva wissen, nachdem er wieder mit Kaffee versorgt war. »Hoffentlich macht ihn die ganze Sache nicht allzu sehr fertig.«
»Nein, er hält sich ganz gut. Natürlich belastet ihn die Geschichte, denn Franco war ja fast genauso ein Sohn für ihn wie ich, aber als starker, resistenter Italiener lässt er es sich halt nicht so anmerken.«
»Und vermutlich geht es ihm heute Vormittag keinen Deut besser als dir.«
»Das steht zu befürchten, ja.«

Eine halbe Stunde darauf saßen die beiden im Auto. Bei Salvatore drehte sich die Welt noch bis zu einem gewissen Grad unrund, doch das würde sich Verlauf des Nachmittags geben, das wusste er. Eva ließ ihn gegenüber des Restaurants aussteigen, gab ihm, als er am geöffneten Fenster auf der Fahrerseite vorbeikam, noch einen Kuss und fuhr davon. Der junge Italiener kramte seinen Schlüssel heraus und betrat das Lokal durch den Hintereingang. Mit einem schnellen Handgriff holte er sich eine Flasche Mineralwasser aus dem Kühlschrank, goss sich ein großes Glas ein und trank es in einem Zug aus. Gerade als er dabei war, das Glas wieder zu füllen, knarrte das Parkett hinter ihm. Salvatore erschrak sich so sehr, dass ihm die Wasserflasche aus der Hand fiel und auf dem Boden zerbarst.

»Mensch, Papa, was schleichst du denn hier rum? Ich hatte die Hoffnung, dass du noch zu Hause bist und deinen Rausch ausschläfst.«

»Entschuldigung, Junge. Ich wollte dir keinen Schrecken einjagen.«

Salvatore wollte losgehen, um einen Besen zu holen, aber bei näherer Betrachtung seines Vaters erschrak er erneut.

»Du siehst wirklich übel aus, Papa. Geh doch wieder nach Hause und schlaf noch ein bisschen.«

»Das kann ich nicht. Es gibt hier ein paar Sachen zu erledigen.«

»Was für Sachen denn? Wovon sprichst du? Emine ist gleich hier und macht sauber. Und um die paar Scherben hier habe ich mich im Nullkommanichts gekümmert.«

»Emine habe ich abbestellt. Wir müssen heute selbst aufräumen und sauber machen.«
Die Züge des jungen Basile hellten sich ein wenig auf.
»Du bist genial, Papa. Klar darf Emine hier heute nicht sauber machen, denn die würde ja vielleicht im Weinkeller auftauchen. Das hast du einfach perfekt gemacht. Ich hätte da niemals dran gedacht.«
»Es geht nicht mehr um Emine oder den Weinkeller, Salvatore. Den Mann im Weinkeller gibt es nämlich nicht mehr.«
»Wie meinst du das denn jetzt wieder? Ist er doch schon abgehauen?«
Lino Basile schüttelte den Kopf.
»Setz dich, ich muss ein paar Worte mit dir reden.«
Irgendwo im Hinterkopf bekam Salvatore Basile es in diesem Moment mit der Angst zu tun. Er wusste instinktiv, dass das, was sein Vater ihm erzählen wollte, ihm nicht gefallen würde.
»Scheiße«, murmelte er.
»Ja, da hast du recht«, begann der Vater, nachdem sich beide Wasser eingegossen hatten. »Ich konnte letzte Nacht nur ein paar Minuten schlafen, den Rest bis zum Morgengrauen habe ich wachgelegen. Und ich habe darüber nachgedacht, zur Polizei zu gehen und denen alles zu erzählen, aber das hätte unser gesamtes Leben komplett auf den Kopf gestellt. Ich wäre im Gefängnis gelandet und unser Ristorante hätten wir vermutlich auch verloren. Zumindest aber unsere Gäste, denn wer will schon bei dem Sohn eines Mordauftraggebers sein Abendessen einnehmen. Aber ich wollte diesen Mann auch loswerden; wollte ihn bitten, unseren Weinkeller

zu verlassen. Ich wollte ihm alle unsere Ersparnisse geben, damit er weggeht. Also bin ich durch die Stadt hierhergelaufen.«

Er trank das vor ihm stehende Glas aus und schenkte sofort nach.

»Ich weiß nicht, ob du es schon gehört hast, aber Lisa Werner lebt. Er hat seinen Auftrag nicht erfüllen können und als ich das gehört habe, war ich sehr, sehr froh. Als ich hier ankam, habe ich als Erstes Emine für heute abgesagt und wollte dann zu ihm gehen, hatte aber eigentlich zu viel Angst davor, weil er ja ganz deutlich gesagt hat, dass er über den Tag keinen von uns sehen will. Also habe ich mich mehr oder weniger an den Weinkeller herangeschlichen.«

Wieder trank er das Glas aus, stellte es diesmal aber geleert auf dem Tresen ab. Salvatore ließ ihn dabei keinen Moment aus den Augen.

»Er war wach und hat telefoniert«, fuhr Lino Basile fort. »Hat ganz ungeniert mit einem Kumpel oder jemandem von seiner Familie telefoniert, das habe ich nicht heraushören können.«

»Ja? Und?«

»Er hat ganz unverblümt darüber gesprochen, dass es Zeugen gibt, die er für *nicht besonders belastbar* hält. Und dass er keine Zeugen duldet. Schon gar keine, die nicht belastbar sind. Ich habe das zuerst gar nicht so richtig verstanden, weil er Deutsch gesprochen hat, aber dann ist mir klar geworden, dass er von uns redet. Und irgendwann war es dann komplett klar, dass er uns nicht am Leben lassen wollte.«

»Wie, nicht am Leben lassen wollte? Wie meinst du das denn, wenn du nicht am Leben lassen *wollte* sagst?«
Lino Basile schluckte.
»Ich rede von ihm in der Vergangenheitsform, Salvatore, weil er für uns Vergangenheit ist. Er …«
»Hast du ihn weggeschickt, oder was?«
»Nein. Ich habe … Ich habe ihn erschossen.«
Salvatore lachte laut auf.
»Ich glaube, der viele Amarone hat dir echt die Sinne vernebelt, Papa. Du hast den Mann doch nicht erschossen, das kannst du mir nicht erzählen. Das glaube ich dir nicht. Du würdest es gar nicht fertigbringen, einen Menschen zu erschießen.«
»Da irrst du dich, mein Sohn. In diesem einen Fall irrst du dich wirklich.«
Bevor der Vater auch nur ein weiteres Wort sagen konnte, war Salvatore aufgesprungen und durch die Tür. Lino erhob sich langsam und folgte ihm. Als er bei seinem in der offenen Weinkellertür stehenden Sohn ankam, übergab der sich gerade.
»Aber warum?«, stammelte Salvatore ein paar Minuten später noch immer nach Luft ringend. »Das ist ja ein kompletter Albtraum!«
»Da kann ich dir nicht widersprechen. Aber ich musste es tun, sonst hätte er dich, mich und auch Eva umgebracht. Es gab einfach keine andere Möglichkeit, Salvatore.«
»Aber dieser Typ ist doch nicht allein auf der Welt, Papa. Es wird garantiert Leute geben, die ihn vermissen. Die werden nach ihm suchen und ich bin mir relativ sicher, dass sie irgendwann bei uns vor der Tür stehen.«

»Das mag alles sein, aber dann müssen wir eben zusammenhalten. Wir sind auch eine Familie, vergiss das bitte nicht.«
»Ja, aber wir sind doch keine Familie von Killern!«
Lino Basile trat einen Schritt nach vorn und nahm seinen am ganzen Körper bebenden Sohn in den Arm.
»Sind wir auch nicht. Aber wenn er jetzt nicht mit zwei Kugeln im Kopf da liegen würde, dann wären wir in nicht allzu ferner Zukunft in genau diesem Zustand aufgefunden worden. Es war lediglich eine Form von Notwehr, Salva.«
Der Sohn machte sich aus der Umarmung seines Vaters frei und betrat vorsichtig den kleinen Kellerraum. Es schien, als sei er nicht davon überzeugt, dass der Mann auf dem Boden tot ist.
»Und wo hast du überhaupt die Waffe her, Papa? Hast du die auf die Schnelle irgendwo gekauft?«
»Nein, das habe ich nicht. Die hatte ich oben im Restaurant in einer Küchenschublade versteckt. Schon seit wir eröffnet haben übrigens.«
»Du hast …?«
Salvatore beugte sich über den toten Mann auf dem Boden und sah ihn kurz an.
»Und wie, glaubst du, geht das jetzt weiter? Willst du einen Bestatter rufen und ihn abholen lassen?«
»Rede nicht so einen Unfug, Junge. Wir müssen uns natürlich selbst darum kümmern, dass er von hier verschwindet; dass er verschwindet und niemals wieder auftaucht.«
»Ach du Scheiße.«

»Wenn du es nicht kannst, komme ich auch allein zurecht. Aber leichter wäre es schon zu zweit.«
Der junge Kalabrier schloss für eine Weile die Augen, holte dabei tief Luft, öffnete sie wieder und sah erneut dem Toten ins Gesicht. Diesmal jedoch länger und ohne den Blick erschrocken abzuwenden.
»Wie hast du es denn gemacht, Papa? Bist du einfach hier reingekommen und hast ihm in den Kopf geschossen?«
Lino Basile nickte.
»Der Mann war ein Profi, Salva, ein Assassino. Alles andere als diese Vorgehensweise wäre absolut töricht und kompletter Selbstmord gewesen. Ich wollte unsere Familie schützen und nicht mit ihm diskutieren. Mit Leuten wie ihm kann … konnte man nicht diskutieren, das mögen die nämlich nicht.«
Salvatore trat ein paar Schritte zurück, schaltete das Licht im Keller an und ging wieder zu dem Leichnam. Nun konnte er, besser als nur durch das diffuse Flurlicht vorher, mehr Details erkennen. Die offenen, kalten Augen des Killers wirkten selbst im Tod noch gefährlich, obwohl sein Blick auch Überraschung ausdrückte. Die beiden Einschusslöcher, eins auf der rechten Stirnseite und eins eher am Hals als im Kopf, waren blau verfärbt. Offenbar waren beide Projektile auf der Rückseite wieder ausgetreten, denn von den Eintrittslöchern konnte die Blutlache, in der er lag, keinesfalls herrühren.
»Wie stellst du dir das vor, ihn von hier wegzubringen und so verschwinden zu lassen, dass er nie wieder auftaucht?«

»Darüber habe ich mir noch keine Gedanken gemacht, zumindest noch keine endgültigen. Aber sei sicher, dass mir dazu das Richtige einfallen wird.«
»Oh Mann, Papa, wir können wohl beide heilfroh sein, dass Mama das nicht mehr mitkriegen muss.«
»Das mag sein. Aber auch wenn sie noch leben würde, hätte ich keine andere Entscheidung getroffen. Vielleicht wäre ich sogar noch ein wenig überzeugter von dieser Lösung gewesen, obwohl ich mir das gerade nicht vorstellen kann. Und vielleicht hätte sie mir in diesem speziellen Fall ja sogar zugestimmt, weil unsere Familie und der Schutz unserer Familie ihr immer wichtiger war als alles andere.«
Es verging etwa eine Minute, in der keiner der beiden etwas sagte.
»Wollen wir das Ristorante heute geschlossen lassen?«, fragte Salvatore schließlich. »Ich könnte ein Schild schreiben, auf dem steht, dass wir aus gesundheitlichen Gründen heute leider nicht aufmachen können.«
»Das ist eine gute Idee, Salva. Aber vielleicht schreibst du besser, dass wir aus familiären Gründen heute nicht öffnen können, sonst denken die Leute am Ende noch, dass wir uns mit irgendwas Ansteckendem infiziert haben. Das möchte ich auf jeden Fall vermeiden. Von mir aus kannst du auch schreiben, dass wir wegen eines Trauerfalls geschlossen haben. Das wäre dann ja nicht einmal gelogen.«
Salvatore Basile sah seinem Vater so lange in die Augen, wie er es vermutlich noch niemals vorher getan hatte.

»Ich glaube, wenn diese ganze Scheiße hier erledigt ist, müssen wir beide mal ein ernstes Gespräch miteinander führen, Papa.«

28

»Der Typ, mit dem ich eben gesprochen habe«, erklärte Pia ihrem Chef an der Fahrertür des Mazda lehnend, »ist ein komischer Vogel. Aber erstens hat er offenbar ein wasserdichtes Alibi für gestern Abend und zweitens macht er auf mich nicht den Eindruck eines kaltblütigen Mörders.«
»Was hat er denn machen lassen beim Schönheitschirurgen?«, wollte Hain wissen.
»Na ja, das ist ein Punkt, der definitiv gegen ihn spricht. Er hat sich nämlich tatsächlich das Kinn machen lassen.«
»Und, hast du ihn gefragt, ob er einer dieser Incels ist?«
»Nein, natürlich nicht. Ich will ihn doch nicht darüber informieren, dass wir vielleicht schon dichter an ihm dran sind, als er glaubt.«
»Auch wieder wahr. Wie viele hast du noch auf deiner Liste?«
»Zweieinhalb. Spätestens um 16:00 Uhr bin ich wieder im Büro, denke ich.«
»Gut.«
»Wie ging es denn mit Veit Hanstein weiter? Hat er Plasserts Aussage bestätigt?«
»In vollem Umfang. Allerdings hat er darauf bestanden, nur ein guter, höchstens ein sehr enger Freund von ihm zu sein. Und es war ihm ganz wichtig, uns ganz dezi-

diert und sehr, sehr entschieden an unsere Schweigepflicht Zeugen und Zeugenaussagen gegenüber zu erinnern. Ich kann mich zwar an keinen Gesetzestext erinnern, der das beschreibt, aber von mir aus soll er es so haben.«

»Dann fallen also sowohl Millner als auch Plassert als Verdächtige für den Anschlag im Krankenhaus auf Lisa Werner aus.«

»Ganz richtig, ja. Wir müssen zwar noch das Alibi von Millner überprüfen, aber ich habe mir vorhin die Aufnahme einer Überwachungskamera vor einem Geschäft in der Oberen Königsstraße angesehen. Und die Bilder passen weder zu dem Einen noch dem Anderen. Der Gang des Täters ist ein ganz anderer, außerdem hat er extreme X-Beine. Und kleiner als Plassert und Millner ist er obendrein. Nein, für diesen Anschlag ist jemand anderes verantwortlich.«

»Wo hast du die Aufnahmen denn her?«

»Das war Lemmis Idee. Er ist los und hat sich in und vor jedem Geschäft nach Kameras umgesehen. Und in dreien ist er fündig geworden. Die zwei anderen haben uns allerdings nicht weiter gebracht, weil keine Aufnahmen des Täters darauf waren.«

»Und du sagst, dass er eher klein gewachsen war?«

»Ja. Ich schätze, er ist nicht viel größer als 1,68 Meter, vielleicht einen oder zwei Zentimeter größer. Die Jungs von der KT sind gerade mit den Bildern beschäftigt und sollten uns in spätestens einer Stunde seine genauen Maße sagen können. Warum fragst du?«

»Weil der, mit dem ich eben gesprochen habe, mindestens 1,90 Meter groß ist und demzufolge als Täter von gestern Abend auch ausfällt.«
»Scheiße.«
»Ja. Jetzt fahre ich weiter und sehe, ob vielleicht einer der anderen ein klein gewachsener Mann ohne Alibi ist, der gleichzeitig noch geständig ist und den ich nur noch einkassieren muss.«
»Schön, dass du dir deinen Humor nicht nehmen lässt, Pia«, gab Hain lachend zurück. »Wie geht es dir denn schwangerschaftstechnisch?«
»Viel besser als gestern. Aber ich drehe durch, wenn das jetzt über Monate so geht.«
»Ich drück' dir die Daumen.«
Damit beendeten die beiden ihr Gespräch. Pia stieg ein und gab die nächste Adresse ins Navi ein.
»Guten Tag«, begrüßte sie den Mann, der ihr die Tür öffnete, und stellte sich vor. »Ich möchte bitte zu Robin Happ.«
»Der Robin ist mein Sohn und leider nicht hier; er ist für ein paar Monate in den Vereinigten Staaten und nimmt dort an einem Austauschprogramm für Studenten teil.«
»Ach, wie schön«, erwiderte die Kommissarin. »Seit wann ist er denn dort?«
»Seit … lassen Sie mich kurz überlegen … seit genau fünf Wochen. Ja, heute vor fünf Wochen ist sein Flug gegangen.«
»Dann hat sich mein Besuch bei Ihnen schon erledigt, Herr Happ. Und danke für die Auskunft.«
Er nickte freundlich.

»Darf ich trotzdem fragen, was die Polizei von ihm gewollt hätte?«
»Es ging um einen Vorfall vor ein paar Tagen, da hätte er uns vielleicht mit einer Zeugenaussage weiterhelfen können. Aber dadurch, dass er in den Staaten ist, hat sich meine Anfrage vollständig erledigt.«
Weil sie keine Lust auf weitere Rückfragen des Vaters hatte, verabschiedete sie sich schnell und ging zurück zum Wagen. Für die nächste Adresse brauchte sie kein Navigationssystem, denn die lag in einem echten, jedem Polizisten der Stadt bekannten Brennpunktstadtteil. Der Kontrast zu Severin von Olms Wohnverhältnissen hätte nicht größer sein können, denn hier reihte sich Wohnsilo an Wohnsilo und es schien, als hätte die Müllabfuhr schon vor Monaten die Arbeit in dem Viertel eingestellt.
Die Kommissarin suchte und fand Hausnummer 28, schloss das Verdeck und anschließend den Mazda ab. Über das Klingelbrett war hier definitiv nichts zu erreichen; entweder die Schilder waren gar nicht erst vorhanden oder es waren so viele verschiedene Namen übereinander gepappt, dass ein Erkennen schlicht unmöglich wurde. Also ging sie durch die offenstehende Tür ins Haus, wo sie von einer Geruchsmelange aus Urin, Gras und Essen eingenebelt wurde. Für einen Moment befürchtete die Polizistin, sich gleich wieder übergeben zu müssen, doch irgendwie bekam sie das Gefühl in den Griff. Dann ging sie auf die erste erreichbare Tür zu und klopfte, weil die Überreste der Klingel aus drei Kabeln bestanden, die traurig aus der Wand hingen.

»Ja, wassn los?«, kam es dumpf von hinter der Tür. Vermutlich war es eine Frauenstimme, aber sicher war Pia nicht.
»Ich bin auf der Suche nach Hassan Yilmaz«, rief sie.
»Such woanders, den gibts hier nicht.«
»Weißt du vielleicht, wo ich anfangen kann, zu suchen?«
»Immer der lauten Mucke nach. Dieses Arschloch kann man unmöglich überhören.«
»Danke.«
Die Kommissarin hob den Kopf, konnte jedoch keine laute Musik ausmachen. Also ging sie mit gespitzten Ohren Etage für Etage aufwärts, aber es gab im ganzen Haus keine laute Musik. Gerade als sie erneut an eine Tür klopfen wollte, fing etwa zwei Stockwerke unter ihr ein Basslauf an, der das ganze Haus erbeben ließ.
»Holy Moly«, murmelte sie, drehte sich um und folgte den Erschütterungen bis zum Epizentrum. Da ein Klopfen ihrer Meinung nach bei dem Krach völlig unsinnig gewesen wäre, probierte sie es mit dem Drücken der Türklinke, allerdings erfolglos. Also änderte sie ihre Strategie und hämmerte doch mit den Fäusten gegen die schwere, offenbar von innen verstärkte Tür, aber auch diese Maßnahme war nicht von Erfolg gekrönt. Leicht resignierend ging sie zur gegenüberliegenden Wand, lehnte sich mit dem Rücken dagegen und verschränkte die Arme vor der Brust. Irgendwann, so hoffte sie, würde der Musiker eine Pause machen oder machen müssen. Allerdings wurde der Bass zunächst mit einer Männerstimme unterlegt. Was der Inhalt des Gesangs war, konnte die Polizistin nicht verstehen, doch

es war ihr klar, dass diese Darbietung und ihr Musikgeschmack in keiner Weise kompatibel waren. Nach etwa zehn Minuten des Wartens wurde ihre Geduld belohnt. Die Musik wurde zunächst leiser und verstummte dann komplett, was für die Kommissarin das Zeichen war, erneut mit ihren Klopfzeichen an der Tür zu beginnen. Es dauerte zwar eine Weile, doch irgendwann fragte jemand nach dem Grund des Hämmerns.

»Mein Name ist Pia Ritter, ich bin von der Polizei und auf der Suche nach Hassan Yilmaz.«

»Das bin ich. Warum suchen Sie denn nach mir?«

»Ich suche gar nicht nach Ihnen, sondern habe lediglich ein paar Fragen an Sie wegen einer Strafsache, die ich bearbeite. Sie sind nicht verdächtig, sondern nur Zeuge.«

»Zeuge? Ich weiß aber gar nichts.«

»Wollen Sie nicht erst mal wissen, worum es geht?«

»Nein, kein Interesse. Schreiben Sie einfach, dass ich nichts weiß.«

»Herr Yilmaz, machen Sie bitte die Tür auf, ich will Ihnen nichts Böses. Und wenn Sie mir zwei oder drei Fragen beantwortet haben, bin ich auch schon wieder weg.«

Hinter der Tür wurde jetzt diskutiert. Pia konnte Stimmen hören, nicht jedoch, was gesprochen wurde. Dann öffnete sich die Tür einen Spalt.

»Deinen Ausweis«, sagte eine dunkle Männerstimme.

Die Polizistin hielt ihren Dienstausweis hoch, die Tür wurde weiter geöffnet.

»Versuch bloß nicht, mich zu ficken, sonst werde ich echt böse. Alles klar?«

Pia musste ein Lachen unterdrücken.
»Ich versichere Ihnen, dass ich nichts dergleichen probieren werde.«
»Dann komm mal rein. Geradeaus, dann rechts in mein Studio. Bin gleich da, muss nur noch mal schnell für große Jungs.«
Das *Studio*, von dem der etwa 22-jährige Mann sprach, war ein komplett verqualmtes Zimmer, in dem mehrere aufgeklappte Laptops und eine große Lautsprecheranlage standen. In einer Ecke saßen zwei junge Frauen mit qualmenden Zigaretten in den Händen, die der Kommissarin schüchtern zunickten.
»Hallo«, begrüßte Pia die beiden. »Macht ihr hier alle zusammen Musik?«
Die beiden schüttelten in perfekter Übereinstimmung die Köpfe.
»Nein«, kicherte die linke, etwas kleinere der beiden und drückte ihre Zigarette in den Aschenbecher. »Hassan macht die Musik. Wir sind nur seine … Groupies.«
Nun kicherten beide. Pia wurde den Eindruck nicht los, dass der Grasgeruch im Hausflur seinen Ursprung in diesem Zimmer haben musste.
»Nein, Spaß«, meinte das andere Mädchen schließlich. »Ich bin Hassans Freundin und das ist seine Schwester.«
»Darf ich fragen, wie lange Sie schon mit Hassan zusammen sind?«
»Zwei Jahre. Ist aber mehr so eine On-Off-Geschichte mit uns.«
»Warum das denn? On-Off ist doch doof.«

»Ja, finde ich auch. Aber Hassan hat es nicht so mit der Treue und der Dauerhaftigkeit. Was soll ich machen?«
Die Polizistin schüttelte mit gespielter Empörung den Kopf.
»Schluss. Einfach Schluss machen, wenn er nicht treu sein kann.«
»Das sagen sie so leicht. Und dann kommt er wieder angeschissen und guckt mich mit seinen treuen Rehaugen an. Dann sind natürlich alle meine guten Vorsätze voll für die Tonne. Ich krieg es ohne ihn einfach nicht gebacken.«
»Weil sie ihn voll liebt«, flüsterte Hassans Schwester. »Sie liebt ihn, obwohl er einer anderen Tussi ein Kind gemacht hat.«
»Du blöde Kuh!«, zischte die Freundin wütend. »Das geht die doch gar nichts an. Das geht niemand was an.«
»Was geht niemand was an?«, fragte Hassan Yilmaz, der jetzt in seinem *Studio* auftauchte und sich dabei die Finger an der Hose abwischte. Pia hoffte, dass es Wasser vom Händewaschen war, das da an den Jeans landete.
»Es geht niemanden was an, was ich von Ihnen will«, antwortete die Polizistin, was ihr anerkennende Blicke der Freundin und der Schwester einbrachte. »Nur uns beide geht das was an. Wollen wir kurz rausgehen?«
»Nein, ich hab' keine Geheimnisse. Also, was gibts?«
»Zuerst würde mich total interessieren, was Sie hier für Musik machen. Ich mag Musik.«
»Meine Musik magst du bestimmt nicht; du siehst nämlich nicht aus wie jemand, der auf harten Gangstarap steht.«

»Wow, harter Gangstarap. Doch, kann ich mich schon mit anfreunden.«
»Echt? Was hörst du denn so?«
»Nate 57 mag ich ganz gern. Und natürlich Haftbefehl.«
Sein Blick hellte sich schlagartig auf.
»Echt? Schon krass, dass du die überhaupt kennst. So ’ne Tussi wie du …«
Er nickte mehrmals anerkennend.
»Kannst mich *Prisoner* nennen. Das ist mein Künstlername.«
»Cool. Und jetzt stelle ich dir kurz meine Fragen und muss dann auch wieder, in Ordnung?«
»Klar.«
Pia warf einen Blick auf die beiden Frauen, die frisch angezündete Zigaretten in den Fingern hielten.
»Und es ist für Sie …«
»Klar. Die eine ist mein Girl, die andere wird mal meine Managerin. Im Moment ist sie aber nur meine kleine Schwester.«
»Gut. Nach meinen Informationen waren Sie vor knapp einem Jahr bei Dr. Bellini in Behandlung. Stimmt das?«
»Klar stimmt das, ist ja auch kein Geheimnis. Mein Scheißkinn war voll kacke für einen Gangstarapper, es stand brutal nach hinten.«
Er deutete mit der rechten Hand die vorige Form seines Kinns an.
»Dieser Doc hat es, na ja, ein bisschen in Form gebracht.«
»Tut das nicht unheimlich weh?«

»Klar tut das weh, und ob! Aber guck mal, wie geil das jetzt aussieht. Mit dem vorigen Scheißkinn wäre ich nie auf einer Bühne gelandet, da hätte ich mich echt voll schämen müssen. Aber so ist das doch richtig klasse, oder?«

Pia nickte.

»Aber Sie waren nicht ganz einverstanden mit dem, was Dr. Bellini gemacht hat, oder?«

»Ach, das war doch nur ein kleiner Spaß. Oder, na ja, vielleicht war ich am Anfang wirklich sauer auf ihn, weil er mir mehr versprochen hatte.«

»Du warst *voll sauer* auf ihn«, widersprach seine Schwester. »Weil du wohl aussehen wolltest wie ein Pelikan. Hediye und ich haben wie die Bekloppten an dir rumgeredet, bis du es endlich eingesehen hast.«

Sie wandte sich an die Polizistin.

»Jetzt sagen Sie mal selbst, das sieht doch echt spacig aus, oder? Noch weiter nach vorn wäre echt kacke gewesen.«

»Hm«, machte Pia.

»Was, hm?«, blaffte *Prisoner* sie an. »Gefällt dir meine Visage nicht, oder was?«

»Doch, doch. Aber ich bin da ganz auf der Seite Ihrer Schwester, viel mehr hätte es nicht sein dürfen. Oder müssen.«

»Schon gut. Weißt du eigentlich, wie so was gemacht wird?«

Interessiertes Kopfschütteln.

»Dieser Metzger hat mir das komplette Kinn gebrochen und dann wieder neu zusammengesetzt. Ich war echt

froh, dass ich in Narkose war, sonst hätte ich bestimmt geschrien wie ein Schwein.«
»Das glaube ich gern. War das Ihre erste Operation?«
»Ja. Vorher brauchte ich niemand, der an mir rumschnippelt.«
Er fuhr sich mit der linken Hand über das renovierte Kinn.
»Und jetzt muss ich weiterarbeiten. Wir sind ja bestimmt auch durch, oder?«
»Ja, ich habe im Augenblick keine Fragen mehr. Falls noch irgendwas sein sollte, kann ich mich ja noch mal melden. Ich weiß ja jetzt, wo es ist.«
»Klar, mach das. Dann zieh' ich dir eine Kopie von meinem neuen Demotape, das ich gerade mache. Echt geile Sachen drauf, ehrlich. Und das geht dann ja auch an die Plattenfirmen. Bin schon total gespannt, wer sich als Erstes meldet und es rausbringen will.«
»Da drücke ich Ihnen ganz fest die Daumen, dass es klappt. Danke nochmal und einen schönen Tag.«
Die Kommissarin winkte den beiden Frauen zu, verließ mit schnellen Schritten die Wohnung und atmete vor der Tür ein paarmal tief durch.
»Mann, Mann, Mann«, brummte sie kopfschüttelnd.

29

Andrea Werner streichelte sanft über die Hand ihrer Tochter, so wie sie es in den letzten Tagen tausendfach gemacht hatte.
»Du musst stark sein, meine kleine Lisa«, flüsterte sie. »Sei stark!«
Wieder liefen ihr Tränen über das Gesicht. Nach den Ereignissen vom Vorabend hatte sie die Nacht in ihrem Haus verbracht, war aber am Morgen an das Krankenbett ihrer Tochter zurückgekehrt. Dort war sie von zwei Polizeibeamten vor der Stationstür und zwei weiteren vor Lisas Zimmer begrüßt worden. Sie konnte zwar immer noch nicht fassen, dass der freundliche junge Polizeibeamte bei dem Anschlag sein Leben verloren hatte, war allerdings auch völlig darauf konzentriert, sich um ihre Tochter zu kümmern. Was leider aber nur bedeutete am Bett zu sitzen, ihr turnusmäßig über Wangen und Hände zu streicheln und ansonsten rein gar nichts tun zu können.
»Kämpf' bitte, Lisa. Wir wollen doch noch …«
Sie brach ab, weil eines der Geräte neben dem Bett begonnen hatte einen hohen, durchdringenden Ton von sich zu geben und sah irritiert auf den danebenstehenden Monitor. Dort war aus dem pulsierenden grünen Hüpfen schlagartig eine flache, durchgängige Linie geworden. Sie wollte gerade aufstehen, als die Tür aufge-

stoßen wurde und zwei Krankenschwestern hereinstürmten.
»Gehen Sie bitte nach draußen und warten dort«, forderte die hintere von ihr. »Sofort, bitte!«
Andrea Werner folgte schluchzend ihrer Ansage und ging nach draußen. Innerhalb der nächsten Minute eilten acht weitere weiß gekleidete Personen in Lisas Krankenzimmer, in dem offenbar hektisch gearbeitet wurde. Immer wieder ertönten Stimmen, wurde nach irgendetwas oder irgendwem gerufen. Mit einem Mal allerdings setzte eine bedrückende Stille ein.
Es dauerte etwa zwei Minuten, dann ging die Tür langsam auf und einer der Ärzte, die Lisa operiert hatten, trat auf den Flur. Er ging mit zögernden Schritten auf Andrea Werner zu und griff nach ihrer Hand.
»Es tut mir sehr leid, Frau Werner, aber Ihre Tochter ist leider verstorben. Wir haben alles getan, was in unserer Macht stand, aber ihre Verletzungen waren einfach zu schwerwiegend. Mein Beileid.«
Lisa Werners Mutter sah dem Mann so lang ins Gesicht, bis ihre Augen so voll Wasser standen, dass sie nur noch Schemen erkennen konnte. Dann sackten ihr die Beine weg.

30

Paul Wiegand kam parallel zu Pia vor dem Haus an. Er stellte sein Fahrrad unter dem Carport ab und wollte auf die Haustür zugehen, als er bemerkte, dass die Frau aus dem roten Cabrio, die direkt auf ihn zukam, etwas von ihm zu wollen schien.

»Entschuldigen Sie, kann ich etwas für Sie tun?«, wollte er misstrauisch von ihr wissen. Sein Habitus hatte etwas Linkisches, Unbeholfenes.

»Wenn Sie Paul Wiegand sind, dann wahrscheinlich schon.«

»Ich bin Paul Wiegand, ja. Und wer sind Sie?«

Die Polizistin stellte sich vor.

»Kriminalpolizei? Und was wollen Sie von mir?«

»Bleiben Sie ganz entspannt. Ich habe nur ein paar Fragen zu einem Fall, den ich gerade bearbeite.«

»Ich bin entspannt. Um welchen *Fall* geht es denn?«

»Dr. Bellini, der Arzt, wurde das Opfer einer Straftat. Sie kennen ihn doch, oder?«

Wiegand sah besorgt zum Haus.

»Lassen Sie uns bitte ein paar Schritte gehen. Ich möchte nicht, dass wir im Beisein meiner Mutter oder meiner Eltern dieses Thema wieder aufwärmen.«

»Was meinen Sie mit aufwärmen?«, wollte Pia Ritter von dem schmächtigen, nicht sehr großen, aber trotzdem sportlich wirkenden jungen Mann wissen.

»Meine Mutter hat mir die Hölle heiß gemacht, als sie erfahren hat, dass ich Geld für diese Operation ausgegeben habe. Sie konnte das nicht verstehen und ich bin verdammt froh, dass mir dieser Mist nicht mehr jeden Tag vorgehalten wird.«

»Was meinen Sie mit *dieser Mist*?«

»Egal. Sie haben gesagt, dass Dr. Bellini das Opfer eines Verbrechens geworden ist. Was …?«

»Das habe ich so nicht gesagt«, wurde er von Pia unterbrochen. »Ich habe davon gesprochen, dass er das Opfer *einer Straftat* geworden ist.«

»Und? Macht das einen Unterschied?«

»Strafrechtlich auf jeden Fall, aber das muss uns jetzt nicht interessieren. Mich interessiert viel mehr, was Sie bei Dr. Bellini haben machen lassen.«

Der junge Mann blieb abrupt stehen und stierte die Polizistin feindselig an.

»Das geht Sie überhaupt nichts an. Was ich bei Bellini gemacht habe, ist meine Privatsache.«

»Absolut, ja. Allerdings ist Dr. Bellini jetzt tot. Und Sie hatten einen Konflikt mit ihm, weil Sie mit dem Ergebnis seiner ärztlichen Bemühungen nicht zufrieden gewesen sind.«

»Das mag schon sein.«

Er zögerte.

»Oder warten Sie, woher wissen Sie das eigentlich? Haben Ihnen das die …, die … die Bitches in der Praxis verraten? Das dürfen die doch gar nicht.«

»Wir halten uns bei allem, was wir tun, streng an die Datenschutzrichtlinien, Herr Wiegand. Wir als Polizei

erfahren nur, was wir erfahren dürfen und wissen auch nur, was wir wirklich wissen dürfen.«
»Ach, das können Sie doch Ihrer Großmutter erzählen. Ich werde das Gespräch mit Ihnen jetzt abbrechen, weil ich gar nicht mit Ihnen sprechen muss. Wenn Sie etwas von mir wollen, dann laden Sie mich vor. Wenn ich mir dann überlege, dass ich kommen will, dann mache ich es. Und wenn nicht, dann eben nicht.«
»Sie kennen sich aber gut aus, Herr Wiegand«, erwiderte Pia. »Hat Ihnen Severin von Olm dieses Vorgehen empfohlen?«
Die Erwähnung des Namens war ihr eher spontan eingefallen und mehr als Versuchsballon gedacht, weil ihr Wiegands Verhalten merkwürdig und unnatürlich vorkam. Abgesprochen irgendwie. Die Reaktion des jungen Mannes darauf aber war überaus beeindruckend. Und höchst emotional.
»Wer soll das denn sein?«, schrie er ihr hysterisch ins Gesicht. »Den Namen habe ich noch nie gehört. Garantiert nicht. Und jetzt lassen Sie mich einfach in Ruhe, Sie …«
»Ja?«, fragte Pia seelenruhig zurück. »Fehlt da nicht noch die beleidigende Abrundung in Ihrem Satz.«
Sie ging so nah an ihn heran, dass ihre Nasenspitze nur noch eine Handbreit von seiner entfernt war.
»Wie wäre es mit *Becky*, Herr Wiegand. Oder bin ich in Ihren Augen doch eher eine *Stacy*?«
Er schluckte.
»Ich … ich weiß gar nicht, was Sie da quatschen. Außerdem werde ich mich über Sie beschweren. Bei Ihren Vorgesetzten. Die sollen ruhig erfahren, mit welchen

Methoden Sie arbeiten und wie Sie versucht haben, mich fertig zu machen.«

»Echt? Die werden sich viel eher darüber freuen, dass ich einen Mordfall aufgeklärt habe. Einen Mordfall, in dessen Mittelpunkt Sie und Severin von Olm stehen.«

Paul Wiegand riss die Augen auf. Sein puterrot angelaufenes Gesicht drückte aus, wie wütend er war.

»Ich sag' es dir noch einmal, du dumme Schlampe, ich kenne niemanden, der so heißt. Und was du da von einem Mordfall faselst, davon hab' ich auch nicht die geringste Ahnung.«

»Soso, jetzt bin ich also schon eine Schlampe.«

Die Kommissarin lachte ihm direkt ins Gesicht.

»Leider aber eine dieser Schlampen, die sich die Kerle aussuchen können. Und ein Loser wie du würde bei mir nicht mal in die Nähe der engeren Auswahl kommen, die ist nämlich für die Chads dieser Welt reserviert. Ich befürchte deshalb, dass dein Inceldasein sich leider noch eine Weile fortsetzen wird.«

Mit ihren letzten Worten hatten bei ihm die Tränen zu laufen begonnen. Er rang nach Luft, schwang dabei bedrohlich mit den Armen und trat ein paar Schritte zurück.

»Du kriegst auch noch das, was du verdienst, du mieses, kleines Dreckstück. Und eine Stacy bist du niemals und warst es auch nie. Vielleicht eine Becky, höchstens, aber jetzt bist du nur noch alt und hässlich. Und ficken will mit dir garantiert keiner mehr, das kannst du dir abschminken.«

Damit drehte er sich um und rannte davon. Und zwar nicht in Richtung des Wohnhauses, sondern in die entgegengesetzte. Pia dachte kurz darüber nach, ihn zu verfolgen, entschied sich aber dagegen. Ihr war klar, dass sie nicht den Hauch einer Chance hatte, an ihm dranzubleiben. Stattdessen ging sie zum Haus der Familie Wiegand. Dort stand Pauls Mutter am Zaun. Ihre Augen waren feucht.

»Ich habe sie beobachtet und muss mich wohl für sein Verhalten entschuldigen, Frau Kommissarin. Es ist im Augenblick nämlich wieder mal eine echte Katastrophe mit ihm.«

»Ach, lassen Sie mal. Ist bestimmt ein schwieriges Alter, in dem er gerade ist.«

»Einundzwanzig? Da sollte man seine Pubertät eigentlich hinter sich gelassen haben, oder?«

»Stimmt, da gebe ich Ihnen recht.«

»Aber er hat doch nichts verbrochen, oder?«

»Nein«, antwortete die Kommissarin, obwohl sie befürchtete, dass es sich dabei um eine Lüge handelte, »da machen Sie sich mal keine Gedanken.«

»Da bin ich sehr froh, dass Sie das sagen. Es ist nämlich, wie gesagt, im Moment wieder alles sehr kompliziert mit ihm.«

»Was genau ist denn so kompliziert?«

»Paul war schon immer ein schwieriges Kind. Wir sind, wegen der falschen Diagnose seines Kinderarztes, immer davon ausgegangen, dass er am Asperger-Syndrom leiden würde, aber das wurde längst widerlegt. Glücklicherweise oder nicht, die Frage habe ich mir bestimmt schon hunderttausendfach gestellt.«

»Hat Ihr Sohn eine Freundin?«

»Nein, er hat … keine Freundin.«

»Warum sagen Sie das so zögerlich?«
»Ach, nur so. Mein Mann und ich würden ihm so wünschen, dass es endlich mit einem Mädchen klappen würde. Aber da scheint sich leider nichts am Horizont abzuzeichnen.«
»Ist das der Grund, warum er sich dieser Schönheitsoperation bei Dr. Bellini unterzogen hat?«
»Ach, dieser Spinner. Für das viele Geld hätte er besser einen Benimmkurs belegt. Auf diesem Gebiet liegt es bei ihm nämlich viel mehr im Argen.«
Die Frau zuckte entschuldigend mit den Schultern.
»Aber was rede ich da? Das Benehmen zu lehren, ist klassische Elternaufgabe. Und was das angeht, das müssen mein Mann und ich uns leider eingestehen, haben wir eindeutig versagt.«
»Was genau hat er eigentlich machen lassen bei der Schönheits-OP?«
»Er war mit seinem Gesicht unzufrieden, vor allem mit der Kinnpartie. Die hat er von dem Arzt verändern lassen. Und wissen Sie was?«
Frau Wiegand war weder an Pias Antwort interessiert, noch wartete sie darauf.
»Das Geld dafür«, sagte sie aufgebracht, »hat er uns gestohlen. Einfach geklaut.«
»Dann hatte er vermutlich das Gefühl, dass die OP sehr wichtig sei für ihn, wenn er so weit gegangen ist, Sie und Ihren Mann zu bestehlen.«
»Da sagen Sie was«, redete sich die Mutter jetzt förmlich in Rage. »Er war wie besessen davon, diesen Unsinn machen zu lassen. Und dann war er auch noch komplett unzufrieden mit dem Ergebnis und hatte über

Monate Schmerzen deswegen. Aber was soll man als Mutter machen? Ihn aus dem Haus jagen geht ja auch nicht, oder?«

Nun zuckte Pia mit den Schultern.

»Nein, vermutlich nicht.«

Frau Wiegand schaute in die Richtung, in die ihr Sohn abgerauscht war, es war jedoch nichts von ihm zu sehen.

»Ich wollte Sie jetzt gar nicht so mit unseren Problemen belasten«, meinte sie dann betreten, »aber manchmal weiß ich einfach nicht mehr weiter. Der Junge hängt nächtelang vor dem Computer, schläft dann bis mittags und wenn ich ihn darauf anspreche, giftet er mich auch noch an. Furchtbar, glauben Sie mir.«

»Das mache ich, Frau Wiegand«, gab die Polizistin so empathisch wie möglich zurück. »Kennen Sie zufällig einen Severin von Olm? Das ist möglicherweise ein Freund Ihres Sohnes.«

»Severin von Olm? Nein, den Namen habe ich noch nie gehört. Wobei ich aber auch sagen muss, dass Paul erstens nicht sehr viele Freunde hat und uns zweitens die wenigen, die er hat, uns nicht gern vorstellt. Einen gab es, der war ein paarmal hier bei ihm, aber der hat sich leider das Leben genommen. Wie tragisch, bei einem so jungen Menschen, oder?«

Pia hob den Kopf.

»Wie hieß dieser junge Mann?«

»Seinen Nachnamen kenne ich nicht einmal, der wurde nie erwähnt. Mit Vornamen hieß er aber Stefan, das weiß ich.«

»Stefan Blume«, murmelte die Polizistin wie elektrisiert.
»Sie kannten ihn? Das wundert mich jetzt aber.«
»Nein, ich kannte ihn nicht. Ich bin nur mal über seinen Namen gestolpert.«
»Ach, ja?«
»Frau Wiegand, Sie haben mir heute Morgen gesagt, dass Paul Bogenschütze ist und auf dem Gelände an den Ginsterwiesen trainiert. Wie oft macht er das?«
Die Mutter schluckte. Gleichzeitig lief eine Träne über ihre linke Wange.
»Wenn ich ganz ehrlich bin, dann weiß ich gar nicht, ob er diesen Sport überhaupt noch ausübt. Aber als wir heute Morgen miteinander gesprochen haben, da habe ich mich wie so häufig einfach nur geschämt, dass ich einen Sohn habe, den eigentlich niemand richtig leiden kann und der nach meiner Meinung auch alles dafür tut, dass sich das nicht ändert. Es ist zum Verzweifeln und Sie können sich sicher vorstellen, dass es einer Mutter nicht leicht fällt, sich das selbst oder von mir aus auch anderen gegenüber einzugestehen.«
Pia nickte.
»Wissen Sie zufällig, wo Ihr Sohn sich gestern zwischen 20:00 Uhr und 23:00 Uhr aufgehalten hat? Es ist wirklich bedeutsam für uns, das zu wissen.«
»Das kann ich Ihnen sogar ganz genau sagen, Frau Kommissarin. Er war den ganzen Abend zu Hause, weil gestern seine Schwester Geburtstag hatte. Die beiden mögen sich zwar nicht besonders, aber so viel Anstand scheint er immerhin noch zu haben, dass er diesen Tag

für sie freihält. Es gab Burger zu essen und die mag er ganz gern.«
»Und er war in dieser Zeit ständig hier im Haus?«
»Nein, wir waren im Garten. Es waren insgesamt bestimmt 20 Leute hier und Paul war die ganze Zeit über dabei. Er war nicht eine Minute weg und ist erst um Mitternacht nach oben gegangen.«
Pia hatte sich, während die Frau gesprochen hatte, Notizen auf ihrem Telefon gemacht.
»Eine Frage habe ich noch, Frau Wiegand. Hat Ihr Sohn irgendetwas mit Wassersport an der Fulda zu tun? Kanu vielleicht, oder SUP?«
»Ach, da fragen Sie aber was, Frau Kommissarin. Mein Mann hätte es so gern, wenn er das auch machen würde, aber Paul hat sich leider nie für Wassersport interessiert.«
»Wie meinen Sie das, er hat sich nie dafür interessiert?«
»Mein Mann ist Kanute. Er war früher sogar ziemlich erfolgreich und ist Wettbewerbe gefahren. Und natürlich empfände ein Vater es als schön, wenn er das an seinen Sohn weitergeben könnte, aber Paul hat sich einfach nicht dafür interessiert. Er wollte es nicht, nie, und wenn er etwas nicht will, dann gibt es absolut keine Möglichkeit, es ihm irgendwie schmackhaft zu machen.«
»Ist Ihr Mann noch aktiv als Kanute?«
»Ja, er ist auf dem Wasser, sooft es geht. Leider geht es in diesem Jahr überhaupt nicht, weil er eine Arthrose im unteren Teil des Rückens hat. Wahrscheinlich wird er um eine Operation nicht herumkommen, die er aber

keinesfalls vor dem Winter angehen will. Er hofft immer noch, dass die Sache durch konsequentes Schonen in den Griff zu bekommen ist.«

»Hat er eigene Boote?«

»Ja, mehr als genug. Er redet zwar immer davon, sich von dem einen oder anderen zu trennen, aber daraus wird dann doch nichts. Für mich ist er einfach ein Kanusammler.«

»Und wo lagert er sie?«

»Da hat er Glück. Er hat, schon vor vielen Jahren, von einem Kollegen, der aufgehört hat, eine kleine Bootslagerhütte an der Fulda übernommen. Sie ist wirklich winzig, höchstens fünf Quadratmeter, aber dort passen alle seine Boote hinein.«

Pia Ritter sah die Frau wie elektrisiert an.

»Wo genau finde ich diese Hütte, Frau Wiegand?«, fragte sie energisch. Ein wenig zu energisch für ihre Gesprächspartnerin allerdings, denn die trat schlagartig ein paar Schritte zurück.

»Was ist denn auf einmal los mit Ihnen? Und was hat es mit Ihrer Frage nach der Bootshütte meines Mannes auf sich?«

»Das kann ich Ihnen jetzt nicht erklären. Aber Sie sagen mir bitte auf der Stelle, wo sich diese Hütte befindet.«

Frau Wiegand nannte ihr die Adresse.

»Das ist das Gelände der Freien Kanuten Kassel. Aber bitte …«

Sie brach ab, weil die Kommissarin dabei war, sich mit dem Telefon in der Hand von ihr zu entfernen.

»Hier ist Pia«, hörte sie die Polizistin sagen. »Ich brauche sofort ein paar Streifenwagen zur Philipp-Wiedemann-Straße 6, Thilo. Und es wäre mir sehr recht, wenn du dich auch hierher in Bewegung setzt. Bring vielleicht auch Lemmi mit, der ist immer eine Hilfe. Die Hintergründe erkläre ich euch, wenn ihr hier seid. Und wo wir gerade dabei sind, wir brauchen eine Fahndung nach Paul Wiegand. Foto und Daten schicke ich den Kollegen.«
Sie beendete das Gespräch und ging wieder auf Frau Wiegand zu, denen nun die Tränen in Strömen über das Gesicht rannen.
»Ich verstehe das nicht, Frau Kommissarin«, schluchzte sie. »Sie haben doch vorhin noch gesagt, dass Paul nichts verbrochen hat.«
»Es tut mir leid, aber da war mir die eine oder andere Verbindung noch nicht so ganz klar. Im Moment wollen wir zwar noch immer mit Ihrem Sohn als Zeugen sprechen, aber das kann sich auch sehr schnell ändern. Und jetzt bitte ich Sie, mir den Zugang zu seinem Computer zu ermöglichen.«
Die Mutter zögerte.
»Dürfen Sie das denn überhaupt so einfach? Ich meine, es gibt doch so etwas wie eine Privatsphäre. Und überhaupt, was ist denn mit dem Datenschutz.«
»Datenschutz ist heute nicht«, brummte die Kommissarin. »Und wenn Sie mir nicht helfen wollen, steht in 20 Minuten ein Kollege von mir mit einem Durchsuchungsbeschluss neben mir. Dann, das können Sie mir glauben, dürfen wir noch viel mehr.«

In diesem Augenblick stoppte der erste Streifenwagen vor dem Haus. Pia ging auf die Kollegen zu, begrüßte sie und bat darum, die Straße vor und hinter dem Haus abzusperren. Die nächsten beiden instruierte sie, sich vor der Eingangstür zu positionieren und niemanden ins Haus zu lassen. Dann ging sie mit der Hausherrin, die in der Zwischenzeit hektisch versucht hatte, ihren Mann zu erreichen, in den ersten Stock, wo sich Paul Wiegands Zimmer befand. Die Kommissarin zog sich Einmalhandschuhe über, drückte die Klinke herunter und betrat den Raum.

»Ach du Scheiße«, murmelte sie und drehte sich um. »Hier stinkt es ja völlig abenteuerlich. Können Sie bitte ein Fenster öffnen?«

»Ja, im Lüften ist er nicht der Beste«, erklärte die Mutter peinlich berührt, ging mit schnellen Schritten zum Fenster, riss die Vorhänge zurück und öffnete beide Fensterflügel.

»Wann waren Sie denn zuletzt hier drin?«, fragte Pia fassungslos.

Frau Wiegand schloss für einen Moment die Augen.

»Er hat es nicht gern«, erwiderte sie mit erstickter Stimme, »wenn mein Mann oder ich ihn hier stören. Und meistens ist ohnehin abgeschlossen. Es wundert mich einigermaßen, dass er es heute nicht gemacht hat.«

Für einen Augenblick war die Kommissarin drauf und dran, der Frau zu erklären, dass bei den originären Erziehungsaufgaben von Eltern auch noch andere Werte von Bedeutung sein könnten als nur die Benimmregeln, unterließ es aber, weil im Erdgeschoss Thilo Hains Stimme ertönte.

»Pia?«, rief er.
»Ja, hier oben. Einfach die Treppe rauf.«
Der Hauptkommissar stand keine fünf Sekunden später neben seiner Kollegin, Jürgen Lehmann brauchte etwas länger.
»Das ist Frau Wiegand«, wies die Kommissarin auf die neben ihr stehende Frau, griff sich das auf dem Tisch stehende Laptop des jungen Mannes und zog die Anschlüsse heraus.
»Los, Leute, wir gehen.«
Obwohl Pias Kollegen ob ihres Auftritts komplett verwirrt waren, folgten sie ihr widerspruchslos. Etwa zwanzig Meter von der Haustür entfernt blieb sie bei einem Streifenwagen stehen und reichte dem am vorderen Kotflügel lehnenden uniformierten Kollegen das Laptop.
»Das Ding ist brutal wichtig und muss schnellstmöglich in die KT. Kannst du dich bitte darum kümmern?«
»Klar.«
»Und bitte keine Stopps an Dönerbuden oder bei Burgerbratern, okay?«
»Bisschen mehr Vertrauen fände ich klasse«, erwiderte er, pfiff seinen Kollegen herbei und stieg ein.
»Ist in spätestens zehn Minuten in der KT, Frau Kommissarin.«
Pia wandte sich wieder ihren Kollegen zu.
»Ich denke, jetzt sind erst mal ein paar Erklärungen fällig«, sagte sie grinsend.
»Das denke ich auch«, meinte Hain. Lehmann drückte seine Zustimmung mit einem kurzen Nicken aus.

»Wir sind einen guten Schritt weiter«, startete die Kommissarin ihren Bericht und sprach dann knappe zehn Minuten ohne Unterbrechung.
»Mensch, Pia, aus dir wird wirklich noch mal eine richtig gute Polizistin«, feixte ihr Boss. »Aber was ich noch nicht ganz verstanden habe, ist, ob dieser Adelige, also dieser *von Irgendwas*, auch in die Sache verwickelt ist.«
»Von Olm heißt er. Severin von Olm. Und ich bin mir sicher, dass er Teil dieser Scheißgeschichte ist. Denn Wiegand ist bei der Erwähnung von Olms Namen so was von steil gegangen, das hättet ihr erleben müssen. Die beiden kennen sich, Wiegand kannte Stefan Blume und ich bin mir absolut sicher, dass auch von Olm Blume kannte. Dessen Selbstmord oder irgendwas, das wir noch nicht wissen, scheint die Klammer zu sein.«
»Gut, dann schreiben wir auch diesen Severin von Olm zur Fahndung aus und schicken außerdem gleich mal ein paar Streifenwagen zu seinem offenbar ziemlich feudalen Wohnsitz.«
»Aber zunächst sollten wir uns diese Bootshütte ansehen. Wenn ich den Standort richtig einschätze, ist sie keinen halben Kilometer vom Auffindeort von Lisa Werner entfernt.«
»Gut. Du fährst vor, wir fahren hinter dir her. Meinst du, dieser Paul Wiegand ist dorthin abgehauen und wir sollten unsere Schlagkraft mit ein paar Kollegen aufhübschen?«
Pia Ritter dachte einen Augenblick nach.
»Ich glaube nicht, dass der Kerl uns große Schwierigkeiten macht, falls er denn überhaupt da sein sollte. Viel

interessanter wird für uns sein, ob es Spuren gibt, die den Aufenthalt von Lisa Werner in der Hütte bestätigen.«
Hain nickte.
»Gut, dann lasst uns losfahren.«

31

Freie Kanuten Kassel e. V. stand auf einem verwitterten Holzschild über dem breiten Metalltor, das den Zugang zum Vereinsgelände von der Straße trennte. Hain, der das Tor als Erster erreicht hatte, betrachtete kurz das Schloss.

»Ein Lacher«, fasste er seinen Eindruck zusammen und kramte sein Lockpicking-Besteck aus der Sakkotasche. Es dauerte dann aber doch mehr als zwei Minuten, bis er Vollzug melden konnte und den rechten der beiden Flügel aufschob.

Die drei Kripobeamten betraten das verwinkelte Grundstück und sahen sich um. Es standen vier kleinere und größere Gebäude dort, aber auf keins davon traf die Beschreibung von Frau Wiegand zu. Dann deutete Hain auf eine grün angestrichene, heruntergekommene Hütte, die zwischen den Bäumen kaum auszumachen war. Der braune Rollladen des Fensters auf der zu ihnen gerichteten Seite stand offen. Ob das Fenster dahinter ebenfalls geöffnet war, konnten die Polizisten von ihrem Standort aus nicht erkennen.

»Das muss sie sein«, murmelte Lehmann.

»Wir teilen uns auf«, entschied Hain leise. »Pia, du nimmst die Rückseite, ich komme von vorn. Lemmi, du hältst dich ein paar Meter im Hintergrund und sicherst den Eingang, damit uns von dort niemand überrascht

und sorgst außerdem dafür, dass niemand stiften geht. Alles klar?«
Seine beiden Kollegen nickten. Pia zog ihre Waffe und lief, geduckt und zwischen den dicht stehenden Bäumen Deckung suchend, im weiten Bogen um die Hütte herum. Hain nahm den direkten Weg, postierte sich hinter einem Baum etwa 15 Meter gegenüber der Frontseite und betrachtete aus seiner sicheren Deckung heraus den kleinen, nahezu quadratischen Bau. Er wartete noch einen Moment, um sicher zu sein, dass auch seine Kollegin ihr Ziel erreicht hatte und hob seine Waffe.
»Herr Wiegand!«, rief er laut, »ich bin Hauptkommissar Thilo Hain von der Kriminalpolizei Kassel. Bitte machen Sie jetzt keinen Unsinn und kommen Sie mit erhobenen Händen heraus.«
Stille.
»Wir möchten uns nur mit Ihnen unterhalten, Herr Wiegand. Also machen Sie keinen Quatsch und kommen Sie raus.«
Hain schob seinen Kopf langsam ein paar Zentimeter nach vorn. Die Hütte selbst lag im Schatten der Bäume, sodass er nicht allzu viel erkennen konnte. Er sah allerdings, dass die Tür, auf die er blickte, geschlossen war und es auf dieser Seite keine Fenster gab. Also bewegte er sein rechtes Bein ein Stück zur Seite und wollte etwas näher an die Hütte herantreten, als nahezu gleichzeitig zwei Dinge geschahen.
Das erste war ein sirrendes Geräusch aus Richtung der Hütte, mit dem der Kommissar zwar nichts anfangen konnte und das ihn auch nicht sonderlich beunruhigte, jedoch trotzdem zum sofortigen Rückzug bewog. Deut-

lich dramatischer war der direkt folgende, lang gezogene und gellende Schrei von Jürgen Lehmann. Hain drehte sich um und sah in dessen Richtung. Sah noch einmal hin und realisierte, was geschehen war. Der Schauer, der ihm in diesem Moment über den Rücken lief, ließ seinen gesamten Körper erzittern.
Sein übergewichtiger, immer etwas tapsig wirkender Kollege lag zappelnd auf dem Rücken und stieß schrille Schreie aus. Aus seinem rechten Oberschenkel ragte ein etwa 40 Zentimeter langer Pfeil, den er offenbar herauszuziehen versuchte.
»Fuck«, zischte Hain.
In diesem Augenblick verließ ein weiterer Pfeil die Hütte. Er war offenbar wieder für Lehmann bestimmt, verfehlte sein Ziel allerdings um gut einen Meter und blieb im Gras neben einem Baum stecken.
»Bring dich in Sicherheit, Lemmi!«, schrie Hain. »Verpiss dich hinter einen der Bäume, der schießt weiter auf dich.«
»Holt diesen Irren bloß da raus«, rief Lehmann, während er sich ungelenk hinter einen Baum robbte. »Kümmert euch nicht um mich, das geht schon. Ich will nur nicht, dass uns dieses Arschloch entwischt.«
»In Ordnung«, antwortete Hain.
Es folgten in schneller Folge vier weitere Pfeile, die alle irgendwo zwischen den Bäumen im Boden stecken blieben und keinen Schaden anrichteten. Dann wurde der Beschuss eingestellt.
»Haut ab, ihr Scheißbullen«, dröhnte es kurz darauf aus dem Innern der Hütte. »Wenn ihr nicht in einer Minute weg seid, dann jage ich hier alles in die Luft.«

Hain sah, wie Pias Gesicht für einen Sekundenbruchteil neben einem Baum auftauchte, dann etwas länger. Offenbar signalisierte sie ihm, dass sie in die Hütte vordringen wollte.
Der Hauptkommissar hob den rechten Daumen.
Aber bitte mit der nötigen Vorsicht, dachte er und registrierte, dass sie sich schon fast zehn Meter näher an die Hütte herangepirscht hatte. Nachdem sie sich hinter dem dicken Stamm eines Baums etwa drei Meter von dem Gebäude entfernt in Sicherheit gebracht hatte, dirigierte sie ihren Kollegen in eine ähnliche Position auf der anderen Seite des Fensters.
»Herr Wiegand, hören Sie auf mit diesem Scheiß«, rief sie. »Das gesamte Gelände ist umstellt, Sie kommen hier nicht mehr raus. Also seien Sie vernünftig und kommen Sie mit erhobenen Händen aus der Hütte.«
Durch das Fenster erklang ein heiseres Lachen.
»Wenn ich eins garantiert nicht machen werde, dann ist es rauskommen. Lieber jage ich mich in die Luft; ist ohnehin das Beste.«
»Reden Sie doch nicht solch einen Unsinn«, erwiderte die Polizistin. »Es gibt immer einen Weg, wie es weitergeht. Auch für Sie.«
»So? Dann komm doch mal ans Fenster und betrachte aus der Nähe, wie das hier weitergehen wird. Wenn du den Mut dazu hast, Bitch.«
Hain schüttelte energisch den Kopf, doch Pia machte eine beschwichtigende Handbewegung und trat ein paar weitere Schritte auf die Hütte zu. Am Fenster schob sie den Kopf ruckartig nach vorn, nahm innerhalb einer

Zehntelsekunde so viel wie möglich auf und war auch schon wieder in ihrer Ausgangsposition.
»Ach du Scheiße«, murmelte sie.
»Du kannst ruhig noch mal glotzen, wenn du dich traust. Ich habe leider keine Pfeile mehr, sonst würde ich es euch richtig zeigen.«
Die Kommissarin schob ihre Dienstwaffe ins Holster, nickte ihrem Boss zu und trat vorsichtig ans offene Fenster. Wiegand saß in der hinteren rechten Ecke auf einem Metallfass, in seiner hochgereckten linken Hand konnte Pia ein Mobiltelefon erkennen.
»Weißt du, was man aus einfachem, handelsüblichem Dünger für erstklassigen Sprengstoff herstellen kann, wenn man weiß, wie es geht?«
»Ja, klar weiß ich das. Und noch einfacher geht es vermutlich, wenn man Chemie studiert.«
»Gut kombiniert, Bitch.«
»Aber es ist wahrscheinlich etwas anderes, darüber nachzudenken, als dann tatsächlich den Knopf zu drücken.«
Wiegand lachte auf.
»Wenn du wüsstest, wie oft ich diese Nummer schon durchgespielt habe, würdest du nicht so eine Scheiße reden. Das Einzige, was …«
Er brach ab, weil vom Eingangstor zum Vereinsgelände her ein Schuss krachte, der die Luft erzittern ließ. Hains erster Gedanke war, dass Lehmann begonnen hatte auf die Hütte zu feuern, doch das war nicht das typische Geräusch der von der Hessischen Polizei verwendeten HK P30 gewesen. Was er gehört hatte, war das Ballern einer Schrotflinte, dem jetzt der nächste Schuss folgte.

Gleichzeitig nahm Pia Ritter, während sie von der Hütte wegrannte, den für Hain unsichtbaren Schützen mit mehreren rasch aufeinander folgenden Schüssen unter Feuer.
»Das ist Wiegands Kumpel, dieser von Olm«, schrie die Kommissarin, immer noch in Bewegung, in die gespenstische Stille der folgenden Feuerpause. Unmittelbar darauf schlug eine Schrotladung etwa einen Meter neben Hain ein, der den Kopf einzog und sich hinter seinem Baum noch etwas kleiner machte. Es folgten weitere drei Schüsse aus Pia Ritters Dienstwaffe. Während sie die Schüsse abgab, kam Hain hoch und trat, die Waffe im Anschlag und ein Ziel suchend, aus dem Schutz des Baumes heraus.
Dann schien es für einen Sekundenbruchteil so, als würde die Welt gleichzeitig stehenbleiben und untergehen.

Das nächste, was der Hauptkommissar wahrnahm, war das besorgte Gesicht von Pia Ritter. Sie kniete neben ihm und pumpte angestrengt auf seinem Brustkorb herum.
»Mund-zu-Mund-Beatmung ist aber nicht notwendig«, wollte Hain sagen, doch es kamen keine Worte aus seinem Mund, zumindest hörte er keine. In seinen Ohren war nur ein hohes, geradezu unerträgliches Fiepen. Offenbar hatte Pia wohl doch etwas von dem gehört, was er gesagt, aber selbst nicht gehört hatte, denn ihre Bemühungen endeten schlagartig.

Dann bewegte sich ihr Mund, doch auch der daraus resultierende Schall prallte bei Hain wie an einer Mauer ab.
»Was?«, rief er, wobei ihm jedoch im selben Moment klar wurde, dass sein Gehör nicht funktionierte.
Er wies mit dem rechten Zeigefinger auf sein Ohr und schüttelte dabei den Kopf. Pia nickte, holte tief Luft und sank neben ihm ins Gras.
Der Leitende Hauptkommissar setzte sich aufrecht und sah in Richtung Ausgang. Dorthin, wo er Jürgen Lehmann zuletzt hinter einem Baum verschwinden gesehen hatte. Pia kam ebenfalls wieder hoch und hob den Daumen. Dann zeigte sie auf ihre verwaisten Gürtelschnallen und machte mit dem linken Arm eine kreisende Bewegung um ihren linken Oberschenkel herum. Hain realisierte, dass sie wohl Lehmanns Bein abgebunden hatte und hob ebenfalls den Daumen.
»Ich gehe wieder rüber zu ihm«, sagte sie, was zu seinem Erstaunen in seinen Ohren ankam. Leise, wie durch meterdicke Watte, aber er konnte wieder etwas hören. »Der Rettungswagen kommt gerade«, setzte sie hinzu. »Und eine Armada an Streifenwagen.«
Der Hauptkommissar nickte, wandte den Kopf nach links und wäre fast wieder umgefallen. Dort, wo bis vor Kurzem noch die grüne Bootshütte gestanden hatte, tat sich ein etwa einen Meter tiefer, dampfender Krater von mindestens fünf Metern Durchmesser auf.
»Heilige Scheiße!«, murmelte er.

32

»Das wird wieder«, versuchte der Notarzt den sehr aufgeregten Jürgen Lehmann zu beruhigen. »Der Pfeil hat zwar vermutlich den Knochen getroffen, aber die Kollegen im Krankenhaus bekommen ihn garantiert ohne große Probleme heraus. Nur tun Sie mir jetzt den Gefallen und rüpeln nicht wieder daran herum, das bringt nämlich nichts.«

»Sie haben leicht reden, Doc«, entgegnete der Hauptkommissar. »Bei Ihnen ragt ja auch nicht ein Stück Alurohr aus dem Oberschenkel.«

»Brauchen Sie noch was gegen die bestimmt fiesen Schmerzen?«, wollte der Mediziner wissen, ohne auf Lehmanns Gejammer einzugehen. Der schüttelte wortlos den Kopf und schloss die Augen.

»Dann bringen wir Sie jetzt weg.«

Etwa zwanzig Meter von dieser Szene entfernt standen Pia Ritter und Thilo Hain neben dem Krater, der einst der Standort der Bootshütte gewesen war. Das Fiepen in Hains Kopf war immer noch da, jedoch nicht mehr so grell wie direkt nach der Explosion.

»Warum hast du eigentlich so gut wie gar nichts abgekriegt bei der Explosion?«, fragte der Hauptkommissar seine Kollegin, die mit dem Telefon in der Hand neben ihm stand und Fotos machte. Die wies auf einen dicken, knorrigen Baum.

»Vermutlich, weil dieser Prügel von Baum im Moment der Explosion genau zwischen mir und der Hütte stand. Ich bin zwar auch umgeweht worden und ein paar Meter durch die Luft geflogen, aber es war beileibe nicht so schlimm wie bei dir. Als ich bei dir angekommen bin und dich da liegen gesehen habe, war mein erster Gedanke, du hättest ausgecheckt.«
»Hast dich aber trotzdem vorher um Lemmi gekümmert.«
»Von dem wusste ich ja, dass er schon vor dem Bumms verletzt gewesen ist. Bei dir dachte ich, dass es genau so ist wie bei mir. Wie kann ich denn ahnen, dass du so wenig aushältst.«
Die Kommissarin hob den Kopf und sah sich um. Auf dem Gelände der *Freien Kanuten Kassel* wimmelte es von Polizisten jeglicher Couleur. Es waren ebenso mehrere Teams der Spurensicherung vor Ort wie die Sprengstoffspezialisten des Landeskriminalamtes. Zu dem guten Dutzend Uniformierten kamen außerdem ein paar Kripokollegen aus dem Präsidium.
»Wir kriegen diesen Typen«, sagte sie. »Wir wissen, wer er ist und wir wissen, dass er total irre ist. Jeder Kollege, egal ob in Uniform oder in Zivil, sucht nach ihm.«
»Nach unseren Erfahrungen mit *jeder Kollege ist auf der Straße und sucht nach ihm* von gestern Abend ist meine Erwartungshaltung diesbezüglich nicht gerade am oberen Limit, Pia.«
»Ja, aber das jetzt ist doch was ganz anderes. Ich bin da absolut nicht so pessimistisch wie du.«

Ihr Chef antwortete nicht, sondern blickte auf die Trümmerteile der Hütte, die bis auf die gegenüberliegende Fuldaseite geflogen waren. Dort wurde gerade von ein paar Kollegen der Uferstreifen abgesperrt.
»Richtig scheiße ist«, meinte er bedrückt, »dass wir jetzt vermutlich nicht mehr herausfinden werden, ob die beiden Lisa Werner hier versteckt und gefoltert haben.«
»Vielleicht erzählt von Olm es uns ja, wenn wir ihm im Verhörraum gegenübersitzen.«
Hain nickte.
»Ja, vielleicht. Aber es ist doch vollkommen irre, dass die hier in der Hütte so viel Sprengstoff lagern konnten.«
»Immerhin haben sie damit nicht den Schaden anrichten können, von dem sie sich in ihren feuchten Incelträumen wohl gegenseitig vorgeschwärmt haben. Was das angeht, haben wir auf jeden Fall eine richtig gute Tat getan.«
»Haha. Vergiss in deinem Überschwang bloß nicht die drei bekloppten Bullen, die überhaupt nicht damit gerechnet haben, mit Pfeil und Bogen beschossen zu werden.«
»Ach, Thilo, irgendwas ist doch immer. Klar hätten wir damit …«
Sie brach ab, weil sich ihr Telefon meldete.
»Ja, Ritter.«
»Hi Pia, hier ist Sascha. Ich hocke gerade mit Per Lund von der KT über dem Laptop, das du geschickt hast und denke, ihr solltet direkt mal dazu kommen.«
»Habt ihr das Ding geknackt?«

»War kein Problem für ihn. Das Problem sind die Daten, die wir darauf gefunden haben.«
»Wir sind unterwegs.«

*

»Ist Lemmi so weit in Ordnung?«, wollte Sascha Berim wissen, nachdem seine beiden Kollegen im IT-Raum der Kriminaltechnik angekommen waren.
»Ja, läuft«, erklärte Thilo Hain ihm. »Wird wahrscheinlich in dieser Sekunde für die OP flachgelegt.«
»Stimmt denn die Sache mit Pfeil und Bogen?«, wollte der junge Oberkommissar wissen.
»Ja. Aber das besprechen wir alles später. Pia sagt, dass du am Telefon ziemlich beunruhigt geklungen hast, Sascha.«
Per Lund, die IT-Koryphäe des Polizeipräsidiums Nordhessen, wies mit einer zustimmenden Geste auf den aufgeklappten und am Universalnetzteil hängenden Rechner.
»Was wir bisher darauf gefunden haben, sollte uns auch beunruhigen. Wir hatten natürlich noch nicht viel Zeit, aber die Chatverläufe und der Inhalt des einen oder anderen Ordners sind mehr als gruselig.«
»Außerdem«, bemerkte Sascha Berim, »gibt es ein Dokument mit der Bezeichnung *Manifest*. Und wenn ich in einem Zusammenhang wie diesem *Manifest* höre, dann kriege ich, wie vermutlich jeder Polizist nach den Anschlägen von Halle und Hanau, das große Arschrunzeln.«
»Was steht da drin?«, wollte Pia wissen.

»Wahrscheinlich noch gar nichts«, sagte Lund. »Ich bin mir zwar noch nicht hundertprozentig sicher, aber so schlampig, wie der Rechner geschützt war, glaube ich nicht, dass er da eine Mörderverschlüsselung hingebracht hat. Viel eher gehe ich davon aus, dass er schon mal etwas für einen späteren Zeitpunkt angelegt hat. Von mir aus hat er auch irgendwann schon mal ein paar Probeaufnahmen gemacht oder etwas ins Unreine geschrieben, aber die Datei selbst ist mit an Sicherheit grenzender Wahrscheinlichkeit noch leer.«
»Dann hatten sie den Sprengstoff vermutlich für genau diesen, späteren Anlass gehortet.«
»Ja. Es gibt, neben vielen anderen echt kranken Sachen, auch einen Ordner mit dem Namen *Targets*, gefüllt mit ungefähr 400 Adressen. So viel Sprengstoff hatten die aber nicht, oder?«
»Nein«, antwortete Pia. »Aber einen gehörigen Alarm hat es schon gemacht, als das Zeug hochgegangen ist.«
»Können wir mal einen Blick auf diesen Target-Ordner werfen?«, fragte die Kommissarin. »Ich bin verdammt interessiert, was für *Ziele* sie ins Auge gefasst haben.«
»Klar. Ist aber total chaotisch und ohne jede Struktur. Außerdem habe ich beim Überfliegen nur zwei oder drei Adressen hier in Kassel gesehen, der Rest lag in der ganzen Republik verteilt.«
Die Polizisten betrachteten schweigend Seite um Seite der beängstigenden Auflistung. Pia machte ein Foto von jedem Hinweis auf Kassel.
»Wir müssen«, schlug sie vor, »so lange er noch frei herumläuft, daran denken, alle Kollegen an den Orten zu warnen, die hier aufgeführt sind. Wer weiß, ob die

nicht vielleicht schon eins dieser Ziele fester ins Auge gefasst haben.«
»Darum kann ich mich kümmern«, meinte Berim, »obwohl es verdammt viel Arbeit sein dürfte.«
»Gibt Karmapunkte«, beschied Pia Ritter ihm und deutete auf eine Adresse ganz am Ende der Liste.
»WymGym«, rief sie aufgeregt. »Dort hat doch Lisa Werner trainiert.«
»Und es ist der letzte Eintrag auf der Liste«, setzte Hain hinzu. »Los, Pia, wir gehen rüber und sehen nach. Und du, Sascha, sorgst dafür, dass wir das SEK kriegen.«
Die beiden hetzten durchs Treppenhaus, stürmten an der Wache vorbei und blickten auf die gegenüberliegende Straßenseite.
Das WymGym, in dem ausschließlich Frauen trainierten, lag keine 80 Meter Luftlinie vom Haupteingang des Polizeipräsidiums entfernt und befand sich im ersten Stock eines gepflegten Geschäftshauses. Es war für ein Fitnessstudio recht klein, man konnte nur auf Empfehlung Mitglied werden und der jährliche Beitrag war gesalzen. Allerdings waren die Trainingsbedingungen perfekt, die Geräte immer auf dem neuesten Stand und selbst der Saunabereich war mehr eine Landschaft und musste keinen Vergleich mit anderen Studios scheuen.
»Hast du deine Knarre nachgeladen?«, wollte Hain auf dem Weg von seiner Kollegin wissen.
»Klar habe ich das Magazin gewechselt. Was denkst du denn?«
»Gut. Dann hoffen wir mal, dass er noch nicht so weit war oder ihn irgendwas anderes aufgehalten hat.«

Dieser Wunsch des Kommissars wurde schon beim Erreichen des ersten Stocks und dem Blick auf die Eingangstür zunichtegemacht. Dort standen mehrere Frauen und diskutierten miteinander. Eine von ihnen hielt sich ein Mobiltelefon ans Ohr, während sie immer wieder irritiert an der offenbar abgeschlossenen Tür rüttelte. Die beiden Polizisten hasteten auf die kleine Gruppe zu. Pia legte den rechten Zeigefinger an die Lippen und schob gleichzeitig die rechts stehende, etwa 45-jährige Frau in Richtung Treppenabgang.

»Bitte verlassen Sie sofort das Gebäude«, flüsterte sie der Frau zu. »Dies ist ein Polizeieinsatz. Los, gehen Sie!«

»Aber das gab es noch nie, dass hier abgeschlossen ist«, mokierte sich eine andere Frau. »Erst werben sie damit, dass man von 06:00 Uhr bis Mitternacht trainieren kann und dann ist zu. Das ist …«

Sie brach ab, weil Pia Ritter unsanft mit der linken Hand nach ihr gegriffen hatte und sie von der Tür wegzog. Beim Anblick der Waffe in der anderen Hand der Polizistin riss sie erschrocken die Augen auf.

»Los, hauen Sie ab!«, zischte Hain. »Sofort!«

Im selben Augenblick tauchte Philip Sommer auf dem Treppenabsatz auf. Der junge Oberkommissar erfasste blitzartig die Situation, trat auf die Frauen zu und übernahm die Evakuierung. Hain hatte sich derweil hingekniet und war mit seinem Lockpicking-Werkzeug am Schloss beschäftigt.

»Erledigt«, brummte er kurz darauf, richtete sich auf und nahm seine Waffe aus dem Holster. Dann zog er

vorsichtig am rechten Teil des Doppelflügels und lugte durch den schmalen Schlitz.
»Scheiße.«
»Was ist los?«
»Wir brauchen einen Krankenwagen. Der Junge vom Empfangstresen liegt leblos davor. Und ich sehe Blut.«
Pia leitete die Bitte an den eben wieder auftauchenden Philip Sommer weiter.
»Gehen wir rein?«, wollte sie von ihrem Boss wissen.
»Eher nicht, Pia. Das ist wirklich ein Fall für die Jungs vom …«
Weiter kam er nicht, weil im Innern des Studios ein Schuss donnerte. Hain machte sich klein und sah zu seiner Kollegin.
»Das sollte deine Frage ebenso abschließend wie positiv beantworten, was meinst du?«
»Finde ich auch.«
Damit zog die Kommissarin den Türflügel so weit auf, dass sie hindurchpasste, schnellte nach vorn und ging hinter einer Säule in Deckung. Hain kam geduckt hinter ihr her und warf sich neben die Theke. Mit einem schnellen Blick stellte er fest, dass der picklige junge Mann, der bei ihrem letzten Besuch ebenfalls Dienst gehabt hatte, am Bauch getroffen worden war, aber atmete.
»Haltet die Schnauze, ihr Fotzen«, kam es jetzt dumpf aus dem hinteren Teil des Studios. »Aber keine Sorge, ihr bekommt garantiert alle, was ihr verdient. Was ihr verdient für euer Scheißleben und dafür, dass ihr so seid, wie ihr seid. Scheißfotzen. Gleich gehts los. Dann

kann euch die ganze Welt dabei zusehen, wie ihr verreckt.«
Wieder ein Schuss.
Pia wies mit der Waffe auf die Tür.
»Los!«, zischte sie.
Hain blickte zurück zur Eingangstür, aber dort war noch keiner der Kollegen aufgetaucht. Er nickte.
Pia richtete sich auf, atmete durch und ging, die Waffe im Anschlag, auf den Fußballen langsam vorwärts. Hain behielt derweil die Tür im Visier. Als die Kommissarin daneben angekommen war, folgte er ihr. Dann legte er die linke Hand auf die Klinke, drückte sie langsam herunter und lugte auch hier wieder durch den kleinen Schlitz.
»Ich kann ihn nicht sehen«, flüsterte er. »Da ist nur ein Flur.«
»Dann lass uns reingehen, bevor am Ende noch mehr Opfer zu beklagen sind.«
Wieder sein Nicken, gefolgt vom Öffnen der Tür. Als beide den folgenden Flur komplett im Blick hatten, drangen sie weiter vor.
»Was ist das denn für eine Scheiße hier?«, brüllte in diesem Moment Severin von Olm. Im Hintergrund konnten die Polizisten weinende und schluchzende Frauen hören.
»Das gibts doch gar nicht! So ein Dreck! Warum gibt es hier kein fucking verschissenes Netz?«
Pia Ritter, die sich bis zum vorderen Ende des etwa 5 Meter langen Flurs vorgearbeitet hatte, legte sich flach auf den Boden und spähte vorsichtig in den Raum. Dort standen die Trainingsgeräte und sie erkannte einen

Wasserspender. Im hinteren Teil der nahezu komplett abgedunkelten Etage tauchte schließlich Severin von Olm auf. Er hantierte an einem Ständer oder etwas in der Art. Die Geiseln waren aus ihrer Perspektive nicht zu sehen.
»Kein verdammtes, verficktes Netz!«, brüllte von Olm erneut wie von Sinnen. »Warum gibt es bei euch Fickfotzen kein Netz?«
Pia hatte gewartet, bis Hain zu ihr aufgeschlossen hatte und war wieder aufgestanden. Nun wies sie mit der Linken auf eine weitere Säule in etwa drei Metern Entfernung. Hain nickte, ging in die Knie und robbte so geräuschlos wie möglich vorwärts. Er hatte fast den Pfeiler erreicht, als irgendetwas in seiner Jacke einen scheppernden, hell klingenden Ton von sich gab. Pia, die sofort realisierte, dass auch von Olm das Geräusch gehört haben musste, lugte kurz in den Raum und ging anschließend wieder in Deckung.
Der erste Schuss aus von Olms Schrotflinte riss den Teppichboden neben Hain auf etwa einem halben Meter weg, der zweite klatschte in die Säule. Pia hätte zu gern zurückgeschossen, doch die unklare Situation der Geiseln hielt sie davon ab. Außerdem hatte er jetzt die Schussrichtung gewechselt, denn der nächste seiner Schüsse machte aus der Ecke, an der die Polizistin eben noch gestanden hatte, auf dreißig Zentimetern eine Rundung. Dann schrie eine Frau auf.
Sowohl Pia Ritter als auch Thilo Hain sahen vorsichtig aus ihren jeweiligen Deckungen und erkannten, dass von Olm sich eine der Frauen gegriffen und an den Haaren hochgezogen hatte. Nun verbarg er seinen Kör-

per hinter ihrem und hielt ihr einen Revolver an die Stirn. Die Schrotflinte lag neben seinem linken Fuß.
»Lassen Sie die Frau los und nehmen Sie Ihre Waffe runter, Herr von Olm«, rief Pia, während sie sich mit langsamen, tastenden Schritten auf den stark zitternden Severin von Olm zubewegte. »Sie kommen auf keinen Fall mehr hier raus, das muss Ihnen doch klar sein.«
»Ach, die Bullenfotze!«, schleuderte er der Kommissarin hasserfüllt entgegen. »Du meinst, du kannst hier was gewinnen? Ernsthaft?«
Damit schob er seine gequält aufschreiende Geisel ein paar Zentimeter nach links, wo Pia jetzt die zu einem Haufen zusammengerückten übrigen Frauen entdeckte, stieß sie in den Raum und schoss ihr zweimal in den Rücken. Die höchstens 25 Jahre alte, blonde, überaus zierliche Person wurde durch die Wucht der Projektile nach vorn geschleudert, ruderte mit den Armen und schlug, längst ohne Bewusstsein, der Länge nach auf den Boden auf. Pia hatte die Tat des Mannes mit entsetztem Blick verfolgt und ihre Konzentration dabei auf die Frau gerichtet. Bis sie den Blick wieder hob, hatte von Olm eine weitere Geisel vor seinen Körper gezogen.
»Und, Bullen, habt ihr genug? Oder wollt ihr mir weiter dabei zusehen, wie ich diese Scheißfotzen hier, die es ja echt verdient haben, abschlachte?«
Aus dem schweren Revolver, dessen Lauf er hart an den Kopf seiner neuen Geisel presste, drangen über der Trommel Pulvergase. Pia sah kurz nach links, wo Ihr Boss, Kollege und Freund breitbeinig und mit auf

von Olm angelegter Waffe dastand, einfach nur »nein« murmelte und abdrückte. Gleichzeitig mit dem Knall von Hains Schuss flog der Revolver aus der Hand des Geiselnehmers. Von Olm griff sich mit schmerzverzerrtem Gesicht an den Kopf und sank zu Boden. Zu ihrer großen Überraschung konnte Pia unzweifelhaft erkennen, dass Hain ihm das rechte Ohr weggeschossen hatte. Ohne zu zögern sprang sie nach vorn und kickte den Revolver aus von Olms Einzugsbereich. Das Nächste, was sie sah, brachte sie allerdings fast um den Verstand. Die Geisel nämlich hatte diesen kurzen Moment dazu genutzt, die auf dem Boden liegende Pumpgun aufzuheben und damit auf ihren sie mit weit aufgerissenen Augen anstarrenden Peiniger anzulegen.
»Ich bin Jägerin, du Stück Scheiße«, erklärte sie ihm so verblüffend ruhig, dass Pia ein kalter Schauer über den Rücken lief. »Und ich habe schon so mancher Sau den letzten Schuss verpasst. Auf einen Menschen habe ich zwar noch nie geschossen und wollte es eigentlich auch nie machen, aber für dich werde ich jetzt alle meine guten Vorsätze über den Haufen werfen.«
Damit trat sie einen Schritt nach vorn, senkte den Lauf der Waffe und drückte deren Ende unnachgiebig auf von Olms Lippen. Der konnte gar nicht anders, als den Mund weit zu öffnen, wodurch der Lauf tief in seinen Rachen eindrang.
»Hören Sie«, sprach Pia die Frau leise an, »Sie könnten das jetzt machen, aber wollen Sie sich für so ein Arschloch ihr restliches Leben versauen?«
»Wenn es nach ihm gegangen wäre, dann hätte keine von uns die Chance auf ein weiteres Leben gehabt, Frau

Polizistin. Und so eine Gelegenheit, sich ins Gästebuch des guten Geschmacks einzutragen, bekommt man nicht alle Tage.«
Sie erhöhte den Druck mit dem Lauf weiter und funkelte ihn dabei an.
»Und, sind wir immer noch Scheißfotzen? Sag doch was, ich kann dich gar nicht hören.«
»Bitte!«, schrie er, wobei das mit seinem komplett ausgefüllten Mund eher wie »müüütteeeee« klang.
»Drei, zwei, eins«, sagte die Frau, zog das Gewehr hoch und warf es Pia Ritter zu. Das nächste, was die irrsinnig erleichterte Kommissarin sah, war ein riesiger dunkler Fleck, der sich um von Olms Hosenlatz herum ausbreitete.

33

Severin von Olm redete nicht ein einziges Wort mit den Polizisten. Auch gegenüber der Staatsanwaltschaft und dem Haftrichter schwieg er. Über seinen Anwalt ließ er lediglich mitteilen, dass er *seiner Sache* einen großen Dienst erwiesen habe und dass ihn eines Tages, wenn sich die Verhältnisse im Land *endlich in seinem Sinne geändert* hätten, seine Unterstützer befreien würden. Außerdem bestand er darauf, dass es weißen, gebildeten Männern im Gefängnis gestattet sein müsse, sich Frauen zuführen zu lassen.
Der junge Mann, auf den von Olm am Tresen des Fitnessstudios geschossen hatte, verlor eine Niere, überlebte jedoch. Die Geisel, die von ihm zweimal in den Rücken getroffen worden war, überlebte ebenfalls. Allerdings hatte sie eine lange Rehabilitationszeit vor sich, denn einer der Schüsse hatte ihr Rückenmark beschädigt und wie es aussah, würde sie dauerhafte motorische Einschränkungen davontragen.
Mit Marlies Blessing, der Jägerin, hatten Hain und Ritter mehrere Gespräche geführt. Allerdings war keine der anderen im Fitnessstudio anwesenden Frauen bereit, etwas zu ihrer Rolle an diesem Abend auszusagen. Und weil von Olm den Lauf der Schrotflinte, der doch recht tief und auch sehr bedrohlich in seinem Mund verschwunden war, gegenüber seinem Rechtsanwalt

ebenfalls mit keinem Wort erwähnte, ließen die beiden diesen Teil der Geschichte auf sich beruhen. Wer kann schon mit hundertprozentiger Sicherheit sagen, was sich in der dynamischen Abfolge eines solchen Ereignisses alles ereignet oder ereignet hat?

Vier Tage, nachdem von Olm festgenommen worden war, rief Per Lund bei Hain an und ließ ihn wissen, dass es ihm am Vortag gelungen war, den Passwortschutz an von Olms Rechner zu knacken.

»Aber man braucht schon einen verformungsresistenten Magen, wenn man sich das antun will«, setzte der IT-Spezialist hinzu

»Hilft ja nichts«, hatte Hain geantwortet und sich gemeinsam mit Pia Ritter auf den Weg zur KT gemacht.

Lund empfing die Kollegen mit traurigem Gesicht.

»Ich dachte eigentlich immer, dass ich mich auf der Welt und speziell bei den Sachen, die meinen Job bei der Polizei betreffen, relativ gut auskenne, aber mit dem Vokabular, das in diesen Kreisen benutzt wird, kann ich wirklich nicht das Geringste anfangen. Die reden von Chads und Alphas und Normis, und davon habe ich in diesem Zusammenhang noch nie gehört. Und überhaupt musste ich mir erst mal draufschaffen, wofür INCEL eigentlich steht. Unfreiwillig zölibatär lebende junge Männer, darauf muss man erst mal kommen.«

»Ja«, stimmte Pia ihm zu, »bis vor ein paar Tagen hatte ich auch keine Ahnung, dass es diese spezielle Sorte Kerle gibt. Aber manchmal hilft es, mit einem Soziologen verheiratet zu sein. Ohne Dominik, meinen Mann, wäre ich niemals auf die Idee gekommen, in diese Richtung zu ermitteln.«

»Ein Hoch auf die Soziologen«, brummte Hain. »Auch wenn ich bis heute nicht verstanden habe, was die den lieben langen Tag eigentlich machen.«
»Miesepetriger Ignorant«, wurde er von Pia getadelt.
»Wie auch immer, diese Chatprotokolle sind vollkommen durchgeknallt. Und dass der andere Kollege sich in die Luft gesprengt hat, scheint bei dieser Truppe eine durchaus beliebte Bewältigungsstrategie zu sein.«
»Ja, Suizid ist ein immerwährendes Thema«, bestätigte sie. »Dieser Stefan Blume hatte bereits drei Versuche hinter sich, als der vierte geklappt hat. Den letzten hat er vermutlich so gut geplant, nachdem die Operation, in die er all seine Hoffnung gesetzt hatte, seiner Meinung nach gründlich schiefgegangen war. Er, Severin von Olm und Paul Wiegand hatten sich über einen Chat kennengelernt und dazu entschlossen, Dr. Bellini zu *bestrafen* für die ihrer Meinung nach vergeigten Operationen.«
Die Kommissarin schüttelte angewidert den Kopf
»Als ob es einem helfen würde, sich ein anderes Kinn machen zu lassen, wenn man von Grund auf ein Arschloch ist.«
»Also hattest du recht und dieser Blume war tatsächlich die Klammer, von der du gesprochen hast?«
»Auf jeden Fall, ja. Er hat die Situation und sich selbst zwar nicht mehr ausgehalten und sich umgebracht, aber das hat die anderen beiden eher noch bestärkt in ihrem Vorhaben, einen Anschlag zu verüben.«
Pia Ritter dachte einen Moment nach.
»Ob sie etwas von Bellini und seiner Beziehung zu Lisa Werner wussten, werden wir vermutlich nie erfahren.

Meine These ist eher, dass dic arme Frau zum falschen Zeitpunkt am falschen Ort war und von den beiden, nachdem sie das erkannt hatten, benutzt wurde.«

»Ich bin mir relativ sicher«, meinte Lund, »dass ihr heute noch sehr viel schlauer werdet, was das angeht. Ich für meinen Teil werde mir das jedenfalls nicht anschauen, das schaffe ich nicht. Meine Frau bekommt diese oder nächste Woche unser erstes Kind und diesen wunderschönen Moment will ich definitiv nicht mit dieser Scheiße belasten.«

Er wies auf den Computermonitor, wo ein eingefrorenes Bild zu sehen war.

»Das ist doch Bellinis Schlafzimmer«, rief Pia.

»Ja, das ist wohl richtig. Und leider ist nach meiner unmaßgeblichen Meinung das Fotografieren und das Filmen mit dem Mobiltelefon die Geisel des 21. Jahrhunderts. Wenn ihr fertig seid, findet ihr im gleichen Ordner ein paar weitere Dateien, die vermutlich auch ganz erhellend für euch sein dürften. Ich habe allerdings relativ schnell aufgehört, mir diesen Dreck anzuschauen.«

Damit nickte er seinen Kollegen zu.

»Ich gehe in den Feierabend. Ihr macht den PC und das Licht aus, wenn ihr durch seid. Mehr gibt es nicht zu tun.«

Die beiden bedankten sich und sahen ihm nach, bis er aus der Tür war.

»Wird hoffentlich nicht gar so schlimm werden«, bemerkte Hain nach einer Weile des Schweigens ein wenig unsicher.

»Ja, das fände ich auch nicht schlecht.«

»Du bist eine werdende Mutter, Pia, und musst es dir definitiv nicht antun. Es reicht durchaus, wenn ich das Material sichte.«
»Lass mal, Thilo. Du hast mir neulich, vor dem Haus der bedauernswerten Familie Wiegand, gesagt, dass aus mir wohl noch eine richtig gute Polizistin werden würde. Dazu gehören dann wohl oder übel auch solche Sachen wie die, die wir jetzt vor der Brust haben.«
Hain sah seine Kollegin irritiert an.
»Ist das jetzt eine Rüge für meine Aussage oder eine Bestätigung meiner These?«
»Die Wahrheit, lieber Thilo, liegt wie immer irgendwo in der Mitte.«

*

Ganz so einfach, wie die beiden es sich vorgestellt hatten, war die Sache dann doch nicht.
Es ist, darüber waren sie sich sehr schnell einig, unbeschreiblich verstörend und belastend, einer schönen, jungen Frau dabei zusehen zu müssen, wie sie mit vorgehaltenen Waffen und unter Zuhilfenahme brutalster Gewalt gezwungen wird, dem Mann, in den sie offensichtlich bis über beide Ohren verliebt ist, das Geschlechtsteil abzubeißen. Und unter den hämischen Kommentaren ihrer Peiniger sein langsames, qualvolles Verbluten mitansehen muss.
Tränen, nichts als Tränen.
Und wie diese junge, schöne Frau von zwei offensichtlich vor Wut rasenden Männern auf einem schäbigen Feldbett in einer düsteren Hütte stundenlang vergewal-

tigt wird. Wie diese beiden jungen Männer sich freudig abklatschen, nachdem sie die Frau den schlimmsten Foltermethoden ausgesetzt haben. Und sich dabei mit Sätzen wie *die Fotze hat es nicht besser verdient* oder *mach sie fertig, die Drecksnutte* gegenseitig anfeuern.

Epilog

Thilo Hain und Pia Ritter waren von Andrea Werner darüber informiert worden, dass ihre Tochter und Franco Bellini eine gemeinsame Grabstätte bekommen würden. Und obwohl sie das noch nie zuvor gemacht hatten, beschlossen sie, an der Trauerfeier teilzunehmen.
Wenn Menschen im höheren Alter zu Grab getragen werden, ist die Zahl der Trauernden in der Regel überschaubar. Bei Lisa Werner und Franco Bellini war es komplett anders. Vielleicht wegen der Tragik des Falles, vermutlich aber weil beide einen so großen Freundes- und Bekanntenkreis hatten. Pia schätzte, dass sich mindestens 1500 Leute versammelt hatten und es nach ihrer Meinung lange keine so große Beerdigung auf dem Kasseler Hauptfriedhof gegeben haben dürfte.
Zu ihrer Freude verzichteten sowohl Andrea Werner für Lisa als auch die Basiles für Bellini auf jegliche religiöse Zeremonie.
Noch lange, nachdem es heftig angefangen hatte zu regnen und die beiden Urnen versenkt worden waren, standen Lino und Salvatore Basile schweigend an der Grabstätte. Hain war vor dem Unwetter an Jürgen Lehmanns Krankenbett geflüchtet, viele der anderen Besucher nahmen an der Abschiedsfeier teil, die längst begonnen hatte. Pia Ritter ging über den aufgeweichten Boden auf die beiden Italiener zu und sprach ihnen ihr

Beileid aus. Salvatore erklärte seinem Vater, dass es sich bei ihr um die Polizistin handelte, die ihn vor dessen Haus über den Tod des Freundes informiert hatte.
»Aha«, meinte er anerkennend.
»Franco war wie ein Bruder für Sie«, sagte sie zu Salvatore Basile.
Der junge Kalabrier nickte.
»Und wie ein Sohn für mich«, ergänzte Lino Basile.
»Ja, natürlich.«
Die drei schwiegen eine Weile.
»Ihre Familie stammt ursprünglich aus Kalabrien, Herr Basile. Stimmt das?«
»Ja, das ist richtig.«
»Aus San Luca?«
»Nein, aus Bombile. Aber das ist, wie Sie vermutlich wissen, nicht weit von San Luca entfernt.«
»Hm«, machte die Polizistin. »Haben Sie eigentlich noch Kontakt zum italienischen Teil Ihrer Familie?«
Er zuckte mit den Schultern.
»Was heißt schon Kontakt, Frau Kommissarin? Man telefoniert manchmal miteinander. Und mit den Jahren sterben sie nach und nach weg. So ist das Leben nun einmal und wir werden alle eines Tages sterben müssen.«
»Man hört immer wieder, dass in diesem Teil Italiens die Menschen noch sehr archaisch leben.«
»Archaisch? Was bedeutet das?«
»Es meint, dass man sich den Ursprüngen verpflichtet fühlt. Jenen Ritualen und Bräuchen, die in anderen Teilen der Welt längst bedeutungslos geworden sind, weil sie nicht mehr in die moderne Zeit passen.«

Lino Basile dachte eine Weile nach.
»Ja, die modernen Zeiten, Frau Kommissarin. Es ist bestimmt gut, dass sich sehr viel verändert hat, auch in meiner Heimat, und immer weiter verändert. Aber es ist auch gut, dass man sich auf manche Dinge sein ganzes Leben lang verlassen kann.«
Nun nickte die Polizistin.
»Gibt es in dem Teil Italiens, aus dem Sie stammen, eigentlich noch die Vendetta?«
Wieder machte Basile eine längere Pause, bevor er antwortete.
»Das kann ich Ihnen leider nicht sagen. Es ist nun schon so viele Jahre her, seit ich von dort fortgegangen bin, dass sich vermutlich das meiste komplett verändert hat. Ob es die Vendetta noch gibt? Die *Blutrache*, wie Sie in Deutschland dazu sagen? Vielleicht ja, vielleicht nein, ich weiß es nicht. Was ich aber weiß, ist, dass die Menschen im Süden Italiens sehr verschwiegen sind. Sie können ein Geheimnis für sich behalten und es sogar mit ins Grab nehmen. Das weiß ich.«
»Ja, davon habe ich gehört.«
Wieder eine längere Pause.
»Kennen Sie einen Mann«, wollte die Kommissarin schließlich von den beiden wissen, »der Fabio Gambetta heißt?«
»Fabio Gambetta?«, erwiderte Lino Basile leise. »Nein, den Namen habe ich nie gehört. Der Name Gambetta ist in Kalabrien sehr verbreitet, aber einen Fabio Gambetta kenne ich nicht.«
Er sah seinen Sohn an.
»Du, Salvatore?«

»Nein, ich auch nicht.«
»Warum fragen Sie nach ihm?«, wollte der Ältere der beiden Basiles wissen.
Die Polizistin nahm sich ein paar Sekunden Zeit, bevor sie antwortete.
»Dieser Fabio Gambetta könnte der Mann sein, auf dessen Konto der Anschlag auf Lisa Werner im Elisabeth-Krankenhaus geht. Wir haben herausgefunden, dass er am Tag vor der Tat in unmittelbarer Nähe war. Außerdem ist er direkt nach dem Anschlag in der Innenstadt von Videokameras aufgenommen worden. Recht viele Indizien also, die auf ihn als Täter hindeuten.«
»Was sagt er dazu? Haben Sie ihn danach gefragt?«
Pia lächelte.
»Womit wir beim großen Mysterium an der Geschichte angekommen wären, Herr Basile. Fabio Gambetta ist nämlich seit diesem Tag spurlos verschwunden.«
»Oh. Meinen Sie, dass er sich, sofern er denn wirklich etwas mit dem Anschlag auf Lisa Werner zu tun hat, nach Italien abgesetzt hat? Nach Kalabrien am Ende?«
»Ich weiß es nicht«, erwiderte die Kommissarin. »Aber alle Umstände, wie zum Beispiel, dass er sein Auto hier in Kassel stehen gelassen hat, sprechen eigentlich dagegen.«
»Nun ja«, meinte Lino Basile, »vielleicht finden Sie ihn ja noch. Ich denke, die deutsche Polizei ist sehr gut in den Dingen, die sie macht.«
»Ja, wir sind gut in dem, was wir machen, da haben Sie recht. Aber manche Fälle können auch wir nicht lösen. So ist es nun einmal und das müssen wir leider hinnehmen.«

Sie schob ihren komplett durchnässten rechten Arm nach vorn und reichte den beiden Italienern zum Abschied die Hand.
»Machen Sie es gut. Ich denke, ich werde mal mit meinem Mann zum Essen bei Ihnen vorbeischauen. Man sagt, Ihre Küche sei vorzüglich.«
»Machen Sie das, wir freuen uns«, erwiderte Salvatore Basile.
»Und denken Sie daran«, setzte der ältere Basile sanft hinzu, »dass die Gastfreundschaft in Italien mindestens ebenso geschätzt wird wie in Deutschland. Das heißt allerdings auch, dass man immer offen und ehrlich zu seinen Motiven stehen sollte. Zumindest wird das bei uns in Italien genau so erwartet.«
»Ich komme sehr gern zum Essen in ihr Restaurant, Herr Basile. Und ich komme ausschließlich mit den besten Absichten. Versprochen.«

Ende